读客外国小说文库

激发个人成长

必须找到阿历克斯

[法] 皮耶尔·勒迈特 著

金祎 译

ALEX

Pierre Lemaitre

文匯出版社

ALEX

Pierre Lemaitre

致帕斯卡琳娜

感谢杰拉尔德，为了我们的友谊。

第一部分

1

　　阿历克斯就喜欢这样。差不多一个小时了，她试来试去，犹豫不决，走出商店，又重新折回，试了一遍，又再试了一遍那些假发。她可以整个下午都泡在那里。

　　三四年前，她偶然间发现了这家位于斯特拉斯堡大街上的时装店。出于好奇，她看都没怎么看就踏进了店门。当她看到镜子里一头红棕色头发的自己时，她被自己的改变彻底震惊了，她当即买下了这顶假发。

　　阿历克斯几乎穿什么都好看，因为她真的非常漂亮。但并非一直如此，她是从青春期开始变漂亮的。曾经，她只是个小姑娘，一丁点儿大，瘦得难看。但蜕变一旦发生，就像巨浪从海底涌起，身体遽然改变，加速变形。几个月的工夫，阿历克斯就美得光芒四射。顷刻间，所有人都不相信，连她自己都不信，这突如其来的上天眷顾，竟然真的在自己身上发生了。直到今天，她都不信。

　　比如一顶红棕色假发。她从没想过自己会这么适合这样的装扮。一个伟大的发现。她并不怀疑这种变化的广度，或者说它的丰富性。一顶假发，这太肤浅了，但是不知道为什么，她觉得有一种从未经历过的东西在生命中发生了。

这顶假发，事实上，她从没有戴过。回家之后，她很快意识到它的质量真的再一般不过了。它看起来又假又丑，无比拙劣。她把它扔了，但没有扔在垃圾桶里，而是扔在了一个衣柜的抽屉里。时不时地，她把它重新拿出来，戴着它自我审视。尽管这顶假发难看至极——它好像在嘶吼："我是用低档合成材料做的。"但它并没有阻止阿历克斯在镜子里看到她自己的潜力。她回到了斯特拉斯堡大街，她精心挑选那些高质量的假发，有时候这些假发的价格比她当临时护士的工资还高一点儿，但毕竟这些是真的可以戴出门的假发。她给自己壮了壮胆。

万事开头难，首先要敢于尝试。对于像阿历克斯这样生性害羞的人来说，要鼓起勇气开始这样的尝试的确需要好半天。妆容、服饰、鞋、包，都得搭配协调（总之，要找出和你现有的装扮协调的假发，毕竟不能每次一换发型就重新配置全身装扮……），然后你走出商店，走到大街上，一瞬间，你已经是另一个人了。虽不完全是，但也差不多。就算这样不能改变人生，但也至少会帮你打发时间，尤其是当你不再有太多期待的时候。

阿历克斯喜欢那些标签式的假发，那种能清楚传递某种信息的假发，比如："我知道你们在想什么"，或者"我也是数学达人"。今天她戴的这顶说的是："你们别想在脸书上找到我。"

当她透过窗玻璃看到那个男人时，她正抓着一个叫作"城市休克"的式样。那个男人在街对面的人行道上，装模作样地在等什么人或是什么东西。这是两个小时内的第三次了。他跟踪她。现在，她非常确定。为什么是我？这是她脑袋里第一个冒出来的问题，好像所有女孩都可能被男人尾随，就她不行似的；好像她真的没有感受到他们无所不在的目光似的。公交上、大街上、商店里，阿历克斯吸引所有年龄层的男人，这是三十岁的优势。然而，她还是感到惊讶。"比我好看的多了去了。"阿历克斯总是缺乏自信，总是满脑子充斥着怀疑。打小就这样。她口吃的毛病直到青春期才好转。即便是今天，她手足无措时还是会口吃。

她不认识这个男人，他这样一个身材，是应该给她留下深刻印象的，不，她之前从没见过他。一个五十岁的男人跟踪一个三十岁的姑娘……并不是她小题大做，她只是感到震惊，就是这样。

阿历克斯低下目光，看向别的式样，假装在犹豫，然后穿过商场，站定在一个可以观察对街人行道的角落里。那个男人应该是个运动健将，是那种结实魁梧的男人，这一点从他紧裹身体的衣服就可以看出来。她抚摸着一顶淡得几乎发白的金发，试图回忆第一次意识到他存在时的场景。是在地铁上。她看到他站在车厢末端。他们的目光交会了，她看到他对她微笑，看得出他努力想让这个微笑看上去迷人而真诚。在这张脸上，她所不喜欢的，是那目光中仿佛藏匿着什么打定了的主意。但最重要的是，那张脸上几乎看不见嘴唇。她本能地感到不信任，仿佛所有看不清嘴唇的人都藏着什么不可告人的秘密，都怀着什么居心叵测的恶意。还有他隆起的额头。可惜，她没来得及看他的眼睛。在她看来，眼睛是不会骗人的，她总是这样通过目光来看清一个人。很显然，那时候，在地铁上，对于这样一个家伙，她并不想多浪费时间。她没有表现得太明显，只是调转了方向，背对着他，在包里摸索了一阵，掏出MP3。她放上一首歌——《没有人要的孩子》，忽然觉得好像在哪里见过他，前一天晚上，或者大前天晚上，就在她家楼下。画面有点儿模糊，她不是很确定。必须重新回顾，才能唤醒模糊的记忆，但她不想怂恿自己冒这个险。确定的是，在地铁相遇之后，她又一次见到了他，那是半个小时之后，她从斯特拉斯堡大街步行回来时。她刚刚改变了主意，她想再看看那顶棕色假发，中长发，带发绺，她突然转头，于是看见了他，有一点儿距离，在人行道上，他突然停下，假装在看一个女装橱窗。他再怎么假装全神贯注也无济于事……

　　阿历克斯放回那顶假发。毫无理由地，她的手开始颤抖。太傻了。他喜欢她，跟踪她，他只是试试运气罢了，他总不会在大街上袭击她。阿历克斯摇了摇头，像是要整理一下思绪，当她重新再看向人行道时，男人消失了。她左顾右盼了一阵，还是没有人，他离开了。她有点儿夸张地舒了口气，不断重复着"太傻了"，呼吸终于慢慢恢复正常。走到商店门口，她又不由自主地停下脚步，重新确认一遍。现在，她倒是有那么一点儿因为看不见他而担心。

　　阿历克斯看了看手表，又看了看天色。天气很好，差不多还要一个小时才天黑。她不想回家，觉得应该去食品店逛逛。她努力回想冰箱里还有什么食物。对于买东西，她实在是粗枝大叶。她的注意力都集中在了她的工作上、她的起居舒适上（阿历克斯的确有点儿狂热），还有，虽然她不大愿意承认，集中在了衣服和鞋子上，还有包和假发。她倒想集中在爱情上，但爱情，是另一回事，是她命里应该划清界限的劫难。她期待过，渴望过，也放弃过。如今，她已经不愿在这个问题上多花时间，甚至想都不去想。她只是尝试不要用电视相亲来弥补这个遗憾，不要吃太多，不要变太丑。尽管如此，尽管单身，但她很少感觉孤单。她有自己的生活，很好地分配着她的时间。至于爱情，反正已经耽误了，那就顺其自然。自从她做好孤独终老的打算，事情反倒简单起来。尽管一个人，阿历克斯还是努力正常生活，努力找些乐子。在生活中给自己制造一些小享受，她和别人一样，也有这样的权利——这样的想法帮了她不少。比如，她决定今晚折回弗吉拉尔大街上的蒙特内勒餐厅用餐。

　　她早早就到了餐厅。这是她第二次去。第一次是前一个星期，一个漂亮的红棕色头发姑娘独自晚餐，当然让人印象深刻。今晚，服务生像对待常客一样和她打招呼，互相推搡着，像是和这位漂亮客人调情，她只是微笑，服务生们更觉得她迷人极了。她要了同一张桌子，背对露台，面朝大厅，她点了同样的半瓶阿尔萨斯冰酒。她叹了口气。阿历克斯喜欢吃，即便她告诫自己要注意，她还是停不下嘴。她的体重就像个溜溜球。说起来，她目前还算可以很好地应付这个问题。她可以一下长个十斤、十五斤，让人完全认不出来，两个月后，又唰的一下变回原来的体重。再过几年，这就不太可能了。

她拿出书，又问服务员要了一把备用叉子，好在吃饭的时候压住书页。和上周一样，在她对面，稍微右边一点儿，坐着同一个浅栗色头发的家伙。他常和朋友们一起用餐。现在就只有两个人，周围人不用费劲就能听见他们的谈话。他立即就看到了她，从她进门那一刻起，就一直盯着她看，但她装作没怎么注意到他。这很可能会持续整个晚上，即便他的其他朋友都到了，即便他们开始没完没了地讨论工作、姑娘、女人，轮流讲自己那些英雄事迹，他还是会不停地看她。阿历克斯还挺享受这样的场面，但她又不想公然地给他什么鼓励。他还不错，四十岁或四十五岁的样子，还挺英俊，可能有点儿酗酒，酒精让他的脸呈现出一种悲剧性。就是这样一张脸，让阿历克斯产生了情绪。

她喝完咖啡。离开时，她作出了唯一的让步，用恰到好处的力度，给他一个眼神。简简单单一个眼神。阿历克斯对这一招拿捏得炉火纯青。但就那么一瞬间，她切切实实感到一种痛苦。她看到男人投射过来一种渴望的目光，这种目光让她内心翻涌，仿佛看到了一个悲伤的承诺。阿历克斯从不做什么承诺，那种牵扯到她生活的、真正的承诺。就像今晚，她感觉自己的大脑固定在了凝滞的画面上，好像她生命的电影放映机卡带了，没有办法回放，没有办法把故事重新讲述，找不到词。下一次，如果她再待得晚一点儿，他可能就会在外面等她。谁知道呢。反正迟早都会。阿历克斯太了解这些步骤了，总是大同小异。和男人的重逢对她来说总不会带来太美好的故事，至少这样一个场景，她再熟悉不过。反正，就是这样。

夜幕已经完全降临，天气温润舒适。一辆公交车刚刚到站。她加快了脚步，司机从后视镜看到她，便停下来等她，她又加紧了步伐。但是，就在她想上车的瞬间，她改变了主意，她决定稍微走一走，然后在半路搭一辆别的车，她示意了司机，司机回以她一个遗憾的手势，好像在说：命运啊，真是暗藏玄机。他还是开了门："我后面没有车了，这可是今晚的末班车……"

阿历克斯笑了笑，做了个手势表示感谢。好吧，她只能走路回家了。她会先走法勒基耶尔路，然后再转到拉布鲁斯特街。

她住这个街区有三个月了，靠近旺夫门。她经常搬家。之前，她住在克利尼昂古尔门附近。再之前，在商贸街附近。有的人很讨厌搬家，但对她来说，这是必须做的。她热爱搬家。可能是因为，就像那些假发，感觉可以给生活带来改变。这是生活的主旋律。这天，她的生活即将改变。几米开外，就在她面前，一辆白色货车开到了人行道上准备停车。为了通过，阿历克斯只能贴着房子的外墙走，她感觉到一种存在，是一个男人。不等她转身，她的背脊已被重重捶了一拳。她失去平衡，身子往前一冲，前额撞上车身，发出一声沉闷的轰响，她丢下手里的东西，想要抓住些什么作为支撑，但她什么都没抓到。男人抓住她的头发，但他只是扯下了假发。他骂了一句她听不懂的话，随即愤怒地用一只手抓了一大把她的真发，另一只手用力打在她肚子上，力气大到可以打死一头牛。阿历克斯甚至没有时间喊痛，她佝偻着身子立马开始呕吐。这个男人力气太大了，他像翻一张纸片一般把她转向自己，一手紧紧绕住她的腰，一手把一团布狠狠塞进她嘴里，堵住她的喉咙。就是他，这个男人，在地铁上、大街上、商店外，就是他。有那么一秒钟，他们互相对视了一眼。她试图用脚踢他，但是他的手臂正像个虎钳一般紧紧缠着她，她没有办法对抗那么大的力气。他把她往下压，她膝盖一软，倒在货车底板上。男人往她腰上狠狠踹了一脚。阿历克斯被一脚踹进了货车，脸擦着车底板。他跟着她上了车，狠狠地把她翻转过来，膝盖抵住她腹部，朝她脸上伸手就是一拳。他打得那么重……他是真的想让她痛，想让她死，这个念头瞬间划过阿历克斯的脑子，她的脑袋撞到地上又弹起来，她的后脑勺受到了沉重的一击，枕骨的地方，阿历克斯告诉自己，就叫枕骨。除了这个词，她所有能想到的，就是她不能死，不能这样死，不能现在死。她像胎儿一样蜷曲着身子，满嘴的呕吐物，她的脑袋快炸了，她感觉自己的双手被粗暴地扭到背后，和脚踝一起死死绑住。我不想现在就死，阿历克斯在心里说。货车的门"砰"地关上，车子启动了，借着突然一下的冲力，脱离了人行道。"我不想就这样死。"

阿历克斯已经有点儿神志不清，但她还能意识到发生了什么。她泣不成声。为什么是我？为什么是我？

我不想死。至少不是现在。

2

在电话里，警察局分局长勒冈没有给他别的选择："我不管你是什么精神状况，卡米尔，你让我抓狂！我没人了，你懂吗？没人！好了，我给你派个车，你立马给我赶过去！"

他停了一下，为了打好预防针，又加了一句："你别再给我添堵了！"

说完，他挂上了电话。这就是他的风格：性情冲动。平常，卡米尔也不把这当回事。一般情况下，他知道怎么跟局长沟通。

除了这次。这可是一起绑架案。

他不想管。卡米尔总说，有那么两三件事是他绝不再做的，负责绑架案就是其中最大的一件。自从他的妻子伊琳娜去世之后。她在怀孕八个月的时候倒在街上。他把她送去诊所，但她还是不行了。他再也见不到她活蹦乱跳的样子。这个打击对卡米尔来说太大了。没法用语言来描述他的混沌不安。他崩溃了。那些日子，他整个像是瘫痪一样，神思恍惚。他甚至开始说胡话，于是便不得不住院治疗。人们把他送去疗养院的诊所。他能活下来简直是个奇迹，超出大家的期待。他离开警队的那些月，每个人都在怀疑他还能不能重新振作起来。当他终于复归时，大家觉得很奇怪，他看上去和伊琳娜死前几乎一模一样，只是苍老了一点儿。从那以后，他只接手第二线的案子：感情纠葛、学术纷争、邻里纠纷，那种死者不会明晃晃躺在你跟前的案子。绝不是这种绑架案。卡米尔要的不是这种死者还在挣扎的。

"然而，"勒冈说道，"那些真正尽一己之力帮卡米尔避开活着的受害者的人，却也没什么前途。这是入殓师干的活儿。"

"但是……"卡米尔回答，"我们本来就是啊！"

他们是二十年的老相识了，他们互相尊重，但互相都不畏惧。勒冈就像查案现场的卡米尔，而卡米尔呢，就像卸了职务的勒冈。总之，这两个人之间的差异，大概就是两个等级的职位，以及二十四公斤的体重，还有三十厘米的身高。这样说起来，他们好像差异巨大，其实是真的挺大的。人们看到他们站在一起时，几乎有种看漫画的搞笑感。勒冈也不是太高，但卡米尔，他实在是太矮了。一米四五，你们自己想象一下吧，他是用仰望的姿势来看这个世界的，就像个十三岁的孩子。他把这归咎于他的母亲，画家莫德·范霍文。她的画被十几座国际博物馆列入收录名单。伟大的艺术家，也是个大烟鬼，每天生活在缭绕的烟雾里，像是戴着一个永不退散的光环，永远不可能想象她和这顶淡蓝色云雾光环分开。卡米尔把他最大的两个特点归因于此。一方面，艺术家的特质赐予了他在素描上的神奇天赋；另一方面，母亲经年累月的烟瘾使他先天营养不良，造就了他这副一米四五的身材。

他几乎就从没遇到过可以让他俯视的人。然而……这样的身高，不仅仅是一种残疾。二十岁的时候，这是种可怕的羞辱；三十岁，这是一种诅咒；但自始至终，谁都知道，这是种命运，是那种让你想咒骂的破事。

多亏了伊琳娜，卡米尔的身高变成了一股力量。伊琳娜让他的内心变得强大。卡米尔从来没有体验过如此……他试图找个形容词，然而没有了伊琳娜，他连个词都想不出来。

勒冈和卡米尔形成鲜明对比，他体形硕大。大家都猜不出他有多重，他也从来不说，有人说一百二十公斤，也有人说一百三十公斤，还有人猜更重。不过都无所谓了，勒冈就是体形庞大，皮糙肉厚，两颊肉肉的像只仓鼠。但他目光如炬，透着睿智，没人能解释为什么，男人们也都不愿承认，女人们却一致认为：局长是个极具魅惑力的男人。天知道为什么。

卡米尔听到勒冈大喊。他没有被他的咆哮吓到，从来也没吓到过……他冷静地拿起电话，拨了号：

"我告诉你，让[1]，我可以去，你那个什么绑架案。但莫莱尔一回来，你就让他接手，因为……这——事——我——不——想——干！"

---

[1] 卡米尔对勒冈的昵称。——译注（本书中注释，如无特别说明，均为译注）

卡米尔·范霍文从不大吼大叫。好吧，很少。这是个威严的男人。他秃顶、矮小、单薄，但大家都知道，卡米尔不好惹。那一头，勒冈没有回答。一些传闻说，在他们两人之间，其实是卡米尔说了算。他们也不觉得好笑。卡米尔挂断了电话。

"妈的！"

这真是稀奇。尤其是，绑架案这种事又不是每天发生，这又不是在墨西哥，为什么不换个时间发生，比如在他执行任务的时候，或者在他休假的时候，总之不是现在！卡米尔狠狠砸了一拳桌子。也不是太狠，因为他是个有分寸的人。即便是在别人身上，他也不喜欢没有分寸的行为。

过了一会儿，他站起来，拿了他的大衣、帽子，迅速走下了台阶。卡米尔的确很矮小，但他走起路来步子很重。直到伊琳娜去世，他的步伐都还算是轻的，她甚至常常对他说："你走路轻得跟小鸟一样。我总觉得你要飞走了。"伊琳娜已经去世四年了。

汽车在他面前停下。卡米尔爬上车。

"你叫什么来着？"

"亚历山大，老……"

他自己打住了。众所周知卡米尔讨厌"老大"这一套。他说这种惺惺作态，让人作呕。他就是这么冲。卡米尔是个粗暴的非暴力主义者。他偶尔会大发雷霆。他原本也是人格健全的，但由于年纪渐长和独居，他变得有点儿阴郁易怒。说到底，他就是没耐心。伊琳娜早就向他多次提出："亲爱的，为什么你总是暴怒呢？"从他一米四五的身高，如果可以用"高"这个词的话。卡米尔夸张地带着惊讶的表情回答说："啊，的确，这……根本没理由生气……"易怒又懂得分寸，粗暴又足智多谋，很少有人能一下看透他，欣赏他。也因为他总有点儿闷闷不乐。卡米尔自己也不太喜欢自己。

自从他复工以来，大约三年时间，卡米尔接手了所有的实习生，对于那些不太乐意管这些事的部门负责人来说简直是一个意外的运气。自从他的队伍解散以来，他不想做的，就是重组一个固定的队伍。

他看了亚历山大一眼。论长相，这家伙怎么都不像"亚历山大"。尽管他比卡米尔高出四个头，但这也不是什么值得骄傲的事情，而且他还不等卡米尔命令就已经发动了车子，这至少说明他很紧张。

亚历山大像箭一样飞驶出去，他喜欢开车，很显然。感觉GPS都追不上他。亚历山大想在长官面前展现自己的高超车技，警笛呜啦呜啦地叫着，警车傲慢地穿过大街小巷，穿过十字路口。卡米尔的双脚悬空在离地二十厘米的地方，摇来晃去，右手紧抓安全带。不到十五分钟，他们就到达了现场。现在是二十一点十五分。尽管不算太晚，巴黎已经昏昏欲睡，宁静安详，怎么都不像一个会有女人被绑架的城市。"一个女人，"报警的目击者这么说，他显然无比震惊，"就这么被绑了，就在我眼皮底下！"他回不过神来。不得不说，这种经历并不常见。

"就那儿，把我放下。"卡米尔说。

卡米尔下了车，压了压帽子。小伙子把车开走了。他站在街的尽头，离第一个屏障五十米。卡米尔步行而去。只要有时间，他总是努力站远一点儿看问题，这是他的方法。第一眼印象极为重要，因为这是看到全景的一眼，而之后，就该深入数不清的细节，实事求是，没有退路。这是他为了在离案发现场百米开外下车而给出的官方解释。另一个原因，真正的原因，是因为他不想过去。

他走向那些旋闪灯肆意投射的警车，想弄明白自己的感觉。

尽管他走得很慢，但终究还是到了。

事情差不多就是这样的，四年前，就在他住的街上，甚至和这条街看着也有点儿相似。伊琳娜就这么离开了。她本该几天后临盆，生个大胖儿子。她本该当了妈妈。卡米尔冲出去，一路狂奔，一路寻找，那晚为了找到她，他像发了疯一般……然而无济于事……后来，她死了。卡米尔人生的噩梦就是从类似现在这样的一秒开始的。所以他的心怦怦直跳，耳朵轰鸣。他自以为沉睡了的罪恶感，此刻，又醒来了。这让他想吐。一个声音对他说快跑，另一个声音叫他面对，他感觉胸口被钳子夹住一般。卡米尔觉得自己要晕倒了。他没有晕倒，而是推开一个路障，进入现场。站岗的警员从远处给他做了个手势。就算不是每个人都认识范霍文警长，每个人还是能认出他。这是必然的，就算他不算什么传奇，但这样的身高……还有这样的故事……

"啊，是您？"

"你很失望……"

路易立马拼命摆手，一脸惶恐。

"不，不，不，不，怎么可能！"

卡米尔笑了。他总能轻而易举地让路易手足无措。路易·马里阿尼很久以来都是他的助理，卡米尔了解他就像了解自己的作品一样。

起初，在伊琳娜遇害后，路易经常去诊所看卡米尔。卡米尔不怎么说话。他唯一剩下的，只有一个消遣，画画。这已经成为他的主要活动，甚至可以说唯一活动。他只画画，每日如此。那些素描、草图、速写堆满了房间，至于房间，卡米尔也是不管不顾。路易自己收拾了一小块地方待着，两人一个看着公园里的树，一个看脚。他们在这种静默中互诉衷肠，但依然一字不发。因为他们不知道怎么说。然后突然有一天，毫无预兆地，卡米尔解释说他更想一个人待着，不想把路易也卷进他的悲伤里来。"一个悲伤的警员的住处，这种地方多去也没什么意思。"说完，两人关系就开始疏远了。日子一天天过去。然而当一切开始好转时，已经太晚了。卡米尔度过了哀悼期，却发现四周一片荒芜。

他们很久没见面了，只是偶尔遇到，在开会时，在报告会上，类似这些时候。路易没怎么变。就算有天老死，他也带着年轻人的神情，有些人就是这样，总是一样优雅。一天，卡米尔对他说："就算我打扮得像去参加婚礼，在你身边，我都像一个流浪汉。"不得不说，路易很有钱，非常有钱。他的财产，就像勒冈的体重，没有人知道具体数目，但大家都知道数目庞大，而且，当然还在不断扩大。路易可以靠他的养老金过活，并且保障未来四五代子孙的生活。然而他却选择做刑事科警员。他刻苦学习了大把他根本不需要费劲学的东西，这让他拥有卡米尔无可指摘的深厚文化底蕴。说真的，路易是一个怪人。

路易笑了，在这种情况下毫无预料地再次见到卡米尔，他有种很奇怪的感觉。

"在那里。"他指着那些屏障说。

卡米尔加紧脚步赶上这个年轻人。其实也没那么年轻了。

"话说你几岁了，路易？"

路易转身。

"三十四，怎么了？"

"没，没什么。"

卡米尔意识到他们离布尔代勒博物馆只有两步路了。他非常清晰地看到了射手赫拉克利斯的脸，战胜怪物的英雄。卡米尔从没做过雕塑，他没有这身体素质，他也很久没画油画了，但素描，他还是一如既往地画，即便在他长久的抑郁之后。这种力量比他自身还要强大，这是他存在的一部分，他无法控制自己，手上永远拿着一支笔，这是他观察世界的方式。

"你知道吗，布尔代勒博物馆的射手赫拉克利斯？"

"知道。"路易说。

他的表情有点儿困惑。

"但我在想，射手赫拉克利斯不是在奥赛美术馆吗？"

"你还是这么讨人厌。"

路易笑了。这种句子，在卡米尔说来，更像在说，我挺喜欢你的。也像在说，时间过得多快啊，这是多久了，我俩？说到底，这是在说，我们有多久没见面了，自从我害死了伊琳娜，不是吗？总之，这两人在这样一个犯罪现场重逢，总给人一种奇怪的感觉。突然，卡米尔觉得应该声明一下："我是来代替莫莱尔的。勒冈手下没人了。他逼我来的。"

路易示意他明白，但还是有点儿怀疑。范霍文警长被调派来负责这种案件，总让人觉得不可思议。

"你打电话给勒冈，"卡米尔接话，"我要增派人手。马上。看这时间点我们也做不了什么，但至少试试……"

路易点点头，拿起手机。他也是这么想：这类案子可以从两方面看。绑架者或者受害者。绑架者当然是不知来历了。但是受害者，或许住在这个小区，或许就是在自己家附近被绑的，不仅是伊琳娜的故事让他们这样想，数据也是如此显示的。

法勒基耶尔路。显然，今晚，他们和雕塑家们有约。他们走在马路当中，入口都已经被封锁了。卡米尔顺着楼层抬起眼睛，所有的窗户都亮着灯，一副开派对的景象。

"我们有一个目击者，只有一个，"路易关上手机说，"还有绑架时汽车的位置。身份鉴证组应该就快来了。"

就在这时，他们来了。他们迅速穿过屏障，路易沿着人行道在两辆车子之间为他们指路。四位技术人员立马带着设备下了车。

"他在哪儿？"卡米尔问。卡米尔长官非常急躁，给人感觉他想尽快离开。

他的手机振动了。"不，检察官先生，"他回答说，"信息通过十五区的警局传到我们这里时，已经来不及拦截他了。"

极度礼貌却干巴巴的冷漠语调，这就是卡米尔对检察官说话的态度。路易避嫌地走开了几步。他理解卡米尔的急躁。如果是一个小孩子被绑架，人们早就拉响绑架警报了，但现在被绑的是一名成年女性。他们得自己去应付。

"你们所要求的，太难完成了，检察官先生。"卡米尔说。

他的声音又降了一个调，而且语速很慢。熟悉他的人再清楚不过，在他身上，这种态度就表明是在和检察官说话。

"您看，先生，正当我跟您说着话，就有……"他抬起眼睛，"我得说……好些人在窗口了。附近的调查人员还会通知到两三百人。所以，在这种情况下，如果您知道什么方法能够避免消息扩散，请告诉我。"

路易偷偷笑了。这就是范霍文。他喜欢。因为他发现范霍文和以前没什么两样。四年时间，范霍文老了一点儿，但他还是那么肆无忌惮。有时候，对于等级制度来说是个公害。

"当然，检察官先生。"

听他的语气，不用猜都知道，不管他刚刚答应了什么，他都不会遵守诺言。他挂了电话。这场对话比现在的案情更让他心情糟糕。

"首先，妈的，他在哪里，你的莫莱尔？"

路易没想到他会这么说。"你的莫莱尔。"卡米尔没有道理这样说，但路易理解他。把这案件强加到范霍文这样已经有崩溃倾向的人身上……

"在里昂。"路易冷静地回答，"参加欧洲研究会。后天回来。"

他们又重新朝着由警官看守着的目击者走去。

"你真让我糟心！"卡米尔脱口而出。

路易不吭声。卡米尔停了下来。

"对不起，路易。"

但这么说着，他并没有看路易，他看着路易的脚，然后又重新看向楼上的窗子，和窗子里那些看向同一个方向的脑袋，他们像是在一辆要开往战场的火车上。路易想说些什么，但好像也没什么可说。卡米尔做了个决定。他终于看着路易："来吧，我们表现得好像……"

路易用右手捋了一下头发。这就像他的语言，捋头发。这一刻是在说：当然，好的，我们就这样。路易指了指卡米尔身后的人影。

这是个四十几岁的男人。他在遛他的狗，那只狗像一坨什么东西蹲坐在那里，上帝一定是哪天特别累，才随手造了一下它。卡米尔和这只狗对视一下，立马就互相讨厌起来。狗低声吠叫了一声，然后小声地后退了几步直到撞上它主人的脚。但比起狗来，主人更惊讶于看到卡米尔杵在自己面前。他看看路易，像是惊讶于这样的身高居然可以在警局当警长。

"范霍文警长。"卡米尔说，"您需要看我的证件还是您相信我的话？"

路易非常满意。他知道接下来的套路。这个目击者会说："不，不，没什么……就是……"

卡米尔会打断问："就是什么？"

对方会很尴尬："我没想到，您看……就是……"

然后，两种解决方式。要么卡米尔顺势去推那家伙，使劲压他的脑袋直到他求饶，有时候他的确很残暴。或者他放弃。这一次，卡米尔选择放弃。这是一起绑架案。情况紧急。

所以，这个目击者当时在遛狗，他看到一个年轻女人被绑架，就在他眼皮底下。

"晚上九点，"卡米尔说，"您确定时间吗？"

这位目击者就像所有人一样，当他在说什么事情的时候，说到底，他不过在说他自己。

"确定，因为九点半，我要看《极速无限》的撞车集锦！我特意在这之前下来遛狗。"

先从作案者的身形开始。

"他当时是侧身对着我，您知道，但他是个人高马大的大块头。"

他真的觉得自己做出了巨大的贡献。卡米尔看着他，已经疲倦。路易继续提问。头发？年龄？穿着？没看清楚，难说，正常。这样的回答……

　　"好吧。那车子呢？"路易带着鼓励的神情问道。

　　"一辆白色货车。就是那种工人一般会开的车子类型，您明白吗？"

　　"什么工人的类型？"卡米尔打断他。

　　"好吧，我，我也说不清，就是那种……我不知道，反正就是工人！"

　　"谁让你说这些的？"

　　范霍文似乎在吓唬他。这家伙半张着嘴。

　　"那些工人，"他终于说，"他们都有这样的车，这样的运货车，不是吗？"

　　"是，"卡米尔说，"他们甚至会在车上标注自己的名字、电话和地址。这可以说就像免费的移动广告，不是吗？所以，这辆车上，写着什么，您的工人？"

　　"嗯，就是，这上面，什么都没写。总之，我什么都没看见。"

　　卡米尔拿出他的记事本。

　　"我记录一下。所以我们说到……一个陌生女人……被一个匿名工人用一辆来路不明的车子给绑架了，我遗漏了什么吗？"

　　狗主人非常恐慌。他的嘴唇在颤抖。他转向路易。瞧啊，快来帮忙吧，又要重新开始了。

卡米尔合上记事本，筋疲力尽，他转过身去。路易来接班。这唯一的目击者几乎没什么有用的信息可以提供。卡米尔背着身听完了接下来的问询。车子的牌子："一辆福特，可能吧……我不怎么认识车子的牌子，您要知道，我已经很久没有车子了……"但受害者是一个女人，"确定以及肯定"。男人的描述，始终是含混不清的，"他独自一人，反正，我没看见其他人"……始终是这样。让人难以忍受。

"她叫嚷，挣扎……所以男人往她肚子上狠狠揍了一拳。那一拳打得太重了！我就是在那时叫了起来。想让他觉得害怕，你们懂的……"

卡米尔全身心地听着这些细节，就像亲身经历了这些痛苦一般。一个商人看见了伊琳娜，在她被绑架那天，事情都差不多，没什么可说的，什么都看不见，或者几乎看不见。都一样。走着瞧。他立马转过身去。

"您当时在哪里，确切一点儿？"他问。

"那里……"

路易低着头。男人伸出手臂，食指指着一个方向。

"让我看看。"

路易闭着眼。他和卡米尔想到了一起，但他不会做范霍文马上要做的事。目击者牵着他的狗，一边一个警察，顺着人行道前行，然后停了下来。

"差不多就是这里……"

他比画着，从一边转到另一边，撇了撇嘴，嗯，差不多。卡米尔想要确定的回答。

"这里？不是更远？"

"不，不。"目击者扬扬得意地说。

路易和卡米尔得出了相同的结论。

"你们知道吗，他还踢了那个女人好几脚……"男人说。

"我再清楚不过了。"卡米尔斩钉截铁地说，"所以，您在这儿，这是多远？"

他看向男人，问道。

"……四十米？"

是的，这男人很满意自己的估计。

"您看见一个女人被殴打，被绑架，在四十米开外的地方，您所做的，就是鼓足勇气叫喊。"

他抬头看了一眼目击者，那人眼皮快速跳动着，像是被一种强烈的情绪统摄着。

卡米尔一言不发地叹了口气，转身离开，最后看了一眼那条狗，它和它的主人有着一样勇敢的神情，那种好像随时要给自己注射毒品的神情。

他又感到一种，怎么说呢，他想找个词，一种悲怆，一种有点儿……触电般强烈的感觉。因为伊琳娜。他转身，看向荒芜的街区。其实，他是被一种精神上的释怀震惊了。他明白。从开始到现在，他专业而有条理地完成了他的工作，他发挥了人们所期待的主动性。但直到这一瞬间，他才第一次意识到，这个地方，不到一小时前，一个女人，有血有肉的女人，被绑架了。她曾在那里叫喊，她曾被暴打，被塞进一辆面包车，像个囚犯一般，惊慌失措，或许还饱受折磨。他才意识到现在必须争分夺秒，而他却还没步入正轨，因为他想保持距离，想自我保护，他不想真正做这份工作，这份他自己选择的工作，他在伊琳娜死后依然保有的工作。"你可以不这么做，"他对自己说，"但你还是这么做了。"你在这里，在这个确切的时刻，你的存在有一个恰当的理由：重新找到那个女人，那个刚刚被绑架的女人。

卡米尔感到一阵晕眩。他一手撑在车身上，另一手松开领带。置身于这样特殊的场合，或许并不是一件太好的事，对于一个不那么容易消化痛苦的人来说。路易正在他的兴头上。不论谁都会问一句："你还好吧？"但反正不是路易。他站在卡米尔身边，看向别处，就像在等待一个裁决，充满耐心，满腹情感，又焦灼不安。

卡米尔恢复过来，喷着鼻息。他对着离他三米远的鉴证组技术员们说："你们有什么进展吗？"

他朝他们走去，清了清嗓子。发生在大街上的案件有一个问题，就是你得收集现场的一切线索，至于它们和你的案情有没有关系，这全凭运气。

一个技术人员，两人中更高大的那个，抬起头看向他："一些烟蒂，一个硬币……"他凑近一个放在小箱子上的塑料袋，"……

不是本地人，一张地铁票，还有一块用过的面巾纸和一个塑料钢笔帽。"

卡米尔看向这个装着地铁票的透明塑料袋，把它向光举起。

"很明显，"小伙子又加了一句，"绑匪拼命摇晃过她。"

阴沟里有呕吐的痕迹，他的同事小心翼翼地用消过毒的勺子收集了一些。

栏杆的另一端传来一阵骚动。一些穿着制服的警员小步跑来。卡米尔数了一数。勒冈给他派来五个人。

路易知道他要怎么做。三组，他会把他们派去周边地区搜索，鉴于事件刚刚发生，绑匪应该走不了多远。发号施令，这是卡米尔的专长。最后一名警员会和路易一起询问沿街居民，把那些从窗口目击的人叫下来，还有那些最靠近案发地的人。

临近二十三点，搜索目击者的路易发现了街上唯一一栋在底楼还有门房的建筑，这在巴黎已经非常罕见。门房立即就被路易的优雅迷住了，于是她的值班室就变成了警方的司令部总部。而她一看到卡米尔警长的身高，就被触动了。这个男人的残疾，就像是被遗弃的小动物，直戳她的心窝。她立马把拳头放在自己的嘴上，忍不住惊叹，我的天哪！我的天哪！我的天哪！在这个奇观面前，她整个人都在怜悯、哆嗦，像要昏厥过去，更可以说是一种悲恸。她偷偷打量着警长，痛苦地眯着眼睛，好像他有一个外露的伤口，而她在分担他的痛苦。

她私下向路易打听："您希望我为您的长官找一把小一些的椅子

吗？"

好像卡米尔是刚刚瞬间变小了，需要为他做些安排似的。

"不用了，谢谢。""虔诚者路易"[1]闭着眼回答，"这样就很好了，太感谢您了，夫人。"

路易对她露出一个迷人的微笑。随后，她为每个人泡了一杯咖啡。

在卡米尔的咖啡杯里，她加了一把咖啡勺。

全体人员都在工作，卡米尔在门房慈爱的目光下啜着咖啡。路易在沉思。这是他的癖好，路易是个知识分子，他无时无刻不在沉思。试图理解一切。

"赎金……"他小心翼翼地提出可能。

"性……"卡米尔说，"疯狂……"

我们不难悉数人类的狂热：毁灭欲、占有欲、反抗欲、征服欲。他们看到这些狂热，觉得它们如此相似，都是可以让人杀戮的狂热。而他们，在这间凝滞一般的房间里，几乎无所事事。

周边地区已经搜索完毕，目击者都被叫下了楼，证词也都核实过了，那些"听说"，那些流言蜚语，听得越多越没有信心再去敲门，一晚上很多时候都是如此。

目前为止，什么都没有。这个被绑架的女人或许不住在这个街

---

[1] 中世纪法兰克国王路易一世的昵称。

区，至少不在案发地的周边。这里，似乎没有人认识她。我们可以得出三个可能的特征：可能是在旅行的女人，在搬家的女人，暂时离家的女人……

这对卡米尔来说没有任何意义。

3

是寒冷把她冻醒的。还有挫伤的疼痛，因为路程很远。她被绑了起来，没有办法不让自己的身子滚来滚去，撞上隔板。车子终于停下，男人打开车门，用一块塑料篷布把她裹起来。他把她一把扛在肩上。想象自己已经沦落为货物是可怕的，同样可怕的是想象自己已经落入一个把自己当货物扛在肩上的男人手里，任之摆布。这让人不由猜想，他究竟会做什么。

他什么保护措施都没有做，不管是把她放到地上，还是就地拖袋子，又甚至是把她滚下楼梯。楼梯的边缘敲打着她的每一根肋骨，她也没有办法保护头部，阿历克斯大声号叫，但男人不为所动地拽着她前行。当再一次撞到后脑勺后，她昏厥了过去。

不知道昏迷了多少时间。

现在，与其说是风，不如说是刺骨的寒意侵占了她的双肩，钻到了她的怀里。双脚冰冷。胶布绑得太紧，她感觉浑身血液都停止了循环。她睁开眼睛。至少，她试图睁开眼睛，因为她的左眼皮还是黏合着。嘴也张不开，被一张大大的透明胶带贴着。她自己都不记得，是昏迷时贴上的。

阿历克斯躺在地上，侧卧着蜷曲着，双臂被绑在背后，双脚也被捆绑着。她的髋部承受着全部的重量，隐隐作痛。她表现出一种昏迷后的迟钝，浑身疼痛，像是经历了一场车祸。她试图弄明白自己置身何处。她扭动胯部，终于背部着地，她的肩膀太疼了。左眼终于睁开了，但什么都看不见。"我瞎了！"阿历克斯对自己说，惊恐万分。几秒钟后，她半睁着的眼睛终于向她传送来一幅模糊的画面，看起来像是来自几光年之外的星球。

她用鼻子深吸了一口气，再把它吐出，试图让自己冷静下来。这是一个车库或是一个仓库。一个大而空旷的地方，光线从顶上射入，弥散开来。地面坚实而潮湿，肮脏的雨水散发出臭气，凝滞的积水，这就是为什么她会觉得这么冷：这个地方阴气逼人。

她首先回想起来的，是一个男人把她贴着自己紧紧箍住。他身上发出酸涩、强烈的气味，那是一种动物般的汗味。在那些悲剧性的时刻里，人总会回想起那些无足轻重的细节：他扯我头发——这是她首先想到的。她想象着自己脑袋上一大片区域光秃秃的，被拔去了一大把头发，开始哭泣。其实，与其说是这个画面使她哭泣，不如说是这突如其来的一切，疲惫、痛苦，还有恐惧。她哭泣，这样哭泣并不是件容易的事，胶带封着嘴唇，她喘不过气来，她开始咳嗽，但不那么容易，她呼吸困难，眼中噙满泪水。一阵恶心从胃里翻腾起来，却又无法呕吐。她的嘴里充满了苦涩，不得不重新吞下。这让她发疯，让她恶心。

阿历克斯努力呼吸，努力理解，努力分析。尽管对于当下的情况充满绝望，她还是试着重新找回一些冷静。虽然冷静有时候没什么用，但没有它，就一定玩完了。阿历克斯试着平静下来，试着降低心跳频率。试图理解发生了什么，她做了什么，为什么自己会在这里。

她回想着。她饱受折磨，但此刻让她感到尴尬的是她的膀胱，肿胀着，受着压迫。她在憋尿这方面从来不擅长。不到二十秒，她就做了决定，她放弃抵抗，直接尿在了身下，尿了很久。这个自我放任的动作不算是个失败，因为是她自己的选择。如果她不这么做，她将受更久的折磨，或许扭来扭去几个小时，最终还是难免尿在身上。何况在这样的情形下，她有很多其他事情需要担忧，撒尿的欲望，实在是个阻碍。只是几分钟之后，她感觉更冷了，这是她之前没想到的。阿历克斯开始发抖，她也不知道为什么，可能因为寒冷，或者因为害怕。她又回想起两个画面：男人站在地铁里，在车厢的末端，对着她微笑；还有他的脸，在他死死抱住她塞进货车之前。着地时她重重地摔在地上。

突然远处的金属门砰砰作响，响声刺穿空气。阿历克斯立刻停止哭泣，窥伺着，浑身紧绷，好像随时都要炸裂。然后她腰部一用力，又重新回到侧睡的姿势，闭上双眼，准备忍受一顿暴打，她知道他要揍她，这就是他绑架她的原因。阿历克斯屏住呼吸。她听见男人远远走来的声音，脚步坚定而沉重。终于，他站在她的面前。

透过睫毛，她看到男人的鞋子，一双大号的、擦得锃亮的鞋子。他没有说话。他俯视着她，一言不发，这样持续了好一会儿，像是在监视她睡觉。她终于还是决定对他完全睁开眼睛。他双手背在身后，脸倾斜着，看不出一丝意图，他俯视着她，就像俯视着……一个东西。从下面看，他的脑袋硕大无比，眉毛黝黑茂密，构成了一片阴影，笼罩了他眼睛的一部分，最重要的，是他的前额，比他的脸还要宽，感觉像是满溢了出来。这让他看起来有种智力发展迟缓的、原始的感觉，冥顽不灵。她想找到合适的词，却只是徒劳。

阿历克斯想说些什么，胶带阻止了她。不管怎么样，她能说的也不过就是："求求你……"她绞尽脑汁想自己能和他说些什么，如果他把她松绑的话。她想找到除了哀求之外的话，但是她想不出，什么都想不出，一个问题都没有，一个要求都没有，只有这个哀求。她想不出任何话语，阿历克斯的大脑像是凝滞了。只有模模糊糊的这些印象：他把她绑架了，捆扎起来，扔在这里，他会对她做什么？

阿历克斯哭了，她不能自已。男人一声不吭地走开。他走到房间的角落。他大手一挥，掀开一块篷布，她看不清盖着什么。她只有这一个神志不清的祈祷：让他不要杀我吧。

男人背对着她，弓着背，边后退边双手拉着什么重物，一个箱子？它贴着混凝土地面发出吱吱的声响。他穿着一条深灰色布裤子，一件宽大、变形的条纹套头衫，感觉像是穿了好多年。

就这样退了几米，他不再拉，抬头看向天花板，像是在瞄准什么，然后他就这样站在那里，双手叉着腰，像是在盘算要如何开始。最终，他转过身来，看向她。他走过来，俯身，一只膝盖靠近她的脸，伸出手臂，突然一下，切断了绑住她脚踝的胶带。然后他的大手抓住黏住她嘴唇的透明胶带的一端，用力一拉。阿历克斯发出一声痛苦的叫喊。他只要一只手就可以把阿历克斯提起来。当然，阿历克斯也不是很重，但是不管怎么说，是一只手！她整个人感到一阵晕眩，站立使她的血液向上涌，她再一次开始摇摇晃晃。她的额头差不多到男人的胸口。他死死抓住她的肩，把她转了个向。还不等她说一个字，他动作麻利地割断了她手腕处的绳子。

阿历克斯鼓起全部的勇气，完全没有思考，她说出了脑海中盘旋的字眼儿："求求你……"

她简直已经认不出自己的声音。然后她开始口吃，就像她小时候，青春期的时候。

他们面对面，这是无限接近真相的一刻。阿历克斯想着他可能对自己做什么，她被自己的念头吓坏了，她想去死，没有任何别的要求，她想他现在就杀死她。她最害怕的，是在这种等待中。她的想象不断冲击着她，她想着他可能对自己做的事，闭上眼，她看到自己的身体，就好像她的身体不再属于自己，它躺在那里，保持着刚才的姿势一动不动，带着伤，不停地流血，它受着煎熬，好像它不是她，但它就是她。她看着自己死去。

有点儿冷。小便的气味，让她觉得羞辱，她又感到害怕，他会做什么，只要他不杀了我，老天保佑他不要杀我。

"脱衣服。"男人说。

声音严肃而坚定。他的命令也一样严肃而坚定。阿历克斯张开嘴，但还不等她说一个字，他已经狠狠打了她一个耳光，她一个跟跄倒向一边，她走了一步，摇摇晃晃，又走了一步，她跌倒在地，脑袋撞到地面。男人慢慢朝她走去，抓住她的头发。一阵剧痛。他把她提起来，阿历克斯感觉她所有的头发都要被他从头皮上拔下来了一般，她死死抓住男人的手，试图阻止他，她的双腿已自发地重新有了力量，阿历克斯站了起来。他又给了她一巴掌，由于他依然抓住她的头发，她的身体只是轻微动了一下，脑袋只是稍稍偏了一下。但这巴掌打得很响亮，她痛得好像什么都感觉不到了。

"脱衣服。"男人重复道。一字不差。

他放开她。阿历克斯走了一步，摇摇晃晃，她努力保持平衡，却一下跪了下来，她忍住痛没有叫出声。他走过来，俯身。在她上方，他的大脸、沉重的大脑袋、灰色眼睛……

"听得懂吗？"

他等着她回答，举起一只大大的张开的手，阿历克斯猛然一跳，她不断说着："是。是，是，是。"立马起身，她只想不再挨打。为了让他理解自己已准备好完全地、彻底地服从他，阿历克斯飞快地脱去T恤，扯掉胸罩，匆忙地摸索着牛仔裤的扣子，好像她的衣服突然着了火似的，她想立刻全部脱掉，好让他不再揍自己。阿历克斯扭动着身子，脱光了身上所有衣服，所有的，飞快地。于是她就这么站着，两条手臂贴着身子，就在这一刻，她开始意识到自己刚刚失去了什么，并且再也找不回来。她的失败很彻底，这么快地脱掉全部的衣服，这意味着她已全盘接受，不再有丝毫反抗。某种程度来说，阿历克斯刚刚已经死了。她的感觉似乎来自很遥远的地方。好像她的灵魂已经飘浮在身躯之外。或许正因为这样，她突然有了提问的勇气："你想……想要什么？"

他的嘴唇薄得像几乎没有一样。甚至当他微笑起来，也看不出是在微笑。现在，他的表情，是一个问号。

"你能给我什么，贱货？"

他努力表现出一种贪婪，好像他真的是在诱惑她。对于阿历克斯来说，这些字眼儿有着深意。对于所有女人来说，这些字眼儿都是有深意的。她吞了一口口水，心里想着：他不会杀我了。她的脑袋围绕着这个念头打转，死死不让任何别的念头来打破这种信心。但她的内心总有什么东西在告诉她，他还是会杀了她的，她的大脑似乎被一根绳子捆了起来，越捆越紧，越捆越紧，越捆越紧……

"你可以操……操我。"她说。

不，不是这么回事，她感觉到，不是以这种方式……

"你可以……强奸我，"她又加了一句，"你怎样……都可以……"

男人脸上的笑容僵硬了。他退后了一步，隔着一些距离看着她，从头到脚。阿历克斯张开双臂，她想表现出一种自我献身，放弃抵抗，她想表现出她已经放弃了所有自由意志，完全受他支配，臣服于他，她只想争取时间，只是时间。在这种情况下，时间，就是生命。

男人安静地打量着她，他的目光不紧不慢地上下游走，最后停在她的下体，久久没有移开。她没有动，他微微倾斜了一下脑袋，一脸疑惑。阿历克斯为自己在男人面前裸露的行为感到羞耻。如果他不喜欢她，如果这样还不能满足他，她还有什么能给他，他又会怎么做呢？他摇了摇头，似乎非常沮丧，失望，不，这不行。为了更清楚地表达，他伸出手，用拇指和食指抓住阿历克斯的右乳头，使劲一转，他转得太快太狠了，以至于阿历克斯痛得佝偻起身子，立刻发出一声惨叫。

他放开了她。阿历克斯抱着胸口，瞪大了双眼，凝神屏息，她左右脚轮换着跳来跳去，疼痛使她失去理智。她的泪水不自觉地流下来，她问道："你想要……做什么？"

男人笑了，像是在提醒她一件显而易见的事："好吧……我想看着你死，贱货。"

于是他走到一边，像是个演员。

终于她看见了。在他身后，在地上，一个电钻，一个木箱子，不是太大。刚好能装下一个身子。

4

卡米尔搜索着研究着一份巴黎的地图。门口，一个穿着制服的警员被警局派来给好奇的邻里们解释情况，劝他们不要聚集在现场，除非是绑架案的重要目击者。绑架案！这听起来就像是个业余节目，有点儿像在看戏。主角并没有出现，但这不重要，仅仅是这场面，就足以令人激动。整个晚上，人们重复着同样的话，就像在一个村庄里。我不明白，但是，是谁？谁？谁？谁？我跟你说了我不知道，一个女人，就我所知，那是我们认识的人吗，说呀，我们认识吗？流言蜚语不断膨胀，甚至那些本该在这时候已经睡觉了的孩子都下来看热闹，整个街区的所有人都因为这突如其来的场面兴奋起来。有人问电视台会不会来，人们不停问值班警员同样的问题，久久逗留不散，漫无目的，等待着不知道什么东西，仅仅是为了万一有什么新进展自己能够在现场，然而什么都没有。于是渐渐地，流言蜚语削弱了，人们的兴趣也消减了。几个小时过去了，夜色越来越重，余兴节目变成了一团混乱，窗口有人开始抗议，现在，人们想要睡觉，人们想要安静。

"他们只会打电话报警。"卡米尔说。

路易是最冷静的，和往常一样。

在他的地图上，他标出了通向案发地的轴线。四条这个女人在被绑架前可能走过的路线。法勒基耶尔广场或者帕斯托尔大道，维基勒布隆大街或者，反过来，柯唐坦大街。她也可能是坐公车，88路，或者95路。地铁站离事发地都比较远，但也不排除这种可能。培尼迪站，普雷桑斯站，弗伦泰尔站，沃吉拉尔站……

如果再这样找不到任何头绪，明天，就必须尽可能地扩大搜查范围，哪怕为了一点点的情报。但这必须等到明天，等到那些蠢货起床，说得好像现在真的有时间去干等着一样。

绑架案是一种性质比较特殊的案子：受害者并没有明晃晃地出现在你眼皮底下，就像谋杀案一样，而是需要想象。这就是卡米尔试图做的事情。他的笔下出现了一个女人走在街上的身影。他稍稍审视了一下：太优雅，有点儿像是名媛贵妇。卡米尔可能把她画得稍微老气了一点儿。几通电话之后，他把图划掉，重新开始。为什么他总觉得她应该很年轻？有人会绑架老妇人吗？第一次，他觉得她不该是个女人，而是一个女孩。"一个女孩"在法勒基耶尔路被绑架了。他又开始画他的速写。穿着牛仔裤，留着短发，背着斜挎背包。不。其他速写，比如这张穿着直筒裙、有着大胸脯的，他把它划掉，觉得看着不自在。他觉得她应该很年轻，但说到底，他想到的不是她。他在脑海中真正看到的，是伊琳娜。

他的生命中并没有别的女人。在对他这样身高的男人来说如此有限的机会里，一方面出于一种罪恶感，出于对自身的一种厌恶，以及出于对和女人建立正常亲密关系的恐惧，他的性需求取决于太多条件的结合，总之什么都没有发生。哦不，有一次。一个女孩遇到危险，他帮助她摆脱了窘况。他看到她眼神里像是松了一口气，并没有更多内容。后来他又在他家附近遇到那女孩，像是巧合。于是，他们在拉玛莉娜餐厅露台上喝了一杯，然后晚餐，是不可避免的游戏调笑，最后又喝了一杯酒，接下来……当然，这不是一个正直的警察能接受的那种事。但是那个女人神情如此和蔼可亲，情绪有点儿失控，像是真心诚意地想要表达感谢。好吧，这是卡米尔为了自我开脱而不断对自己说的话。超过两年没有接触过女人，这本身就是一个理由了，却也不那么充分。他还是做错了事。温柔沉静的夜晚，让人可以不用相信所谓的高尚情感。她听说了他的故事，在警队，每个人都知道这个故事，范霍文警官的妻子被谋杀了。她只是说着些简单的日常，然后脱去了衣服，迅速爬到他身上，毫无前兆地，他们互相对望着，卡米尔闭上了眼，好像别无选择。他们时不时会遇见，她住在附近，四十岁的样子，比他高十五厘米。安妮，也一样难以捉摸：她没有和他睡过夜，她说她宁愿回去。卡米尔觉得这样也很好，免得他伤心。当他们再次相遇，她看上去好像什么都没有发生一般。最后一次遇到，周围还有很多人，她甚至还握了他的手。为什么他现在会想她？她是那种会让男人想要绑架的女人吗？

心理上，卡米尔转向绑匪。杀人可以有很多种方式，也可以有很多种动机，但是绑架却都如出一辙。有一件事是肯定的：为了绑架某人，绑匪需要冲动。当然，这可以是出于一时之兴，或者瞬间暴怒，但这实为罕见，并且一般很难成功。大多数情况下，绑匪有组织、有预谋、有精心的准备。数据并不乐观，最初的几小时是至关重要的，接下去的救援机会就会迅速递减。人质，这是个大物件，绑匪很快就会想脱身。

路易第一个抓住重点。他打了电话给所有十九点到二十一点半当班的公交车司机。他们一个一个被他叫醒。

"88路车的最后一班司机，"他遮住话筒对卡米尔说，"大概二十一点的时候。他记得有个女孩追过他的车，但后来又改变了主意。"

卡米尔放下他的铅笔，抬起头。

"哪一站？"

"帕斯托尔学院。"

背脊一阵战栗。

"为什么他会记得她？"

路易做着传话人。

"漂亮。"路易说。

他紧紧抓住话筒。

"是真的非常漂亮。"

"啊……"

"并且他非常确定时间。他们打了个招呼，她对他笑了一笑，他告诉她这是当天晚上最后一班公交车了，但是她更想去法勒基耶尔路散步。"

"人行道的哪边？"

"右边往下走。"

正确的方向。

"体貌特征？"

路易问了些更详尽的问题，但结论并没有更具体。

"模糊。太模糊了。"

这就是那些过于漂亮的姑娘的问题：人们被她们的魅力蛊惑，而疏忽了细节。唯一记得的，是她的眼睛、她的嘴、她的臀部，或者同时记住这三个，但至于她穿什么，这……这是那些男性目击者的缺陷，而那些女人的描述则更精准。

卡米尔一晚上不断思忖着这个问题。

凌晨两点半，能做的都做了。现在，只有期待有什么突如其来的事件，能给他们提供一个顺藤摸瓜的契机，比如一个索要赎金的信息，开启一个新的进展；或者发现一具尸体，一切尘埃落定。一个随便什么可以捕捉的迹象。

最紧急的，如果做得到的话，显然是查明受害者的身份。目前，警方是明确的：没有任何失踪人员的体貌特征与这个女人相符。

案发地附近什么线索都没有。

六小时已经过去了。

5

　　这是一个板条箱。木板之间两两相隔十几厘米；从外面可以清楚看到里面的状况。目前来说，什么都没有，它是空的。

　　男人抓住阿历克斯的肩膀，用一种前所未有的暴力，把她拖到箱子面前。然后他转过身，好像她不再存在一般。这个打孔机其实是一个电动螺丝刀。他从箱子上方卸下一块木板，然后又一块。他背对着她，弓着身子。他粗大的脖子渗着汗珠……尼安德特洞穴人，这是首先跳到阿历克斯脑子里的。

　　她就站在他身后，有一点儿退避，裸着身子，手臂环抱着胸部，另一手遮蔽着下体，即便在这样的情形下，她总对露阴带着一种羞耻感，想来可笑。寒冷使她从头到脚打战，她等待着，完全处于被动状态。她本可以尝试做些什么：朝他冲过去，打他，跑。仓库荒僻而空旷。那边，在他们面前，大概十五米开外的地方，一个大大的缺口，以前是关闭这个仓库的几扇大大的移动门，如今已经不见。趁着男人在卸木板，阿历克斯试图重新调动她的脑力。逃跑？袭击他？抢夺他的螺丝刀？等他卸完箱子上的钉子，他会做什么？让她死，他说过，那到底是怎么死呢？他会想怎么杀死她？她想起几个小时内她的思绪走过的路径。从"我不想死"，到"只要他让我死得痛快一点儿"。到她终于明白，两件事。首先，在她的脑袋里，是一个简单、坚定又固执的想法：不要放任他作为，不要接受，要抵抗，要斗争。然后男人转向她，把螺丝刀放在一边，对着她的肩膀张开手臂，想要抓她。一个神奇的决定突然划过她的大脑，像一发突如其来的子弹，她朝那个房间另一端的开口处跑去。男人被这突然的举动镇住了，没来得及移动。几秒的时间，她跳过箱子，裸着脚，拼尽全力地跑。去他的寒冷，去他的害怕，她真正的动力，是逃跑的意志，离开这里。地面冰冷、坚硬，因为潮湿而打滑，未经加工的混凝土，粗糙不平，但是她什么都感觉不到了，完完全全沉溺在自己的奔跑中。雨水浸泡着地面，阿历克斯的双脚踏过大片的积水，踩起一朵朵水花。她也不回头，她只是不断重复着："快跑，快跑，快跑。"她不知道男人是不是也开始跑起来追她，"你跑得更快。这是肯定的。他是个老男人，身体笨重，而你那么年轻、矫健。你充满着生命力"。阿历克斯到达了开口处，几乎没有放慢脚步，就在这时，她发现就在她的左手边，在房间的尽头，有另一个开口处，和她刚刚经过的那个看起来一模一样。所有的房间看起来都是一样的。出口在哪里？赤裸着离开这栋建筑，就这么出现在街上的念头她还没有意识到。她心跳狂乱。阿历克斯想回头看看男人离她还有多远，但她更渴望赶快离开这里。第三间房。这次阿历克斯停了下来，上气不接下气，差点儿当场昏倒，不，她不相信。她又开始跑，但泪水却涌了上来，在本该通向外面的开口处，被墙砌死了。

大块的红色砖头之间，有水泥渗出来，没有抹平，粗制滥造，只是为了把墙堵上。阿历克斯摸着那些砖，它们也湿漉漉的，完全封闭。寒冷突如其来侵入了她，她用拳头砸着砖墙，开始叫喊，或许有人可以从外面听见她。她叫喊着，却说不出一句话。让我出去，求求你。阿历克斯越打越用力，但她越来越疲惫，她完全靠在墙上，像是一棵树，好像她想完全融进墙里去。她再也不叫了，没有一点儿声音，只有一个卡在喉咙里说不出来的请求。她安静地呜咽着，就这样待着，像一张海报一样贴在墙上。突然之间她停止了呜咽，她感觉到男人的存在，就在那里，在她身后。他不紧不慢、不声不响地朝她走来，她听到他渐渐靠近的脚步声，她没有动，脚步声停下了。她感觉自己听到了他的呼吸，但实际上，她听到了自己的恐惧。他一言不发，抓住她的头发，这是他的方式，抓头发。满满一把，他粗暴地抓了一手头发。阿历克斯的身体朝后倒去，后背着地，她狠狠地摔到地上，发出一声喊叫。她感觉自己瘫痪了，她开始呻吟，但男人并没有想要放开她的意思。他在她肋骨上狠狠踢了一脚，她已经动弹不得，他又踢了一脚，比第一次更重。"浑蛋！"阿历克斯吼叫着，她知道这不会停止，于是她使出全部力气缩成一团。只要她不听他的话，他就揍她，他又给了她一脚，这次踢在腰上，用他的鞋尖。阿历克斯痛得直叫，她用肘部把自己撑起来，举手投降，这姿势明显是在说：停下吧，你说什么我都照做。他不再移动，他等着。阿历克斯站了起来，摇晃着寻找方向，她蹒跚着，差点儿摔倒，歪歪扭扭地往前走着。她走得太慢，以至于他又在她屁股上踢了一脚，她又一个嘴啃泥摔出几米远，但她又一次重新爬起来，膝盖流着血，又开始行走，加紧了步子。结束了，再没什么可要求的了。阿历克斯放弃了。她走向第一间房，穿过开口处，她准备好了。彻底地筋疲力尽。她来到那个大箱子前，转身朝向男人。她晃动着手臂，彻底抛却了羞耻感。他也一动不动。他刚刚说什么来着，他最后说的那几个字？"我想看着你死，贱货。"

他看向箱子。阿历克斯也一样。这是骑虎难下的一刻。她所做的、她所接受的，将无可挽回。无可弥补。她将再也没有回头路。他会不会强奸她？杀了她？先奸后杀？还是相反？他会不会长时间折磨她？他要什么？——这个刽子手什么也不说。这些问题的答案，她几分钟后就会知道。只剩下一个谜题。

"告……告诉我……"阿历克斯哀求道。

她压低了嗓门，像是在打探一个秘密。

"为什么？为什么是我？"

男人皱起眉头，像是听不懂阿历克斯的语言，在猜她这个问题的意思。阿历克斯不由自主地伸出背在身后的手，她的手指掠过箱子那粗糙不平的木头。

"为什么是我？"

男人的脸上慢慢浮现出笑意，依然没有嘴唇……

"因为我就是想看着你死，臭婊子。"

毋庸置疑的语气。他似乎非常确定自己清楚地回答了她的问题。

阿历克斯闭上眼睛。眼泪夺眶而出。她想回忆自己的人生，可是大脑一片空白。她的手指不再只是划过木板，她用整只手扶着箱子，支撑着身体的重量。

"快点……"他用一种不耐烦的语气说。

他指指箱子。

阿历克斯转过身，她已经不再是她自己，不是她自己跨过箱子，那个蜷曲的身子里，也完全没有她自己。她蹲坐在那里，两只脚分开各踩着一块木板，手臂紧紧环抱住膝盖，好像这个箱子是她最后的避难所，而不是她的棺木。

男人凑近来，欣赏这画面：这个女孩赤裸着，蜷缩在箱子的底端。男人瞪大双眼，眼神迷醉，像是一个昆虫学家正在观察一个稀有品种。他看起来非常满意。

最后，他抖动了一下身子，抓起了他的螺丝刀。

6

门房留下他们，自己跑去睡觉了。她打了一整个晚上的呼噜。他们留下了咖啡钱，路易写了个字条以表感谢。

三点钟。所有的队伍都收回了。绑架案后六小时，结果已经很明显了。卡米尔和路易站在人行道上。他们准备回家，洗个澡，然后立即再碰头。

"走吧。"卡米尔说。

他们在出租车站前。卡米尔拒绝打车。

"不，我，我想走一走。"

他们分开了。

卡米尔已经画了不知道多少次速写，这个女孩，如他所想象的那样，走在人行道上，跟公交车司机打招呼。他又不停地重新来过，因为总有一些伊琳娜的影子在里面。仅仅是这样一个念头，都让卡米尔觉得难过。他加快步伐。这个女孩是另一个人。他应该这么告诉自己。

更可怕的差别在于：她，她还活着。

街道无法通行，汽车的速度就像输液管里的药剂。

他努力想找出个逻辑。逻辑，这就是自始至终让他心烦的。绑架案不会是个偶然，通常来说，绑匪认识受害者。除非极少数，一般至少要有一个动机。所以，可以肯定的是，他知道她住在哪里。卡米尔已经在脑子里重复这些话超过一个小时，他加快了步伐。他没有选择在她家或者她家附近绑架她，那意味着，他没办法在她家或者她家附近实施绑架，要不然他就不会在这里作案，在大街上，冒那么大的风险。然而，他就是在这里把她绑了。

卡米尔加快了步伐，他的思路也跟上了节奏。

两个方法：男人尾随她或者埋伏她。开着他的卡车尾随她？不。她没有乘公交车，她是在人行道上步行，他开卡车追随她？放慢速度？等待一个时机……这太愚蠢了。

所以，男人是埋伏她的。

他认识她，他知道她的回家路线，他需要一个地方允许他看着她走过来……然后一鼓作气把她拿下。并且这个地方一定是在案发地前方，因为这是条单行道。他看见她，她走过去，他跑上去，他绑架她。

"我看就是这样的。"

卡米尔常常这样大声自言自语。他丧偶也没有太久，但独身男人的习惯，是很容易就养成的。也是由于这个原因，他没有要求路易陪他，他丧失了团队习惯，他太孤独了，太久的自我沉思，带来了太久的自我为中心。他也想改变。他不喜欢自己现在的样子。

他走了几分钟，反复寻思着这些想法。他探索着。他是那种哪怕自己错了也可以固执己见，直到真相大白的人。这种品质放在一个朋友身上是很不讨喜的，但放在一个警员身上，却是值得赞赏的。他穿过一条街，往前，另一条街，什么都没有发生。终于，他想到了什么。

勒格郎丹街。

一条不超过三十米宽的死胡同，但还是足够让车辆在两边停放。如果他是绑匪，他应该会把车停在这里。卡米尔往前走着，然后转向这条街。

路口，是一栋建筑物。底楼是一个药房。

一辆白色货车很快引起了卡米尔的注意。贝尔迪尼亚克先生礼貌到殷勤，他是那种极度热爱配合警察的商人。对于卡米尔来说，这种人总让他有点儿紧张。在他药房的里间，贝尔迪亚尼克先生坐在他巨大的电脑屏幕前。他从外形上看并不是典型的药剂师，但他有着药剂师的生活方式，这是毋庸置疑的。卡米尔对药剂师的生活还是有所了解，他的父亲生前就是药剂师。即便是退休后，他依然看起来像一个药剂师。他不到一年前去世了。即便是去世时，卡米尔依然觉得他带着一种药剂师的神情。

贝尔迪尼亚克先生配合了警方。为此，他非常乐意起身，为范霍文警长开门，在凌晨三点半。

他不是个记仇的人，他的药房已经被人入室偷窃五次了。对于药房在药贩子身上激起的贪欲，他都是用科技手段来应对的。每次，他都买一个新的摄像头。所以现在他已经有五个了。两个在外面，负责人行道的两个方向，另几个在屋内。录音带包含二十四小时的内容，超过这段时间，它就会自动清除。贝尔迪尼亚克先生热爱他的器械。他完全没有要求卡米尔出示任何嘱托证明，便非常愉快地拿出了他的设备。不出几分钟他们就调出了勒格郎丹街的部分，却也没什么大发现，只有人行道两边停靠车辆的下端，那些轮子。在九点十五分时，来了一辆白色面包车停靠在路边，又往前开了足够一段距离，以便驾驶者能纵向地看到法勒基耶尔路。卡米尔所关心的，不仅仅是他的理论可能会被证实（这，当然，他也关心，他喜欢自己猜对），他更关心的是有进一步的发现，因为就贝尔迪尼亚克先生停止的画面上来看，这辆车只是露出了车身的下端和前轮。卡米尔进一步知道了绑架的方式、时间，但对绑匪还是一无所知。摄像头没有记录下绑匪的任何信息，令人无比失望。什么都没有。

　　即便如此，卡米尔还没有决定打道回府。眼看着绑匪就在眼皮底下而这摄像头却愚蠢至极地只拍下没有人关心的细节……这太令人恼火了。九点二十七分，面包车离开了街道。录影恰巧在这时候结束。

　　"就这些了！"

　　贝尔迪尼亚克先生非常骄傲地扮演着工作室工程师的角色。回放。这里。他们靠近屏幕，卡米尔要求放大画面。贝尔迪尼亚克先生沉浸在自己的作品中。就在面包车往前开离停车位的时候，车身下部清晰地显露出它被重新手绘过，还可以看出边缘处出现字母的印记。但是看不清楚具体写了什么。那些字迹非常模糊，另外，它们还横向地被屏幕上方切断，因为摄像头的摄像范围有限。卡米尔想问他要一个纸质印刷品，药剂师非常客气地给了他一个U盘，并把所有的影像资料全部拷贝在U盘里了。放到最大，印刷图案有点儿像这样：

这看起来像莫尔斯电码。

车身的下端有刮擦，还可以看到轻微的绿色颜料的痕迹。

简直是科学家的工作。

卡米尔终于回到了家。

这个夜晚足以令他疲乏。他走上台阶。他住在四楼，但从不坐电梯，原则问题。

他已经做了一切他能做的。接下来，便是最可怕的等待。但愿有人报警说有女人失踪。这可能需要一天、两天，或者更久。这段时间……当时他们绑架伊琳娜时，不出十小时，她就被发现身亡。而截至今天早晨，已经过去五个小时了。如果身份鉴证组真正发现了什么有用的形迹，卡米尔应该早就被通知了。卡米尔明白认证形迹这一套，悲伤而缓慢，一场消耗战，难熬的时刻，能摧毁人的神经。

他反思着这漫长的一夜。他已经筋疲力尽。他需要洗个澡，喝点儿咖啡。

他没有继续住在他和伊琳娜一起住过的房间里，他不想这样，房间里每个角落都有伊琳娜的影子，这样太痛苦了，继续留在那里需要太多无谓的勇气，他宁愿把它们用在别的地方。卡米尔问自己，伊琳娜去世后的生活，是不是需要勇气和意志力才能过下去。独自一人，身边一片虚无，他该怎么坚持？他想要阻止自己的沉沦。他感到这个房间使他沉溺在绝望里，但他又下不了决心放弃它。他问了他的父亲（然而，他也没有给出清楚的回答……），他又问了路易，路易回答说："有舍，才有得。"这好像是道家思想。卡米尔不确定自己是否真的听懂了这个回答。

"就像拉封丹的橡树和芦苇的故事。如果你觉得更容易理解的话。"

卡米尔觉得更容易理解。

他突然就卖了房子。三年来，他住在瓦尔米河堤。

他进了房间。嘟嘟湿立马就跑了过来。啊对，还有它，嘟嘟湿，一只小虎斑猫。

"一个鳏夫和一只猫，"卡米尔问道，"你不觉得这太烂俗了吗？我是不是做得太过火了一点儿，和往常一样？"

"这主要看猫，不是吗？"路易回答说。

这就是问题所在。出于爱，出于和谐起见，出于模仿或者出于谦逊，天知道什么原因，嘟嘟湿对于它这个年纪来说实在长得太小了。它有张漂亮的小脸蛋儿，双腿跟牛崽一样弯曲着，极其瘦弱。就这件事上来说，连路易都没有任何想法，只能说是个谜。

"它是不是也太小了一点儿？"卡米尔问道。

当卡米尔带着嘟嘟湿找到兽医，并询问关于嘟嘟湿的大小的问题时，兽医显然无言以对了。

不论卡米尔几点回家，嘟嘟湿都会醒来，并爬起来看他。昨晚，今天早晨，卡米尔只是挠了挠它的背，没什么说话的欲望。这一天发生太多事了。

首先是一个女人被绑架。

接着，在这种情形下和路易重逢，这不得不让人觉得是勒冈他……

卡米尔突然停下。

"浑蛋。"

7

阿历克斯进了箱子，她弓着背，缩成一团。

男人给箱子上了盖，安上螺丝钉，然后退后几步，欣赏自己的作品。

阿历克斯从头到脚都受了伤，整个身子都在瑟瑟发抖。尽管这听上去很奇怪，但她无可否认这一事实：在这个箱子里，她反而感到安全，就像有了庇护。过去的几个小时里，她不停幻想着他会对她做什么，但除了他绑架她时的粗暴，除了他打在她脸上的耳光……好吧，这也不是不可怕，阿历克斯的脑袋还在因为那些耳光而阵阵发痛，那些耳光打得如此用力，但是现在，她在这里，整个人，都在这个箱子里。他没有强奸她。他没有踩躏她。他没有杀她。心底有个声音说着："还没有。"阿历克斯不愿去听，她觉得能多活一秒，就是多赚了一秒，而未来的每一秒，也都还没有到来。她想尽可能地深呼吸。男人总是站着不动，她看着他大大的工装鞋，他的裤脚管，他看着她。"我要看着你死……"

这是他的原话，这差不多是他唯一说的话。所以，就是这样吗？他想让她死吗？他想看她死？他会怎么杀死她？阿历克斯不再问为什么，她开始问怎样，还有，什么时候。

为什么他这么憎恨女人？他经历过什么，这个男人，才会策划这样一场绑架？就为了狠狠揍她？天其实也没有那么冷，但是加上疲惫、疼痛、恐惧和夜色，阿历克斯冻僵了，她试着变换姿势。然而这并不容易。她弓着身子，脑袋放在手臂上，手臂环抱着膝盖。就在稍稍起身想转个向的时候，她大叫了一声。一根长长的刺扎入了她的手臂，靠近肩膀的地方，她不得不用牙齿把它拔出。没有空间。箱子的木板未经打磨，粗糙不平。她要怎么转身，用双手撑住？转动骨盆？首先她要挪动双脚。她感到心中油然而生的惶恐。她开始叫喊，朝各个方向乱动，但她怕粗糙的木板把自己弄疼，可是她又必须活动一下，这令人抓狂，她动动手脚，只为赢得几厘米的空间，疯狂虏获了她。

男人的大脑袋这时候出现在她的视野中。

她本能地往后退了一下，撞到了脑袋。他俯身看她，露出一个没有嘴唇的大大的笑容。一个肃穆的笑，没有任何欢愉，显然充满着威胁。他的喉咙发出一声颤抖的声音，但总是一言不发，他摇摇头，好像在说："所以，你懂了吗？"

"您……"阿历克斯开口了，但她不知道自己想对他说什么，问什么。

他，只是简单地摇摇头，带着一个呆滞的笑容。"他是个疯子。"阿历克斯对自己说。

"您疯……疯了……"

但她来不及继续说下去，因为他退后了几步，然后离开了，她看不到他，她感到自己颤抖得更厉害了。他一旦消失，她就会警觉。他在干吗？她扭转脖子，只是听到一些声响，在相当远的地方，在这个空旷的房子里回响。这时，箱子动了。不知不觉地，箱子开始摇晃。木板发出开裂声。阿历克斯拼命扭着腰，用眼角的余光发现她的上面有一根绳子。她之前没有注意到，绳子被系在箱子的顶上。阿历克斯扭转着身子，试图举起手臂，在两块木板之间，有一个铁环，上面绑着一个巨大的绳结。

绳子颤动着，紧绷着，箱子似乎发出了一声叫喊，她被提了起来，离开地面，开始前后晃动，自己打着转。男人重新进入她的视野，他离她七八米远，靠近墙壁，他卖力地拉着绳子，绳子连着两个滑轮。箱子缓缓上升，感觉它会失去平衡，阿历克斯一动不动，男人看着她。她离地面一米五左右的时候，他停了下来，固定住绳子，便走开去靠近对面开口处的一堆东西里面翻找着什么，然后他又走回来。

他们面对面，同一高度，可以直视对方的眼睛。他拿出他的手机，给她拍照。他寻找着合适的角度，变换着位置，他后退了几步，一张、两张、三张……然后他筛选了一下，删除那些他不满意的。然后他又转向墙边，箱子又开始上升，直到离地两米。

男人拴住绳子，显然他很扬扬自得。

他穿上夹克衫，拍了拍口袋确保没有什么遗漏的。阿历克斯好像不再存在了一样，他只是离开时看了一眼箱子，对自己的作品十分满意。他看上去就像离开家去工作一样稀松平常。

他离开了。

寂静。

箱子在绳子下面沉沉地晃荡着。一阵冷空气来回扫动着阿历克斯已经冻僵的身体。

她独自一人。赤裸着身子，被囚禁在箱子里。

突然之间，她明白了。

这不是一个箱子。

这是个囚笼。

8

"浑蛋……"

"一进门就爆粗……别忘了我是你上司！你要是我，你能怎么做呢？扩大你的词汇量，我已经有点儿厌倦了。"卡米尔常常不敲门就闯进办公室，然后杵在他的上司面前。这些年来，为了对付卡米尔，警察分局局长勒冈把这些话都试过了，至少差不多都试过了。为了不会再次跌进以往的模式，他没有回答。这反而一下子挫伤了卡米尔的锐气。

最好的情况是，局长耸耸肩，一副认命的样子；最差的情况下，卡米尔低下目光，假装忏悔，不说一句话，他们就像一对老夫老妻，对于这两个五十岁还单身的男人来说，这不得不算是一种失败。总之，没有女人。卡米尔丧妻。勒冈，去年刚刚离了第四次婚。"这感觉很奇怪，就像你和同一个女人结了四次婚。"卡米尔在他第四次离婚后对他说。"你还想怎么样，人是会养成习惯的。"勒冈回答，"你没发现我也没有换证婚人吗，一直都是你!"卡米尔嘟哝着回了一句:"那就也不要换女人了,每次都娶同一个。"在被炒鱿鱼方面,他真的是谁都不怕。

他们之间已经有了超越语言的默契,这就是今天早上卡米尔不再挑衅勒冈的主要原因。他看透了局长的小花招,他明明可以派其他人接手这个案子,却假装手头没有人手。令卡米尔震惊的是,他居然没有当场就识破局长的计谋,摆脱这个任务。这真的很奇怪,简直令人费解。第二个原因是他没有睡觉,他已经筋疲力尽,没有多余的精力可以浪费,因为他面临的又是漫长的一天,在莫莱尔来替换他之前。

早晨七点半。疲惫的警员们互相打着招呼从一个办公室进入另一个,大门打开,人们听见叫喊声,走廊上有人在等待,惶恐不安地,警察局和往常一样又度过了一个不眠夜。

路易到了,也是一晚上没睡。卡米尔迅速对他的穿着进行了细分。布克兄弟的套装、路易·威登的领带、芬斯布里的鞋子,总是一身深色系。至于袜子,卡米尔还说不上来名字,不过反正他也不认识。路易很漂亮时髦,但不论怎么修整,他总给人感觉不够大气。

他们互相握了一下手,就跟平常的早晨没什么两样,好像他们从来没有不在一起工作一样。自从昨晚重逢以来,他们也没怎么真正说上话。没有人提起这四年中发生的事。并没有什么秘密,不是秘密,而是一种尴尬和痛苦,何况,在这样一种失败面前,有什么可说的呢?路易和伊琳娜以前非常合得来。卡米尔觉得,路易也感到自己要对伊琳娜的死负点儿责任。路易没有表现得像卡米尔一样难过，但他也有自己的难过。这是不可言传的。内心深处，他们都被这一悲剧摧残，这阻止了他们的交流。另外，大家都被震惊了，他们本该互相说话的。但他们没有，他们还是会想到彼此，但他们逐渐地不再见面。

身份鉴定组的初步结论并不乐观。卡米尔迅速浏览了报告并陆续传给路易。轮胎的橡胶是最普通的那种橡胶，应该可以在五百万辆车上发现吧。货车也是最常见的那种。至于受害人最后的晚餐，一些生菜、红肉、四季豆、白葡萄酒、咖啡，这些……

卡米尔办公室里，他们站在一张大大的地图前。电话响了。

"啊，让，"卡米尔说，"你来得正好。"

"再次跟你问好。"勒冈说。

"我需要十五名警员。"

"不可能。"

"最好给我派女警员。"卡米尔停了几秒想了一下，"我至少需要她们两天时间。也可能三天，如果还是找不到那个女孩的话。还要再派一辆警车。不，两辆。"

"听着……"

"还有，我要阿尔芒。"

"这个可以。我立马给你派他过去。"

"谢谢你，为了这一切，让。"卡米尔说着挂了电话。

然后他又转向地图。

"我们能要到什么？"路易问。

"要求的一半吧。加上阿尔芒。"

卡米尔两眼盯着地图。他举起手臂最多可以碰到第六区。要指到十九区，他需要一把椅子，或者一根长棍面包，但这感觉像个小老师。多年来，为了这个地图，他想了不少方案。比如把地图往下钉一点儿，把它铺在地上，把它切成几块排成一条线……最后他一个都没有采用，因为所有解决他身高问题的方案都会反过来导致别的问题。同样，就像在他家里，或是在法医学院，这里也一样，卡米尔有他的工具。有关板凳、梯子、半截梯、梯凳的问题，他是个专家。在他办公室里，对付那些文件、档案、附件和技术文献，他选择一个小铝梯，窄窄的，大小适中，对于巴黎的地图，他选择了一个图书馆的脚凳，那种可以滑动并且当人站上去可以自动固定住的。卡米尔走过去，爬上了凳子。他观察着两条汇聚到绑架地的主干道。他准备组织几队人分头搜索这片地区，问题在于，怎么确定行动区域的界限。他标出一个区域，突然低头看脚，思考着，转向路易，问道："我看上去像个白痴将领，你不觉得吗？"

"在你的概念中，我猜白痴就是将领。"

他们开着玩笑，但事实上他们都没有听彼此在说什么，各自沉浸在自己的思考中。

"还是……"路易一脸沉思地说，"没有这种样子的货车最近被偷。除非他准备这次行动好几个月了，用自己的车子绑架一个女孩，这风险太大了。"一个声音在他身后响起："这家伙可能脑袋少根筋……"

卡米尔和路易转过头去。是阿尔芒。

"如果他真的脑袋少根筋，那他就是不按套路出牌的，"卡米尔微笑着说，"这会让事情变得更加困难。"

他们互相握了手。阿尔芒和卡米尔一起工作超过十年了，九年半是他的手下。这是个奇瘦无比的男人，外表忧郁，一种病态的节俭侵蚀了他的生活。他生命的每一秒都离不开实惠。根据卡米尔的理论，他这样其实是因为害怕死亡。百科全书式的路易也表示，卡米尔的理论在精神分析学上也是站得住脚的。对于自己能够在一个自己完全不了解的领域成为一个好的理论家，卡米尔很骄傲。职业上，阿尔芒像只不知疲倦的蚂蚁。给他一本任何城市的黄页，一年后再回来看，他肯定已经确认完所有名录了。

阿尔芒始终对卡米尔怀有一种不掺任何杂质的崇拜。他们刚开始工作那会儿，当他得知卡米尔的妈妈是一位著名画家时，他的崇拜转为了一种狂热。他收集所有关于她的剪报。他的电脑里，有他搜集的所有网上能找到的她的画的翻版。当他得知正是因为她长年的烟瘾才导致卡米尔身材如此矮小的残疾时，阿尔芒内心纠结。他试图找到一种方法调和这种崇拜与怨恨并存的感情。但他这些极度矛盾的情感也不是完全荒谬无稽的。只能说他还在探索。然而，这种情感比他自身更加强大，他没有办法阻止自己，一旦新闻里出现莫德·范霍文的名字或者作品时，阿尔芒就欢呼雀跃。

"你应该做她的儿子，"卡米尔对他说，"然后每天从下面看着她。"

"你太恶心了。"阿尔芒咕哝着，他不是没有幽默感。

卡米尔停止工作那段时间，阿尔芒也去诊所看过他。他总是等到有人开车去那儿附近，这样就可以省下交通费。他每次都是带着不同的借口空手而去，但他毕竟去了。卡米尔的状况让他心绪不安。卡米尔的痛苦是切切实实的。你可能和一些人一起工作了很多很多年，可到头来你一点儿都不了解他们。除非突如其来的一次意外、一个悲剧、一场疾病，或者谁的离世，你便会发现你所认识的他们和他们在这些偶然事件中所表现出的特质是多么大相径庭。但是，阿尔芒有他自己的慷慨，这听上去好像有些可笑。当然，这种慷慨从来不是金钱上的，绝不可能要他花钱，他有自己灵魂上的虚无的宽大。警队里没有人会相信。这样说只会让所有借钱给他过的人，也就是说——所有人，笑掉大牙。

当他到诊所时，卡米尔给他钱让他去买一份报纸、两杯咖啡和一份杂志。阿尔芒留下了零钱。他离开之后，卡米尔俯身在窗口看他离去，他看见阿尔芒在停车场询问那些走出诊所的人是否可以带他一段路，直到他可以步行回家。

然而四年后再重聚，他们感觉还是有些不适。最初的队伍，只缺一个马勒瓦勒了。他被警局炒了鱿鱼，拖了几个月最终还是离开了。他现在如何了……卡米尔想路易和阿尔芒应该会时不时和他见面。但卡米尔做不到。

他们仨站在巴黎的大地图前，沉默不语，像是一场隐秘的祷告，卡米尔抖了抖身子，他指向地图。

"好吧。路易，我们就按之前说的做。你带大家到现场。我们仔细搜索。"

他们转向阿尔芒。

"还有你，阿尔芒，一辆最常见的白色货车、最普通的轮胎、受害者最稀松平常的一顿饭，还要一张地铁票……你没有什么选择。"

阿尔芒点了点头。

卡米尔收起钥匙。

莫莱尔回来之前，再坚持一天。

9

他第一次回来时，阿历克斯的心怦怦直跳。她听着他，她没法转身，也没法看到他。他的脚步沉重而缓慢，像一个威胁一般回响着。之前的每个小时，阿历克斯都在预想他回来，她感觉自己会被强奸，被暴打，被杀死。她预感到笼子下降，预感到男人抓住她的肩膀，把她抓出笼子，打她耳光，折磨她，逼迫她，逼她号叫，最后杀死她，就像他宣称的那样。"我要看着你死，贱货。"对付臭婊子，我们就是想杀死她们，不是吗？

这一切还没有发生。他还没有碰她，或许他想先享受这样的等待。把她关进笼子里，是为了把她当作一个动物，使她堕落，使她驯服，让她知道谁是主人。就是为此，他才如此暴力地殴打她。这些想法，还有其他更多更可怕的千千万万个想法，缠绕着她。死亡已经很可怕，而等待死亡……

阿历克斯总是试图记住这些他到来的时刻，但这些记号很快就模糊了。清晨，白天，傍晚，夜里，这一切都使时间呈现出一种连续性，而在这种连续性中，她的精神越来越难找到她的路。

他走过来，到笼子下面站定，双手插在口袋里，他看了她很久，然后把他的皮夹克放到地上，把箱子下降到与他视线相同的高度，拿出手机，拍了张照，又退后几米远。那里摆着他所有的东西，十几瓶水、几只塑料袋，阿历克斯的衣服也扔在那儿。看到这一切对笼子里的她来说是种煎熬，几乎近在手边，却无法触及。他坐了下来，暂时没有别的动作，只是看着她。可以说他在等待着什么，但又不知道是什么。

然后他又不知为何突然之间决定离开，他倏地起身，拍着自己的屁股，像是在给自己打气。他重新把笼子升上去，最后看了一眼，又离开了。

他不说话。阿历克斯问他问题，没有问太多，因为怕他生气，但他只回答了一个，其余的时间他一声不吭，甚至可以说他什么都没有想，只是盯着她。他还对她说："我要看着你死。"

阿历克斯的姿势，实在是人无法忍受的。

她不可能站起来，笼子不够高。她也不可能躺下，因为笼子不够长。至于坐着，盖子又太低。她只能折叠着身子，差不多滚成了一个球。疼痛很快变得难以忍受。肌肉痉挛，关节凝固，全身都麻木堵塞，还有寒冷。她浑身僵硬，不能移动，血液循环不畅，浑身因为紧绷加剧而疼痛。那些画面又回来了，那些她学习护理时的图纸，萎缩的肌肉，冻结、硬化的关节，有时候她觉得自己像是个医生，看着自己的身体开始恶化，好像身体不再是她的，她的精神开始一分为二，一个在这里，另一个在别处，疯狂地寻找着她。他的方式，真是惨绝人寰。

她哭了很久，直到眼泪流不出来了。她几乎没有睡觉，至少没睡多久，肌肉不断地抽搐把她弄醒。最初几次引起剧痛的抽搐发生在昨晚，她惊叫着醒来后，整条腿都在痉挛，难以忍受。为了缓和这种痉挛，她用脚拼命拍打木板，使出了全身力气，像是要把笼子炸开的样子。痉挛渐渐减弱，但她知道自己的努力也只是白费力气。它这次结束了，下次还会再来。她全部的力气，也就是让笼子开始摆动。她花了好久才让它恢复稳定。过了一会儿它终于回到了中心。阿历克斯久久都后怕这种痉挛再次出现。她检测身体的各个部分，但她越是想着，心里就越是害怕。

在她短暂的睡眠时间里，她梦到自己在监狱被活埋，或者被溺死，她不是因为痉挛、寒冷、焦虑而醒过来，就是被噩梦惊醒。现在，在过去的十几个小时里，她只移动过几厘米，她开始出现突然的抽动，好像她的肌肉在模拟运动，这是些她自己都无法控制的反射性痉挛，她的四肢狠狠撞到木板上，她发出叫声。

真想舒展一下身子，真想躺下啊，哪怕一小时也好。

他之前来的时候，用另一根绳子把一个柳编篮子升到笼子的高度，篮子晃了好久才稳定下来。尽管篮子并不远，却还是考验着阿历克斯的意志力，她必须忍受着手臂被划伤的疼痛，穿过木板之间的空隙，才能拿到一丁点儿东西，一瓶水，还有一些宠物饲料：狗粮或者是猫粮。阿历克斯没有纠结，她猛地扑上去，完全没有多想。一口气几乎喝了一整瓶水。直到过了一会儿她才想起来，不知道他有没有在水里放什么东西。她开始颤抖，但她自己也不知道为什么会颤抖，是因为寒冷、疲惫、口渴，还是害怕……那些饲料与其说是填饱了肚子，不如说让她更渴了。她尽可能不去碰它，除非实在饿得不行。然后还要尿尿，还有其他……最初，她感觉羞耻，但不然怎么办呢？她直直地尿在笼子底下，就像一只大鸟在高空排泄。羞耻感很快就消除了，比起疼痛，这不算什么，比起每天这样子苟且偷生不得动弹，不知道他还会让自己活多久，不知道他是不是真的会把自己杀死在这里，在这个箱子里，羞耻感真的不算什么。

以这种方式死，要多久？

最初几次他过来的时候，她求他，她给他道歉，她问他原因，他都没有回答，甚至有一次，她要他杀了她。她连着好几个小时都没有睡觉，口渴难挨，她的胃里又反刍出那些她明明已经咀嚼很久的饲料，她闻到尿和呕吐物的味道，她身体的僵化让她抓狂，这一刻，死亡对她来说是最大的渴望。她立马反悔了，因为她并不是真的想死，不想现在就死，她从没想过会这样结束自己的生命。她还有好多事要做。但是，不论她说什么，不论她问什么，男人什么都不回答。

除了有一次。

阿历克斯拼命地哭，声嘶力竭，她感觉自己的灵魂已经出窍了，她感觉自己的大脑像个自由电子，不受控制，没有牵系，没有方向。为了拍照，他把笼子调低，阿历克斯说，当然是重复了千万遍地说："为什么是我？"

男人抬起头，好像他自己从来没有问过自己这个问题一般。他俯身。透过木板，他们的脸就隔了几厘米。

"因为……因为是你。"

这个回答把阿历克斯给震慑了。好像突然之间，上帝扳动了一个开关，她什么都感觉不到了，没有痉挛，没有口渴，没有胃痛，没有刺入骨髓的寒冷，所有注意全都转向他的回答。

"你是谁？"

他笑了，简简单单。或许他不习惯说太多话，或许这几个字已经让他筋疲力尽。他迅速地把笼子拉上去，拾起他的皮夹克，看也不看一眼，离开了，甚至像是生气了。他可能说了本来不想说的话。

这次，她没碰那些饲料，他刚刚往里加了一些，她只是拿了瓶水，节省着喝。她想反思一下他刚才说的话，但当人痛苦到这个程度，还能想什么别的呢？

几个小时里，她保持手臂上举，双手紧握，摩擦着那个抓住笼子的巨大的绳结。那个绳结有拳头那么大，系得难以置信地紧。

后来的几夜，阿历克斯陷入了一种昏迷。她的精神不再集中在任何东西上，她感觉自己的肌肉全都融化了，只剩下骨头，她感到自己被完全的僵硬侵蚀，陷入了从头到脚的挛缩。至此，她都坚持着一个规则：每几个小时都做些极小范围的运动。先动一下脚趾，然后动动脚踝，朝一个方向转动三次，再朝另一个方向转动三次，往上，到小腿肚，握紧，放松，再握紧，往两侧，把腿尽可能伸长，再收回来，再伸长，三次，等等。但是现在，她都不知道她是梦到了这些练习还是真的做了这些练习。让她醒来的，是那些呻吟。为此，她还以为那是别人的声音，并非来自她体内。那些从她肚子里发出的垂死一般的喘息声，她从没听过的那些声音。

就算她完全清醒也无济于事，她不能阻止那些喘息声从体内发出，伴随着她呼吸的频率。

阿历克斯很确定，她就要死了。

10

　　四天，四天了，调查毫无进展。分析全是徒劳，证词毫无作用。这里有人说看见了白色货车，那边，有人说是蓝色的。更远一点儿，有人说一个邻居女人失踪了，他们打了电话，发现她在工作。另一个他们调查的被报失踪的女人从她妹妹那里回来了，她的丈夫居然不知道她有个妹妹，简直一团糟……

　　检察官任命了一个法官，一个活跃主动的年轻人，这一代人都喜欢激情。报纸几乎没有任何报道，社会新闻版被通知报道了，但立刻又被潮水般的信息淹没。总而言之，警方没法确定绑匪所在的位置，也始终不知道受害者身份。所有失踪报案都被核实过了，没有一件是可能发生在法勒基耶尔路的。路易扩大了搜索范围，他查了前几天发生的失踪案，然后是几个星期前发生的，甚至几个月前的，然而都是徒劳。没有符合情况的：一个女孩，年轻，据说非常漂亮，可能从巴黎十五区的法勒基耶尔路经过。

　　"所以没有人认识这个姑娘吗？她消失了四天，没有人担心她吗？"

差不多晚上十点。

他们坐在一把长椅上，看着运河。好一群警察。卡米尔把办公室留给新实习生看管，自己带着路易和阿尔芒去吃晚饭了。至于餐厅，他既没有想象力也没有经验来找一个合适的地点，这总是件费神的事情。问阿尔芒，这是不现实的，他自从上一次别人请他吃饭以来就再也没有去过餐厅，那家店应该也关了好久了。至于路易，他能推荐的餐厅不在卡米尔的预算范围内。晚餐，路易的食堂是塔耶凡餐厅[1]或者勒杜瓦杨餐厅[2]。于是，卡米尔当机立断。瓦勒米河堤的拉玛莉娜餐厅，从他的大楼过去只需几步路。

他们应该有很多话要说。当年他们一起工作时，如果收工收得晚，他们常常一起吃了晚饭再各自回去。老规矩，是卡米尔买单。在他看来，当着大家的面让路易买单是有失颜面的，尽管公务员的待遇一般，但这点钱不是问题。至于阿尔芒，没有人会问这个问题，当你邀请阿尔芒和你一起晚餐，这就意味着你买单。至于马勒瓦勒，他总是缺钱，大家也知道他后来怎么样了。

这天晚上，卡米尔很乐意付账，他虽然嘴上什么都没有说，但他很高兴重新和他的两个昔日部下团聚。这是个惊喜。三天之前，他根本连想都不敢想的。

"我不理解……"他说。

---

[1] Taillevent，老牌米其林三星餐厅，后降为二星，价格不菲。
[2] Ledoyen，老牌米其林三星餐厅，据传是拿破仑和约瑟芬第一次见面的地方。

还没到餐厅，他们穿过马路，沿运河走着，看那些停泊的驳船。

"她工作的地方，没有人吗？没有丈夫，没有未婚夫，没有男朋友，没有闺密，什么人都没有吗？没有家人吗？再说，在这样一个城市，那么多时间，就没有一个人需要她吗……"

今天的谈话和他们往常的一样，都伴随着长久的静默。每个人沉浸在自己的沉默里，思考，反思，聚精会神。

"你每天都有你父亲的消息吧？"阿尔芒问道。

当然没有，连每三天都没有，他的父亲可能是突然在家去世然后待在那里一个星期……他有个经常见面的朋友，是她发现了他的尸体，然后通知卡米尔。卡米尔在他父亲下葬前两天见到了她，他的父亲曾经有意无意提起过她，像是有一种暧昧不明的关系。甚至她还留了一大堆东西在他家里，需要开三趟车才搬得完。一个娇小的女人，像苹果一样新鲜，近乎玫瑰红的肤色，就算有一些皱纹，还是看着年轻，闻起来有薰衣草的味道。对于卡米尔来说，这样一个女人在他父亲的床上取代他母亲的位置，实在是，难以想象。两个女人看上去几乎没有相似之处。这是另一个世界，另一个星球，说到底，他问自己父母之间又有什么联系呢，可以说没有。莫德，艺术家，嫁给了一个药剂师，天知道是怎么回事。他已经问过自己上千遍这个问题了。长着好看皱纹的小苹果倒是似乎更搭一些。不论从哪个角度去看，我们的父母，他们为什么会在一起总是个谜。这么说着，几个星期之后，卡米尔发现小苹果在几个月内吸了药店好些财产。卡米尔笑了。他们已经断了联系，真遗憾，她是个厉害角色。

"我，"阿尔芒继续说，"我父亲已经被安置好了，这还是不一样的。对于一个人生活的人来说，你还想怎么样？他要是死了，想要立马被大家发现，这完全得靠运气。"

这个想法让卡米尔心烦意乱。他想起一些相关的事情。他说了起来。一个叫乔治的家伙，出于各种原因，他消失了五年，没有人惊讶于没有他任何消息。他是行政意义上消失的，没有人对此有任何疑问，断水断电。自从1996年起，门房以为他在医院，其实他早就掩人耳目地出院了。2001年的时候，人们在他家发现他的尸体。

"这个故事我是在……那个什么上……读到的。"

他忘了名字。

"埃德加·莫林，一本叫想法之类的……什么东西。"

"为了一个文明的政治。"路易淡定地说道。

他用左手捋了捋头发，好像在说："抱歉了……"

卡米尔笑了。

"能重新这样聊天真好，不是吗？"卡米尔说。

"这太让人想念爱丽斯了。"阿尔芒脱口而出。

显然。爱丽斯·哈吉斯，一个来自美国阿肯色州的姑娘，被发现死在乌尔克运河河岸上的一辆翻斗卡车里，三年都没有查明身份。总而言之，不留任何踪迹地消失，并不像我们所想象的那么罕见。然而，这还是让人费解。你望着眼前圣马丁运河绿幽幽的河水，你知道过不了几天，大家就会结案，你会告诉自己说这个神秘姑娘的消失不关任何人的事。她的生命，不过就像水里的几层涟漪。

没有人知道卡米尔为什么一直没有放弃这个案子，虽然他当初说什么都不愿接手。前天，勒冈打他电话跟他确认莫莱尔来接手。

"别拿你的莫莱尔来烦我。"卡米尔回答。

这样说着，卡米尔意识到自己从开始就知道，临时接手这样一个案子就等于决定负责到底。他不知道是不是应该感谢勒冈在这件事上推了他一把。从案子等级来看，这个案子并不是处于优先级的。一个来路不明的绑匪绑了一个身份未知的女人，除了一个所谓目击者被审问千百次后的证词，没有任何证据能"证明"这起绑架案。阴沟里有许多呕吐物，货车轮胎的尖叫声几个人都听到了，一个居民在沿街停车，他记得一辆面包车在人行道上胡乱地横着停车。但这一切不意味着一具尸体，死得真真切切的尸体。由于这个缘故，卡米尔在留住路易和阿尔芒在身边这件事上遇到了不少困难，然而内心深处，勒冈，和其他人一样，很高兴看见范霍文的队伍重组。这不会持续很久，一天或者两天，目前，大家闭着眼睛。对于勒冈，如果这不是一个案子，那这就是一个投资。

三个男人饭后一起散了一会儿步，然后他们发现了这把长椅，便坐在这里观察沿街过往的行人，大部分是情侣，以及带狗散步的人们。让人感觉置身外省。

"这真是个神奇的队伍。"卡米尔自言自语。一边是一个巨富的家伙，另一边是个无可救药的吝啬鬼。"我就从来不会遇到钱方面的问题吗？"这样想着就挺奇怪的。几天前，他收到了一些资料，通知他他母亲作品的拍卖事宜，他还没有打开信封。

"所以，"阿尔芒说，"事实上你不想卖掉这些画作。在我看来，这样更好。"

"当然，对你来说自然是要全部留着。"

尤其是莫德的作品。这对阿尔芒来说真的是如鲠在喉。

"不，不是全部，"他说，"但是他母亲的作品，依然是……"

"感觉你是在说皇冠上的珠宝！"

"好吧，但这依然是家族的珍宝，不是吗？"

路易什么都没说。他，当涉及私人问题……

卡米尔回到绑架案："货车车主的事儿，你查到哪儿了？"他问阿尔芒。

"在查，在查……"

唯一的线索，目前只有车子照片。多亏了贝尔迪尼亚克药店的监控摄像头拍下了货车的型号。这样的型号有上万辆在通行。科技服务组已经检验了上面覆盖的颜料，并且提供了可能合适的名字列表。从"阿巴德简"到"泽东"。三百三十四个名字。阿尔芒和路易一个一个检测。一旦发现在这个名单上有任何人拥有或者只是租借了一辆这种类型的货车，他们就去核实，然后找到他们转卖给了谁，如果可能和他们找的人符合，他们就派人去看车。

"如果这是在外省，你说这该多简单。"

何况，这些面包车不停地转卖，像永不停息的瀑布，要找到那些人还要和他们攀上话……越是找不到线索，事情就越艰难，阿尔芒就越心花怒放。尽管"心花怒放"可能不是一个特别适合他的词。卡米尔一整个早上看着他工作，脖子缩在旧旧的粗毛线衫里，面前是再生纸，他手上拿着一支广告笔，上面印着：圣安德烈洗衣店。

"这需要好几个星期。"卡米尔总结说。

并不是真的。

他的电话振动了。

是他的实习生，非常激动。他结结巴巴语无伦次，甚至忘了卡米尔给他的建议。

"老大？绑架者叫特拉里厄，我们刚刚认出他。局长让您赶快回来。"

11

    阿历克斯几乎什么都没吃，她越来越虚弱，但最重要的是，她的精神状况越来越差。这个笼子关住了她的身体，却把她的大脑抛到了平流层。维持这样的姿势一小时，会让人哭泣。一天，会让人想死。两天，形容枯槁。三天，人就疯了。现在，她已经不知道她是什么时候被关进来，被吊起来的了。几天吧，好几天。

    她已经记不清了，她的肚子不停地发出痛苦的叹息。她呻吟着。她再也哭不出来，她用头撞着木板，向右边，一次，又一次，再一次……她敲打着自己的脑袋，一次又一次地往上砸，呻吟变成了号叫，前额开始流血，脑袋充斥着疯狂的念头，她想去死，越快越好，因为活着已经变得不可忍受。

    只有当男人在场的时候，她才不呻吟。他在那里的时候，阿历克斯说话，她问那些问题并不是为了得到回答（反正他从来不回答），而是因为当他离开的时候，她觉得如此孤独。她理解了那些人质的感觉。她求他留在那里，因为她太害怕孤独，孤独地死去。

他是残忍的刽子手，但似乎只要他在场，她就不会死去。

当然，事实恰恰相反。

她在伤害自己。

心甘情愿地。

她想要死去，因为没有人会来救她。这具残破的肉体已经瘫痪，她再也不能自我控制，她直接尿尿了。身体因为痉挛而衰弱，从头到脚地僵硬。于是出于绝望，她用腿在粗糙的木板边缘上摩擦，最初这产生一种燃烧的感觉。但是阿历克斯没有停下，她继续，继续，因为她憎恨这具让她受苦的肉体，她想杀死它。她用尽全身力气擦着木板，燃烧变成了一个伤口。她的双眼盯住一个想象中的点。一根刺刺进了小腿肚，阿历克斯还是一次又一次地摩擦，她等着伤口流血，她希望它流血，她想要它流血，把血流干，然后死去。

她被全世界抛弃了。没有人会来救她。

她需要多少时间才能死去？又要多少时间才会有人发现她的尸体？会不会有人为她收尸，入土？哪里呢？她做着噩梦，看见自己的身体裹在一块篷布里，凌乱不堪地，夜里，一片森林，一双手把她扔进一个坑里，发出一个阴森绝望的声响，她看到自己死去。她好像已经死去了。

恍如隔世，当时她还能分辨时日，她想起过她的哥哥。他总是瞧不起她，她知道。他比她大七岁。总是这样。什么都比她懂得多，总是随心所欲，无拘无束。总是比她强大，从来如此。总是给她上课。最后一次她见他，当她拿出一管药剂准备吃下睡觉时，他抓住了她半空中的手说：这是什么鬼东西？

他总会扮演父亲的角色、人生导师、她的老大，对她的人生有主导权。向来如此。

"嗯？这是什么鬼东西？"

他瞪大了眼睛。他暴躁易怒，阿历克斯很怕他。这天，为了使他冷静，她伸出手臂，慢慢伸手抚摩他的头发，她的戒指钩住了一缕发丝，她迅速收回手，他发出一声惨叫，打了她一巴掌，就这样，在所有人面前。他总是这么容易暴躁。

她也想起了她的母亲。她们不怎么讲话，可以一个月不打电话。她母亲从来不主动打电话。

至于她的父亲……正是在这样一些时刻才让人觉得应该有一个比较好。想象他会来救你，相信他，期待他，这或许可以让你平静下来，这样或许也会让你绝望，阿历克斯完全不知道有一个父亲是什么样子。平常，她从来不会想这些。

但这些想法，是在她刚被关进来时才有的，今天，她连两三个理智的想法都说不清楚了，她的精神已经做不到了，除了记录肉身带来的痛苦，别的已经无能为力。之前，阿历克斯还想过她的工作。男人绑架她那会儿，她正要结束一份工作。她还想要结束一些家里的事，说到底，是生活中的事。她有些存款，能轻松坚持两到三个月，她没有什么需求，所以她没找新的工作，也没有人找她。有时候，当她还在工作的时候，她还有些同事会打电话给她，但现在，她连同事都没有。

没有丈夫，没有未婚夫，没有情人。她在那里，独自一人。

或许她在这里死了几个月，人们才会担心起她吧，她已经筋疲力尽，神志不清。

如果她的精神还能正常运作的话，阿历克斯也不知道该问些什么问题：临死还有多少天？死的时候会是怎样的痛苦？一具尸体在天地之间会如何腐烂？

现在，他在等着她死，他就是这么说的："看着你死。"这也正是现在所发生的。

这个一直缠绕心头的"为什么"突然之间就像个气泡一样破了，阿历克斯睁大了眼睛。她不知不觉地动了这个念头，这个念头便在她不知晓时生根发芽了，像是一个肮脏又顽固的植物。就在刚才，她豁然开朗，天晓得为什么，反正她的大脑一片混乱。但那像是一种放电。

其他都不重要了，现在，她知道了。

是帕斯卡尔·特拉里厄的父亲。

两个男人看起来并不相像，甚至一点儿都不像，关于这一点他们甚至自己都不知道。哦不，或许鼻子有点儿像，她早该想到了。是他，毫无疑问，这对于阿历克斯来说是个非常糟糕的消息，因为她现在坚信他所说的，他带她来这儿就是为了让她死。

他想她死。

直到现在，她依然拒绝真正相信这个事实。而这种确信又重新从她心底冒出来，完好无损地，就像最初那些瞬间，并且这种确信锁住了所有的门，消融了她最后一点儿残留的希望。

"啊，就是这样了……"

她完全沉溺于自己的恐惧中，没有听到他回来。她扭动脖子想看他，但还不等她看到，箱子已经开始轻轻晃动，然后开始自己打转。很快，他进入了她的视野。他靠着墙，正把笼子缓缓下降。当她降到合适的高度，他就把绳子固定住，向她靠近。阿历克斯皱起眉头，因为他与往常不同。他看的并不是她，可以说他的目光透过了她，他走得很慢，像是怕踩到地雷一般。现在，她更凑近地看到了他，是的，事实上，他还是和他儿子有一种相似的，一张固执的脸。

他停在离笼子两米远的地方，他没有动。她看着他拿出手机，她感到头顶一阵摩擦。她想转身，但她做不到，她已经尝试了千万次，完全做不到。

阿历克斯感觉糟糕极了。

男人把手机夹在手臂下，他微笑，阿历克斯看到过他这种微笑，绝不是个好的预兆。她又听到了头顶的摩擦声，接着是相机拍照的声音。他点点头，像是不知道对谁表示同意，然后他又走到屋子的角落里，重新把笼子升上去。

阿历克斯的目光现在被那个装满饲料的柳编篮子吸引了，就在她的边上。它莫名地摇晃着，伴随着小小的颠簸，像是活了起来。

阿历克斯突然明白了。这不是猫粮或者狗粮，像她之前所想的那样。

当她看到一只巨大的老鼠脑袋从篮子的边缘冒出来时，她明白了。在她视野范围，笼子顶上，另外两只黑影快速闪过，伴随着她已经听到的窸窸窣窣声。两只黑影停了下来，脑袋穿过木板中间的缝隙，就在她的头上。两只老鼠，比之前的更大，眼睛乌黑发亮。

阿历克斯已经不能自已，她声嘶力竭地惊叫起来。

原来他是为此才放这些饲料的，不是为了给她吃，而是为了引诱那些老鼠。

他不会亲手杀她。

那些老鼠会。

12

克里希门[1]有一座完全被围墙围住的废旧医院。这栋斑驳破败的废弃大楼可以追溯到十九世纪，现在即将被一个原本驻扎在郊区另一端的医科教学及医疗中心替代。

两年来，这里都是空的，这是一片工业荒地。负责不动产项目的公司请来了监管者，为了防止那些擅自占地的流浪汉和无业游民、那些擅闯进来的不速之客。公司给看守人安排了一间一楼的住所，给他们一份薪水，要求他们监管这块地方，等待四个月后的动工。

让-皮埃尔·特拉里厄，五十五岁，医院保洁部前员工。离异。没有前科。

阿尔芒是从科技系统提供的一个名字中找出这辆货车的。拉格朗日，一个专门从事铺设聚氯乙烯窗户的手艺人，当他两年前退休时，便转卖了全部的器材。特拉里厄买下了他的小卡车，重新用喷

---

[1] 地名，位于巴黎十七区。

雾器简单喷了层漆，盖住拉格朗日原先的商业小广告，便心满意足了。阿尔芒用邮件寄了一张车身下端的照片给当地警局，警局当即派遣了一名警员。警员西莫奈到了现场。结束时，在路上，他生平第一次后悔自己为什么一直不肯买一部手机。他没有回家，而是直接又跑回警局，绝对确定，停在废弃医院门前的特拉里厄的车子上，绿色的油漆痕迹，和照片上的完全一模一样。然而卡米尔还是想再证实一下，不要贸贸然进攻阿拉莫要塞[1]。他派了一名警员偷偷爬过围墙。这里晚上太黑了，不能拍照定位，但有一件事是确定的，没有货车。非常有可能，特拉里厄并不在家。屋里没有亮灯，没有人出入的迹象。

等他回来就逮捕他，渔网已经撒好，一切准备就绪。

于是大家埋伏起来，守候着。

直到法官和局长的出现。

峰会在一辆不起眼的车里举行，离主入口只有几米远。

法官是一个三十多岁的男人，他的姓和法国前总统吉斯卡尔·德斯坦还是密特朗的国务卿一样：维达尔。可能是他祖父的姓。他瘦长、干瘪，穿着细条纹西装、鹿皮鞋，戴着金色袖扣。这些细节，说起来就太多了。总之他给人感觉与生俱来就是穿着西装领带的。你再怎么集中精神想也没有用，完全不可能想象他不穿正装。他像蜡烛一样僵直，像是透露着某种诱惑的企图，因为他头发

---

[1] 得克萨斯独立战争中起重要作用的要塞。

非常厚密，偏分，像是那种梦想着搞政治的保险推销员。一看就像玩到老的花花公子。

如果伊琳娜看到这类型的男人，一定会捂嘴偷笑，对卡米尔说："天哪，他真帅！为什么我，我就没有一个这样的帅哥老公呢？"

他看上去一脸愚蠢。这是骨子里的，卡米尔想。他很急迫，想发出进攻。或许他家族里也有个陆军元帅，因为他很想尽快和特拉里厄干一架。

"我们不能这么做，这太愚蠢了。"

卡米尔本可以做更多准备工作，好好摆个局，而这个愚蠢的法官现在想做的事，是在拿一个失踪了五天的女人的性命开玩笑。勒冈开口了："法官先生，你知道，范霍文警官有时候有一点儿……粗鲁。他可能只是想说或许等到特拉里厄回来再行动会更稳妥一些。"

卡米尔·范霍文的粗鲁并没有使法官先生有一点点尴尬。法官先生甚至想表现出他不畏艰险，他是个有决断的人。更确切说，一个战略家。

"我建议包围这个地方，救出人质，然后在屋里候着绑匪。"

面对着大家对他机智提议的安静，他说："我们给他设个圈套。"

大家都吸了口气。他显然把这解读为崇拜。卡米尔先脱口而出："你怎么知道人质在里面呢？"

"你至少知道这是他吧？"

"我们确定他的车当时藏在女人被绑架的地方附近。"

"所以，就是他。"

静默。勒冈想要平息战火，但法官先他一步："我理解你们的处境，先生们，但是你们看，事情已经发生了变化……"

"我洗耳恭听。"卡米尔说。

"冒昧地允许我这样说，我们现在不该从绑匪的角度出发，我们今天应该从受害人角度思考。"

他一一看过两个警员，竟然总结道："围捕绑匪的确值得嘉奖，这甚至是一个义务。但是我们要关心的首先是受害者。我们是为了她才来到这里的。"

卡米尔张开嘴，但还不等他说话，法官已经开了车门，他下了车，转身。他手上拿着手机，弯下腰，透过开着的窗户看着勒冈的眼睛："我去把特警部队找来。就现在。"

卡米尔对勒冈说："这家伙是个彻头彻脑的蠢蛋！"

法官其实离得并不太远，但他假装没有听到。本性难移。

勒冈抬头看天，挂了电话。需要加强这片地区的警力覆盖，万一特拉里厄恰好在行动的时候回来。

不到一小时，大家都准备就绪。

凌晨一点半。

特警部队被派遣来打通所有的入口。卡米尔不认识这个特警部队的特派员，诺伯特。除了他的姓，没有人知道他的名字；平头，猫步，卡米尔感觉自己见过他几百次。

　　在研究了地图和卫星照片之后，特警警员们被分散到四个地方，一组分到屋顶，一组到主入口，另外两组在两侧窗户。刑事科的小组负责包围外圈。卡米尔已经安排了三队警力在故意民用化的警车里，守在每个入口。第四个小组小心翼翼地藏在下水道口，这是唯一的紧急出口，以防那家伙想要逃跑。

　　卡米尔对这次行动，预感不妙。

　　诺伯特，他很谨慎。在一位局长、一位同事和一位法官之间，他在专业方面很低调。就这个问题：能不能包围这个地区，救出困在里面的女人（据法官所言），他研究了地图，绕着建筑物走了一圈，他花了八分钟不到的时间回答说他们可以包围这个地方。运气和中肯是另一个他没法回答的问题。他的静默完全传递了这个意思。卡米尔很欣赏。

　　当然，这样干等着特拉里厄回来是煎熬的，尤其当想到屋里有个女人被困在一个让人不敢想象的环境下时。当然对法官来说，这最好不过了。

　　诺伯特退了一步，法官进了一步。

　　"等待需要付出什么？"卡米尔问。

　　"时间。"法官回答。

　　"那小心谨慎会付出什么呢？"

　　"一条生命，或许。"

连勒冈都不来调停了。突然之间，卡米尔觉得被孤立。行动开始了。

特警部队的进攻进入倒数十分钟，大家迅速就位，最后的调整。

卡米尔把爬上围墙的警员拉到一边："再跟我说一遍里面什么情况？"

警员一时不知说什么是好。

"我说的是，"卡米尔有点儿暴躁起来，"你看到什么了，里面？"

"好吧，没什么特别，一些公共工程的施工设备，一个集装箱，一个工地临时搭建的木板房，一些拆除设备，我想，还有，一个说不上来的什么东西……"

这让卡米尔浮想联翩，这个说不上来的什么东西。

诺伯特和他的组员已经就位，并在发送信号。勒冈在一边看着他们。卡米尔决定待在围墙入口处。

他准确地记录下了诺伯特发起行动的时间，凌晨一点五十七分。在沉睡的大楼上方，人们看到有光亮了起来，不一会儿，人们听到奔跑的声音。

卡米尔思考着。工地的器械，那些"公共工程的施工设备"……

"这里有通道。"他对路易说。

路易皱起眉头，一脸疑惑。

"那些工人、技术人员，我不知道，他们带来那些器械准备动工，或许已经开过工地会议。所以……"

"……她不在那里。"

卡米尔没时间回答，因为就在此刻特拉里厄的白色货车出现在了街角。

这一刻开始，事情以迅雷不及掩耳之势发展起来。卡米尔迅速跳上了路易开的车，他要打电话通知四个包围小组，发动围捕。卡米尔摆弄着无线电，侦查着逃往郊区的货车留下的痕迹。货车开得不快，还老冒烟，这车子型号太老了，气喘吁吁，不论它怎么努力加速，特拉里厄还是不能超过每小时七十公里。虽然还在行驶，但这绝不是个好斗士。他犹豫了一下，划出了荒谬的辙痕，同时丧失了珍贵的几秒，这给了卡米尔时间重新迎头赶上。在他身边，路易完全跟上步伐。旋闪灯亮着，警笛鸣叫着，所有的车子很快就开到了逃车的两侧，这立刻就开始争分夺秒了。卡米尔继续定位，路易接近了货车的尾部，所有的车前灯全都亮着，为了震慑他，为了让他手忙脚乱，另两辆车到了，一左一右，第四辆车通过一条平行的路穿过环城大道，从反方向驶来。大局已定。

勒冈打电话给卡米尔时，他正紧紧黏在安全带上。

"你逮到他了？"他问。

"差不多！"卡米尔吼道，"你那边呢？"

"别放过他，伙计！那女孩不在里面！"

"我知道！"

"什么？"

"没什么！"

"这里是空的，你听到吗？"勒冈大喊，"一个人都没有！"

整个事件是相当有画面感的，卡米尔马上就会感受到。第一个画面，从某种意义上来说，就是跨越环城大道的桥，就在这环城大道上，特拉里厄的货车仓促地横停下来。他后面，两辆警车，他面前，第三辆警车挡住了他的去路。警员下了车，以打开的车门做掩护，瞄准他。卡米尔也下了车，他掏出武器。正当他看见男人下了车想要发出警告时，男人笨拙地跑向桥上的护栏，虽然很奇怪，但是他坐了下来，面朝所有人，好像是他邀请了他们一样。

所有人都立刻明白了，当他们看到这一幕：坐在混凝土护栏上，背朝着环城大道，双腿摇晃着，面朝着缓缓向他走来的警员们，他张开双臂，像是要做一个具有历史意义的宣示。

然后他抬高他的双腿。

突然向后转。

还没来得及到达护栏，警员们已经听到一声身体撞碎在马路上的巨响，然后是卡车撞上尸体的声音，急刹车声，喇叭鸣叫声，汽车相撞的钢板断裂声。

卡米尔往下看。桥下车辆停滞，车前灯都亮着，警报灯闪着，他转身，穿过桥面跑向另一边的护栏，男人躺在一辆半挂式牵引车下，半截身体露在外面，他的脑袋，尤其突出，已经碎裂，鲜血在沥青马路上流动开来。

第二个画面，对于卡米尔来说，差不多是二十分钟后发生的。环城大道完全被封锁了，整个区域变成了一个充斥着旋闪灯、灯光、警笛、警报器、救护车、消防员、警察、司机和凑热闹的人的幻境。桥上，车里。路易通过电话记录着阿尔芒汇报的关于特拉里厄的汇总信息。在他旁边，卡米尔已经戴上了橡胶手套，他拿着从尸体身上取来的手机，它奇迹般地躲过了半挂式牵引车的车轮。

那些照片。六张。照片上是一只木箱，木板之间有着很大的空隙，悬在地面上方。里面关着的，是一个女人，年轻女人，可能三十岁吧，头发又油又脏地贴着头皮，浑身赤裸着，蜷缩在这个对她来说显然太小的空间里。在每张照片里，她都看着照相的人。她眼圈发黑，眼神迷离。精致的五官，深邃的眼眸，虽然陷入一种残破不堪的状态，却依然看得出来在正常情况下，她还是非常漂亮的。但就目前看来，所有照片都确认了一件事，不论漂亮与否，这个被关起来的女孩正在死去。

"这是个小女孩。"路易说。

"你怎么了？她至少有三十岁！"

"不，不是那个女孩。是那个笼子。这种笼子叫——小女孩。"

卡米尔皱着眉，一脸疑惑："这种笼子小到站着也不行，坐着也不行。"

路易停下了。他不喜欢掉书袋，他知道卡米尔……但这次，卡米尔对他做了个焦急的表情，快点，说下去。

"这种酷刑是在路易十一的统治下被创建的，因为凡尔登主教，我想。他待在里面超过十年。这是一种极其有效的被动折磨。

关节全都连到一块儿，肌肉全都萎缩……这让人精神失常。"

他们看到女人的手死死抓住木板。这些照片让人看着心悸。最后一张照片上，他们只看得到她脸的上半部分和三只硕大的老鼠在笼子顶上爬行。

"真他妈……"

卡米尔立马打电话给路易，像是怕自己会爆炸一般。

"找到日期和时间。"

"卡米尔，他，这些东西……"路易花了四秒钟。

"最后一张照片是三个小时之前拍的。"

"通话记录呢？通话记录！"

路易迅速按着键。或许有方法可以测量这个电话，定位它曾经拨号的地点。

"最后一通电话是十天前……"

他绑架女孩后一通电话都没有打过。

安静。

没有人知道这个女孩是谁，也没有人知道她在哪里。

而唯一知道这一切的人刚刚被碾死在一辆半挂式牵引车的车轮下。

在特拉里厄的电话里，卡米尔选了两张这个年轻女孩的照片，包括这张出现了三只大老鼠的照片。

他给法官发了条信息，并抄送给勒冈："现在嫌疑犯已经死了，我们要怎么救出人质？"

13

阿历克斯睁开眼睛，老鼠正面对着她，离她的脸只有几厘米，因为离得太近了，老鼠在她眼里显得比真实的还要大。

她惊声尖叫起来，老鼠一下朝后退了几步，跌到了篮子里，然后它全速爬上绳子，待在那里好一阵子，犹豫着该往哪里走，并到处嗅着预测风险，权衡利弊。她开始辱骂它。老鼠呢，对她的努力无动于衷，继续待在绳子上，脑袋朝下，凑近她。它的鼻子接近粉红色，眼睛亮闪闪的，皮毛油光发亮，胡须又长又白，尾巴像是看不到尽头。阿历克斯被吓得不能动弹，不敢呼吸。她叫了太久，现在已经声嘶力竭，她不得不停下，他们就这样互相凝视了很久。

老鼠在离她四十几厘米的地方，一动不动，然后，小心翼翼地爬进篮子，开始吃那些饲料，还时不时地瞄几眼阿历克斯。出于害怕，它时不时地急剧后退，像是要躲藏起来，但它很快又回来，像是知道了它没有必要怕她。它饿了。这是一只成年的老鼠，应该差不多三十厘米长。阿历克斯蜷缩在笼子一端，尽可能离它远一点儿。她有些可笑地死死盯着老鼠，想让老鼠不要过来。它不再吃那些饲料，但它没有立马爬上绳子。它朝她靠拢。这一次，阿历克斯没有叫，她闭上了眼睛，开始流泪。当她再次睁开眼睛，老鼠已经离开了。

帕斯卡尔·特拉里厄的父亲。他是怎么找到她的？如果她的脑袋没有变得如此迟钝，她或许可以回答这个问题，但是现在她的思绪像是一些凝滞的画面，像是一些照片，没有任何活力。何况，现在，这还重要吗？谈判，这才是现在该做的。必须编一个故事，一个可信的故事，让他放她出去，然后见机行事。阿历克斯搜集了所有能搜集的资料，但她的思绪没时间走得更远。第二只老鼠出现了。

更大。

大概是老鼠领班。毛发更加乌黑。

它不是顺着吊着柳编篮子的绳子来的，不，它是顺着吊着笼子的绳子来的，它就停在阿历克斯的脑袋上方，但它和之前那只不同，当阿历克斯对着它吼叫谩骂时，它完全没有后退。它继续直直朝着笼子往下爬，动作细碎活跃，微微跳动着，两只前爪盖在笼子顶的木板上，阿历克斯已经闻到它强烈的体味，这只老鼠太大了，皮毛无比的油光发亮，胡子很长，两只眼睛黝黑，它的尾巴太长了，以至于当它穿过两片木板之间时，有一瞬间它的尾巴碰到了阿历克斯的肩膀。

尖叫。老鼠转身朝向她，镇定自若，然后它沿着木板来回走了一圈。时不时地，它停下来，看着阿历克斯，然后又走起来。像是在重新测量距离。阿历克斯追随着它的目光，神经紧绷，屏住呼吸，心跳像要停止一般。

"这是我身上的味道，"她心想，"我闻起来像屎尿味、呕吐味、尸臭味。"

老鼠用后腿站立着，鼻子朝上嗅来嗅去。

阿历克斯沿着绳子往上看。

另外两只老鼠依次到来，开始向笼子进发。

14

这片废旧医院的工地看起来已经被一个电影摄制组包场了。特警部队已经撤离，技术服务队拉起几十米的电缆，投影机让整个院子淹没在灯光里。大晚上的，却没有一寸的阴影。为了不破坏现场，道路已经被红白相间的塑料胶带整治好。技术人员开始他们的调查。

问题在于特拉里厄是不是绑架女孩之后又把她转移到了别的地方。

阿尔芒喜欢人多的场合。人群，对他来说，首先是节省了香烟。他自信满满地穿行在那些经常借他钱的人中间，在他有时间搭讪新来的人之前，他已经攒足了四天的饭钱。

他杵在院子里，吸完了一根烟，最后几毫米的烟蒂差点儿烧到他的手指，他用疑惑的眼神看着这片骚动。

"怎么？"卡米尔问，"法官不待在现场吗？"

阿尔芒很想阻止他，但他可以说是个哲学家，他懂得忍耐的美德。

"他也没来环城大道，"卡米尔接着说，"真可惜，一个嫌疑犯被一辆半挂式牵引车给逮住，这可不是每天都能看到的。同时……"

卡米尔不时看着手表，阿尔芒镇定地低着头，路易看起来完全被一个工地机器的构造吸引了。

"然而，凌晨三点，他也要睡觉啊，法官先生，我们得理解。鉴于他说蠢话的概率，他是该休息休息了。"

阿尔芒扔下他那一丁点大的烟蒂，叹了口气。

"什么！我说什么了？"卡米尔问道。

"没什么，"阿尔芒回答，"你什么也没说。好，我们干活，行不行？"

他说得对。卡米尔和路易辟出一条路来，直通特拉里厄的住所，住所已经被身份鉴证科包场了，房子不是很大，大家只能挤一挤。

范霍文先环顾了四周。屋子很简朴，房间相当干净，餐具摆放整齐，工具像五金店橱窗里的陈列一般排成行，还有令人惊叹的啤酒储藏，简直能倒出尼亚加拉大瀑布。除此之外，没有一张纸，没有一本书，没有一本笔记本，屋子的主人显然目不识丁。

唯一令人好奇的是一间青少年的房间。

"他的儿子，帕斯卡尔……"路易边查着笔记边说。

和房子的其他地方不同，这间房间里，长期没有打理，一股长期关着的闷气，还有潮湿的衣物散发的霉味。一个电视游戏机

XBOX360控制台和一个竞赛游戏手柄埋在灰尘之中。仅剩一台强大的电脑，大屏幕，这是房间里唯一被擦拭过的东西，大概是用袖口之类的。一位技术人员已经在初步检测硬盘，之后他们会把整台电脑带回去全面检测。

"游戏，游戏，游戏，"小伙子说，"一个互联网连接……"

卡米尔一边听着一边清点着一个柜子里的东西，专家们已经拍过照片。

"还有一些成人网站，"技术员补充说，"游戏和色情。好小子，都是这样。"

"三十六岁。"

大家转向路易。

"他儿子三十六岁。"路易说。

"显然，"技术人员说，"这就有点儿不一样了……"

柜子里，卡米尔清点着特拉里厄的工具。这位工地未来治理的守卫员显然非常严肃地对待了他的职责，棒球棒、警棍、指节套环，他显然是要殊死一搏，真让人惊讶居然没有找出一只斗牛犬。

"这里，斗牛犬，就是特拉里厄。"卡米尔对大声自问的路易说。

接着又对技术员说："还有什么？"

"一些电子邮件。一点点，不是很多。不得不说他的拼写……"

"像你儿子？"卡米尔问。

这次，技术员恼了。当涉及他，这就不一样了。

卡米尔凑近屏幕。的确，他看到的无非是一些无关痛痒的信息，几乎是用音标的语言写成。

卡米尔戴上路易递给他的橡胶手套，拿起了一张从梳妆台的抽屉里挖出来的照片。可能是几个月前拍的一张底片，小伙子在他父亲监管的工地，通过窗子大家认出了那个装满器械的院子。不是很漂亮，但又高又瘦，一张不讨人喜欢的脸，鼻子很长。他们还记得笼子里的姑娘的照片，遍体鳞伤但还是很漂亮。并不是很般配，这两个人。

"这家伙一脸蠢样。"卡米尔脱口而出。

15

她以前不知道从哪里听来的一句话突然又从脑子里冒了出来：
如果你看到一只老鼠，那就说明附近有十只。已经有七只了。它们
为绳子的所有权争吵着，但更重要的是为了争夺饲料。有意思的
是，那些最贪婪凶狠的却恰恰不是那些体形最大的。它们往往看着
更像战略家。尤其是其中两只，完全不受阿历克斯的尖叫和辱骂的
影响，一直待在笼子的顶盖上。它们后腿站立，各个方向地嗅着，
阿历克斯不由得感到害怕。它们体形硕大，面目狰狞。随着时间的
推移，有些老鼠显得愈加迫切，好像它们渐渐发现了，阿历克斯对
它们来说不具备任何威胁。它们越来越大胆。夜晚临近的时候，它
们中有一个，中等体形，它想从它的伙伴们上方越过去，然而却掉
进了笼子，掉到了阿历克斯的背上。这次接触使她脸色苍白，立刻
发出一声惊叫，鼠群里起了一阵骚动，但不久又恢复了平静。几分
钟后，它们又在那里紧紧排成了行。其中一只，阿历克斯想它一定
很年轻，它表现得极其热切、殷勤，它凑得很近，在阿历克斯身上

嗅探着，她后退，再后退，它不断向前，直到阿历克斯声嘶力竭地大吼，并向它吐唾沫，它才后退。

特拉里厄好久都没有回来，至少一天，或许两天，甚至更久。现在，又一天过去了，要是她知道时间，知道日子就好了……她感到震惊的是他一连三四天不回来。她担心的是，水就快喝完了。她已经很节省了，庆幸的是她昨天没有喝很多，只剩半瓶水了，但是她指望着他来给她补给。那些老鼠也是，当它们有饲料时，它们就显得比较平静，一旦饲料吃完，它们就开始焦虑、暴躁。

可笑的是，阿历克斯害怕的，是特拉里厄抛弃她。她怕他就这样让她在笼子里饿死，渴死，在那些随时可能采取激进行动的老鼠犀利的眼神下。

自从第一个老鼠出现开始，不到二十分钟就总有那么一个新的在笼子顶上乱跑，沿着绳子攀爬，来检查还有没有更多饲料。

有些老鼠在柳编篮子里荡着秋千，目光一动不动地直盯着她看。

16

早晨七点。

局长把卡米尔拉到一边：

"这一次，你会给我点面子吧？"

卡米尔什么都没有答应。

"就这么说定了……"勒冈总结说。

的确。法官维达尔刚到，卡米尔就自觉地为他开了门，指给他看墙上贴着的年轻女人的照片，对他说："对于像您这样，那么关注受害者的人来说，法官先生，这次您应该会满意吧。这位受害者实在是精品。"

这些照片被放大了，这样挂着，像是施虐窥淫癖的杰作，让人看着会有说不出的难受。这张，她几乎发狂的眼睛被限制在一条由两条分开的木板形成的水平线里；那张，她的身体整个蜷缩着，拘束着，像是破碎了一般，还有被放大了的手，指甲拼命渗着血，可能是因为刮擦木板。还有依然是她的双手，她拿着的那瓶水显然太大了，不能通过木板的间隔，她就像个因犯一般用掌心的凹陷处盛水来喝，渴得像刚刚遭遇了海难。她显然没有被放出过笼子，因为她在那里满足了自己各种需求，并且浑身弄得很脏。她又脏又带着伤，显然是被殴打过，甚至可能被玷污过。更令人震惊的是，她竟然还活着，让人不敢想象等待她的是什么。

然而，在这个场景面前，不管卡米尔如何挑衅，法官维达尔保持着冷静，一一看着底片。

大家不敢吭声。大家是指，阿尔芒、路易，还有勒冈找来的六名调查员。使这样的一个队伍立马感到舒适，这不是件容易的事儿。

法官沿着照片走着，神情单纯又严肃。这感觉像是国务卿在做一个展览开幕。

这是个满脑子浑蛋想法的愚蠢年轻人，卡米尔想。但他并不懦弱，因为他转向了卡米尔。

"范霍文警官，"他说，"您质疑我围攻特拉里厄住所的决定，而我，我质疑您展开这次侦查的方法，从开始到现在。"

卡米尔刚张嘴，法官就举起手打断他，手掌朝前："我们有分歧，但我建议我们之后再解决这个问题。现在在我看来最紧急的，不论您怎么认为，是尽快找到这个受害人。"

浑蛋却精明老练，不可否认。勒冈沉默了两三秒钟，然后他咳嗽了一声。法官很快又重起了话头，并转向队伍："也请您允许我，警长先生，恭喜您的队伍在那么少信息的情况下，那么快找到特拉里厄。真是令人叹为观止。"

这，显然，他有点儿过了。

"您是在做竞选演说吗？"卡米尔问，"这是您家族的标签吗？"

勒冈又咳嗽了一声。又是一阵寂静。路易欢乐地抿紧嘴唇，阿尔芒看着鞋子露出微笑，其他人一脸茫然。

"警官，"法官回答说，"我了解您的工作情况。我也知道您个人的故事，和您的职业息息相关。"

这次，路易和阿尔芒的微笑凝滞了。卡米尔和勒冈的精神达到了最高警戒。法官往前走了一点儿，没有太靠前，为了不给人造成印象是在俯视卡米尔。

"如果您觉得这个案件……我该怎么说合适呢……对您的个人生活造成太大冲击的话，我比任何人都能够理解。"

明确的警告，毫不掩饰的威胁。

"我很确信勒冈警长可以为此次调查任命一位更不牵扯个人情感的负责人。但是，但是，但是，但是，但是……"这次，他张大双手像是想要抓住云朵，"但是……我把它交给您，警官，充满信心地。"

对于卡米尔来说，毫无疑问，这家伙是个浑蛋。

在他的生命中有千百次，卡米尔仿佛理解了那些偶尔犯罪的人的感受，那些不是蓄意谋杀的杀人犯，被愤怒冲昏了头，他也逮捕过几十个。那些掐死自己妻子的男人，那些刺死自己丈夫的女人，那些把父亲推出窗外的儿子，那些开枪打死朋友的朋友，那些开车轧死邻居儿子的邻居，他在自己的回忆中搜索有没有一种情况，是一个警官拿出警用武器开枪打死一个法官的，正对额头。除了这番臆想，他一言不发，只是简单点了点头。他费了好大劲才忍住什么都没说，因为法官刚刚隐约提到了伊琳娜，正因为此，他才强行命令自己闭嘴，因为当下一个女人被绑架了，他发誓要活着找到她。法官知道他这样想，法官很明白这一点，并且，显然，他利用了这种沉默。

"好了，"他用一种显而易见、心满意足的口吻说道，"现在，既然自我意识已经让位给了服务精神，我相信您可以重新开始工作。"

卡米尔想杀了他。他很确定。这需要点时间，但这家伙，他一定会杀了他的，亲手。

法官离开时转向勒冈："当然了，局长先生，"他用一种精心权衡过的声音说，"有任何消息请您立刻通知我。"

"两件要紧事，"卡米尔向他的队伍解释，"首先，画一张特拉里厄的肖像，了解他的生活。从他的生活里才能找到这个女孩的线索，或许还能找出她的身份。因为首要的问题在于，我们一直对这个女孩一无所知，不知道她是谁，更不知道她为什么被绑架。这就涉及第二件事，我们唯一可以找的线索，就是特拉里厄手机里的通信录，还有他儿子的电脑，他也用过。不得不先说一句，这些记录已经很老了，根据历史记载来看都是几星期前的，但这是我们所拥有的全部了。"

太少了。目前能够确定的东西少得令人震惊。没有人知道特拉里厄把这个女孩这样关在吊着的笼子里是想对她做什么，但现在既然他已经死了，毫无疑问，她也活不了多久了。没有人提及那些可能的危险，可能是缺水，营养不良，谁都知道这是痛苦的、漫长的死法。更不用说那些老鼠。马尔桑首先开口。他是处理文件的技术员，也是范霍文队伍和技术组之间的沟通人。

"即便我们在她死之前找到她，"他说，"缺水也有可能带来不可逆转的神经性后遗症。你们可能会找到一个植物人。"

他没有戴手套。"他说得对，"卡米尔想。"我，我之所以不敢，是因为我害怕，我不能带着害怕去找这个女孩。"他哼了一声。

"货车？"他问。

"从昨晚查看的细梳子来看，"马尔桑边看笔记边回答，"我们发现了毛发和血液，所以我们现在有了受害人的DNA，但是她没有登记身份，所以我们还是不知道她的身份。"

"素描像？"

"特拉里厄在他的内袋里放着一张他儿子的照片，在一个嘉年华上拍的。他用手挽着一个女孩的脖子，但是照片被浸在了血里，不管怎么说，拍摄距离太远了。女孩身材相当高大，不确定是不是同一个。储存在手机里的底片更可信。"

"我们应该可以有一个相当不错的结果，"马尔桑说，"这个手机相当便宜，但脸部照得相当清晰，不同角度，我们需要的几乎都有了。你们下午就可以拿到了。"

分析场地也很重要。不仅是这些照片都是特写或者近景拍摄，而且照片上也看不到什么现场特有的东西。技术员扫描了照片，他们测量，分析，预测，研究……

"大楼的性质还是未知，"马尔桑评论道，"基于照片拍摄时间和光线质量，我们可以确定大楼是东北朝向。这太常见了。这些照片没有提供任何透视、任何景深，所以无从判断房间的大小。光线从上往下照射，估计天花板高度至少四米。或者更多，无从得知。地面是混凝土的，有可能还有点儿漏水。所有照片都是自然光下拍摄的，也许没有供电。至于绑匪用的器材，就目前看来没什么特别的。箱子是未经打磨的木材做的，用简单的螺丝钉组装起来，吊住它的不锈钢环也是标准型号，就像大家看到的绳子，最普通的麻绳，没什么值得一提的。那些老鼠，按理说，不是养殖动物。所以目标应该定为一幢空的废弃大楼。"

"照片的日期和时间证明特拉里厄至少一天去两次，"卡米尔说，"所以范围应该限定在巴黎市郊。"

在他周围，大家纷纷点头，大家都赞同，卡米尔知道他刚刚讲的大家都已经知道了。一瞬间，他感觉自己在家里，和嘟嘟湿在一起，他不想待在那里，他早该在莫莱尔回来时把任务转手给他。他闭上眼，恢复镇定。

路易提议让阿尔芒负责，就现在所掌握的信息做一个简要的场地描述，然后把它分发到整片法兰西岛，并强调其紧迫性。卡米尔表示同意，当然了。他不抱任何幻想。目前掌握的信息非常少，五栋楼里有三栋能符合这样的描述，就阿尔芒从警局掌握的信息来看，在巴黎地区，有六十四个地标被定义为"工业荒地"，更不算几百号不同类型的废弃大楼建筑。

"报纸上什么都没有吗？"卡米尔看着勒冈问。

"你在开玩笑吗？"

路易穿过走廊走向出口，他又折了回来，一脸焦虑。

"不管怎么说……"他对卡米尔说，"能造出一个'小女孩'已经很机智了，你不觉得吗？对于特拉里厄这样的人来说，这甚至有点儿太博学了不是吗？"

"是吗，路易？明明是你对特拉里厄来说太博学了！他没有特意造一个'小女孩'，这是你的注解，一个很有历史价值的解释，这只能表明你很有文化造诣，但是他呢，他没有造一个'小女孩'。他只是搭了个笼子。只不过搭得太小了。"

勒冈窝在他的局长扶手椅里。他闭着眼睛听着卡米尔说话，人家会觉得他在睡觉。这是他集中精力的方式。

"让-皮埃尔·特拉里厄，"卡米尔说，"1953年10月11日生，现在五十三岁。钳工领班，二十七年职业生涯都在航空工程车间工作，他1970年加入了南方航空。1997年被解雇了，失业两年，在热内-彭提比奥医院维修部又找了份工作，两年后又被遣散了，再次下岗失业，但是情况在2002年有所改变，他获得了那片工业荒地看守的职位。他离开他自己的住所，搬到工地来住。"

"暴力？"

"残忍。他的记录包括打架斗殴，诸如此类，他脾气暴躁，这家伙。至少他老婆应该是这样觉得。洛瑟琳娜。他们1970年结婚。同年，他们生了一个儿子，帕斯卡尔。事情就是在这里变得有趣的，我一会儿再说。"

"不，"勒冈打断他，"现在立马说。"

"他儿子失踪了。去年七月。"

"继续。"

"我还在等补充信息，但是，大体来说，这个帕斯卡尔几乎一事无成，小学、中学、技校、实习、工作。就失败来说，这是个大满贯。他做操作工、替人搬家这类事情。不太稳定。他父亲成功把他弄进了自己工作的医院，2000年的时候，他们成了同事。工人团结，他们成了货车司机工友，接下去的一年，他们被调到了一个部门。当他父亲2002年得到看守人的工作时，儿子也和他一起搬去住了。再强调一次，他已经三十六岁了，这个帕斯卡尔！大家看到他的房间在他父亲的房子里。电子游戏机、足球海报和明显导向色情网站的网页。如果不看那床底下几十个空啤酒罐，完全是青少年的房间。在这种情况下，如果是在小说里，当作者怕读者不能很好地理解，他会在'青少年'前面加上'发育迟缓的'。然后啪嗒一声，2006年7月，父亲报案说儿子失踪了。"

"调查了吗？"

"如果你想的话。父亲很担心。而警方这边，看情况，回避了这个案子。儿子是和一个姑娘私奔的，还带了自己的东西，还有他父亲银行卡里的存款，六百三十欧元，你看这种……所以大家把这父亲拉到警局另一边。寻找失散亲属。大家找了那一片，没有。五月份，搜寻扩大到了全国。也没有收获。特拉里厄极力抗议，他想要个结果。于是八月初，也就是他儿子失踪一年后，警局给他开了一张'无效调查证明'。目前儿子还是没有出现。我猜测如果他知道了他父亲的死，他大概会再现身。"

"那母亲呢？"

"特拉里厄在1984年离婚了。好吧，主要是他妻子要离婚，家庭暴力、虐待、酗酒。儿子一直和父亲一起生活。两人看上去很处得来。母亲再婚了，她住在奥尔良市。嗯……"他查看着笔记，没有找到，"好吧，不重要了，反正，我已经派人去找她了，他们会把人带来。"

"其他呢？"

"啊，特拉里厄的手机是工作号码。他的老板随时可以联系到他，即便他在工地的另一端。分析表明他自己几乎不怎么用这部手机，几乎全部通话都是和他老板，或者是一些必需的服务电话。但是，突然之间，他开始打电话了。不是太多，但是一些新的电话。十几个通话对象突然之间就出现在他的记录里，那些电话他打了一次、两次、三次……"

"所以呢？"

"所以呢，这个突如其来的电话热潮是在他收到关于他儿子的'无效搜查证明'单后两个星期开始的，然后又在绑架女孩前三周突然停止了。"

勒冈皱起眉头。卡米尔得出结论："特拉里厄发现警察根本没用，便自己展开调查。"

"你觉得我们笼子里的这个姑娘，就是和他儿子私奔的那个吗？"

"我觉得是。"

"你之前告诉我，从照片上看来，女孩体形高大。我们这个，她那么瘦小。"

"体形高大，体形高大……她可能减了肥呢，我怎么知道。不管怎么说，我觉得是同一个。现在，这个帕斯卡尔，他到底在哪里？这……"

17

　　阿历克斯一直忍受着寒冷直到现在。尽管九月的天气还是相当温和，但她一直不动，也不进食。而现在情况愈发严峻。因为一眨眼，几小时之间，就入了秋。她感觉到寒冷，刚刚还只是因为她自己筋疲力尽，现在已经是因为真正的大幅降温。根据透过窗子照射下来的光线来看，天空阴着，亮度也有所下降。阿历克斯听见了最初的几阵风，在屋里呼呼作响，风声嘶鸣着，痛苦地咆哮着，像是一个绝望的人发出的呻吟声。

　　那些老鼠也抬起了脑袋，胡须晃动着。倾盆大雨倏忽而至，敲打着这栋大楼，大楼发出号叫声、爆裂声，像是一艘即将沉没的船。还不等阿历克斯反应过来，老鼠们已经沿着墙壁下去找汩汩而来的雨水了。这一次，她数到了九只。不一定是同一批。比如说，这只黑里透着红棕色的大老鼠，就是最近才出现的，其他的老鼠都怕它，她看着它泡在一个水洼里，它独占了这个水洼，它也是第一个爬回来的。它第一个爬回到绳子上。这是一只坚定执著的老鼠。

一只湿透的老鼠，比一只干老鼠更令人觉得可怕，这让它的毛显得更加肮脏，眼神更加锐利，更加给人一种窥伺的感觉。浑身湿漉漉的，它的长尾巴格外黏稠，像是另一只完整的动物，像一条毒蛇。

之后便是暴雨，严寒接替了潮湿。阿历克斯已经石化，完全不能动弹，她感到自己的皮肤泛起一阵阵波纹，这已经不是瑟瑟发抖，而是真正的心惊肉跳。她的牙齿开始咯咯作响，狂风窜进屋子，笼子开始原地打转。

那只黑中透着红棕色的老鼠，独自爬上绳子，大摇大摆在笼子顶上走着，突然停下，靠着它的后腿站得直直的。它像是发了一个集结令，因为过了没几秒，几乎所有的老鼠都爬了上来，到处都是，笼子顶上、右边、左边，还有摇摇晃晃的篮子里。

一道闪电照亮了屋子，几乎所有老鼠都立了起来，一下子集体脸尖尖地朝向天空，像是被电击了一般，然后向四处散开，它们没有被暴雨吓着，不，这更像是一种舞蹈。它们欢欣鼓舞。

只有那红黑色的大老鼠依旧杵在那根离阿历克斯的脸最近的木板上。它用脑袋凑近她，眼睛睁得大大的，然后它终于站了起来，肚子又圆又鼓，无比硕大。它发出几声叫声，前脚掌朝着各个方向张牙舞爪，它们是粉红色的。但阿历克斯只看到了利爪。

这些老鼠是战略家。它们知道，在饥饿、口渴、寒冷之外，只需要再加上一点儿惊恐。它们继续着大合唱，为了让她震惊。阿历克斯感到冰冷的雨水被风吹起打在身上。她不再哭泣，她开始颤抖。她想到死亡，就像想到一种解脱，但一想到老鼠来咬她的身体，一想到被它们吞噬……

一个人的身体可以给十几只老鼠做几天的食物呢?

这个念头吓到了她，阿历克斯开始尖叫。

但这还是头一次，她的嗓子根本发不出声。

筋疲力尽已经使她崩溃。

18

趁着卡米尔叙述他的报告时，勒冈站起来，舒展了一下身子，他在办公室里踱了几步，然后又回去坐下，恢复他沉思而肥胖的狮身人面像姿势。卡米尔发现局长重新坐下时，似乎压抑着什么东西，像是一个满意的微笑。可能是满意自己完成了每日运动，他想。他每天做两三次这样的活动，起立，走到门边，然后走回来。有时候甚至四次。他的训练有着铁打的纪律。

"特拉里厄的手机里有七八个有意思的联系人。"卡米尔回答，"他给他们打过电话，有几个甚至打了好几次，总是同样的问题，问询关于他儿子的下落。他去拜访他们，给他们看他儿子在嘉年华上和那个女孩的照片。"

卡米尔只亲自见了两个，其他的，是路易和阿尔芒去见的。他来勒冈的办公室是为了让他了解情况，但他不是为了局长而回警局的。是为了特拉里厄的前妻，她刚刚从奥尔良市过来。宪兵队负责接送。

"特拉里厄可能是通过他儿子的电子邮件找到他们的联系方式的。那里面有一点儿信息。"

卡米尔看着他的笔记。

"一个瓦莱里·图凯，三十五岁，帕斯卡尔·特拉里厄以前的同班同学，他绝望地追了人家十五年。"

"他倒是挺执著。"

"他爹打了人家几次电话，问她知不知道他宝贝儿子怎么样了。她说这家伙简直是个可怜虫。'乡下人。'你要是再等几分钟，她会加一句：'真是一无是处。总是用一些愚蠢至极的故事去吓唬女孩子。'总之，真真正正的蠢货。但人还不坏。不管怎样，她不知道他怎么样了。"

"还有吗？"

"还有一个帕特里克·朱皮安，洗衣公司的送货司机，帕斯卡尔以前城市赛马赌博的朋友。他也没有任何他儿子的消息。照片上的女孩什么都没对他说。另一个，学校同学，托马·瓦瑟尔，代理商。还有一个，之前的工友，迪迪埃·科达尔，搬运工，以前和他一起在一家邮购公司工作。所有这些人，无一幸免被他爹骚扰了。自然，那么久以来，没有人有他儿子的消息。消息灵通的人知道这事情涉及一个女孩。这简直是今年头条，帕斯卡尔·特拉里厄和一个女孩。他的同学瓦瑟尔索性捧腹大笑，好像在说'他终于也有一个姑娘了'。他的哥们儿送货司机也表示他和他的娜塔莉的确让大家震惊了，至于娜塔莉的具体情况，也没有人知道。他从没有带她见过任何人。"

"看吧……"

"不，这也没什么稀奇的。他在六月中旬遇到这个女孩，一个月后就和她私奔了。没那么多时间把她介绍给朋友们。"

两个男人保持着沉思。卡米尔重读那些笔记，皱着眉，时不时看看窗，像是在搜寻一个答案，然后又重新埋头看向笔记本。勒冈太了解他了。所以他停了一会儿说："来吧，说。"

他有点儿尴尬，卡米尔，这并不常见。

"呃，好吧，说实话……这个女孩，我像是感觉不到她。"

他立马举起双手护住脸。

"我知道，我知道！我知道，让。她是受害者！我们自然是不能真正触碰到受害者！但你问我我怎么想，我告诉你而已。"

勒冈从他的扶手椅里站起来，两个肘部搁在他的办公桌上。

"一派胡言，卡米尔。"

"我知道。"

"这个女孩像一只麻雀一般被关在一个两米高的笼子里一个星期了……"

"我知道，让……"

"……从这些照片上，我们清楚看到她已经濒临崩溃……"

"是的……"

"绑架她的，是个不识字的、凶残的、酗酒的浑蛋……"

卡米尔只是叹了口气。

"……他把她关在一个放老鼠的笼子里……"

卡米尔痛苦地点点头。

"……他宁愿在环城大道上自杀也不愿意看到我们救那个女孩出来……"

卡米尔只是闭上眼睛，像是不想看到自己闯了多大的祸一般。

"……而你，'感觉不到这个女孩'？你对别人也这么说过，还是这是专门给我的独家新闻？"

但是当卡米尔不反抗，当他不说话，更糟的是，都不自我辩解时，勒冈知道要发生什么事了。太反常。寂静。

"我不理解，"卡米尔慢慢地说，"居然没有一个人报警说这个女孩失踪了。"

"哦，老天！但有成千……"

"……上万这样的，我知道，让，成千上万的人失踪了也没人报案。但是毕竟……这家伙，特拉里厄，这是个蠢蛋，你同意吗？"

"同意。"

"不太聪明。"

"重复了。"

"所以，告诉我为什么他要生这个女孩的气到这个份上。还要以这样一种方式。"

勒冈抬起眼睛，不理解。

"因为，即便如此，他调查他儿子的失踪，他买来那些木板，搭了一个箱子，找到一个地方能把这个女孩关在里面那么多天，然后他把她绑了，把她关起来，一点儿一点儿折磨她，他还给她拍照，确保她在合适的高度和角度……你还觉得他这是一时之兴！"

"我没有这样说，卡米尔。"

"你就是这意思，或者不管怎么说，这都一样！他就是这样想的。在他装配工的大脑里，他对自己说，看啊，如果我能找到那个和我儿子一起私奔的姑娘，如果我能把她关在一个木头笼子里，那就好了！并且就是那么巧，这个女孩的身份是我们怎么都查不出来的。而他，他这个木头木脑的蠢货，却不费吹灰之力地找到了她，做到了我们都做不到的事。"

19

她几乎不再睡觉。她太害怕了。阿历克斯开始在笼子里扭动，前所未有地难受，自被俘虏以来，她没有换过姿势，没有正常进食，没有正常睡觉，她的双腿没办法伸直，她的手臂一分钟不能休息，现在，又加上这些老鼠……她的精神越来越恍惚，有那么几个小时，她有时候看东西都是模糊不清的，所有的声音都像被塞了棉絮，像是从远处传来的一个回声，她听到了呻吟、叹息的声音，从胃里升腾起沉闷的叫声。很快地，她越来越虚弱。

她的脑袋不停垂下又抬起，反反复复。就在不久前，她因为疲惫昏了过去。睡眠和疼痛使她沉醉，她的神思飘了老远，跟着那些老鼠到处跑。

突然之间，不知道为什么，她确定特拉里厄不会再回来了，他把她留在这里了。如果他回来，她什么都会说，她不断重复这句话，像在念咒语，让他回来吧，我什么都说，他想知道什么我就说什么，什么都行，只要这一切快点结束。他要杀她，那就快下手，她接受，总比被老鼠啃噬好。

凌晨，它们排成行一个一个从绳子上爬下来，发出细小的叫声。它们知道，阿历克斯是它们的了。

它们等不及她死。它们太兴奋了。它们从来没有像今天早晨到现在这样争吵过。为了嗅她，它们不断地靠近。它们想等她彻底筋疲力尽，但它们实在太过热切急迫了。会有什么征兆？是谁决定它们呢？

她忽然一下跳出了呆滞状态，有那么一瞬间，她无比清醒。

那句话："我要看你死。"事实上，他想说："我要看你被弄死。"他不会回来了，他只会在她死了之后才回来。

在她头顶上方，那只最大的红黑色老鼠，正后腿站立，发出刺耳的叫声。它露出了牙齿。

只能做一件事了。她探寻着，用一只焦躁不安的手，用指尖，探寻着身下一根木板粗糙的边缘，她几十个小时以来一直对它避之不及，因为它太尖锐了，她一靠近它，它就将她划伤。她用指甲在凹陷处摩擦，一毫米一毫米地磨，木板发出了轻微的爆裂声，她争取到了一些地盘，她集中精力，使出全部的力气继续磨，花了好长时间，她一次次重新开始，最终，突然之间，木板终于断裂了。阿历克斯的手指之间，一根长长的刺，大约十五厘米，尖锐无比。她朝上看去，在顶盖的木板之间，看向靠近铁环的地方，靠近吊着笼子的绳子。突然，她伸出手去，用木刺去刺那只老鼠。它试图抓住什么，拼命刮擦着箱子的边缘，最后它发出一声剧烈的叫声，往下跌了两米。没有任何犹豫，阿历克斯把刺深深扎入手里，然后晃动着它像在晃动一把刀子，她发出痛苦的叫声。

血立刻就流下来了。

20

洛瑟琳娜·布鲁诺不想和别人谈论她的前夫，她想要的，是她儿子的消息。他已经消失超过一年了。

"七月十四日。"她说道，一脸惊恐，好像这一天消失有什么特殊象征意义一般。

卡米尔离开他的办公桌，坐到她边上。

之前，他有两把椅子，一把椅子腿额外垫高，另一把额外降低。这两把椅子带来的心理效果是完全不同的。根据情况不同，他选择其中一把。伊琳娜不喜欢这些小把戏，所以卡米尔放弃了它们。这两把椅子被扔在了警队一段时间，大家一度用它们来给新来的警员开玩笑。但效果不如预期那样搞笑。然后有一天，椅子就不翼而飞了。卡米尔很确定是阿尔芒把它们拿走了。他想象他和他老婆，在桌子边，一个坐在高脚凳上，一个坐在矮脚凳上……

面对着布鲁诺夫人，他又想起这两把椅子，因为它们能帮助他产生一种同情感，他今天很需要这种感情。非常迫切地需要，因为时间真的很紧迫。卡米尔集中注意力在这场谈话上，因为如果他想着被关起来的女孩，那些画面就会侵占他，它们交织起来，使他思路混乱，唤起他更多的思绪，让他有些手足无措。

可惜的是，洛瑟琳娜·布鲁诺和他不在一个频道上。这是个娇小苗条的女人，看得出来正常情况下应该充满活力，但，目前，她显得有所保留，顾虑重重。她表情僵硬，保持警惕。她相信他们是要向她宣布她儿子的死讯。她一再重复着这种预感，从宪兵队到她工作的汽车学校找到她开始。

"您的前夫昨夜自杀了，布鲁诺夫人。"

即便离婚已经二十年了，这句话还是产生了效果。她眼睛直直地盯着卡米尔。她的眼神在仇恨（巴不得他受苦）和无所谓（这也不是什么大损失）之间徘徊着，但终究还是惊恐主导了一切。首先，她说不出话来。卡米尔发现她的脑袋像只鸟。鼻子小而尖，眼神锐利，肩膀瘦削，胸部也是尖尖的。他完全可以想象要怎么画她。

"他怎么死的？"她终于开口问道。

"就离婚文件来看，她不该太为她前夫的死而遗憾，自然是更想得知她儿子的下落。"卡米尔心想，"如果她没有这么做，那一定是有原因的。"

"一个意外，"卡米尔说，"他当时正被警察追捕。"

布鲁诺夫人尽管知道她前夫是什么德行，也记得他的残暴，但她毕竟没有嫁给一个歹徒。按理来说，"被警察追捕"应该让她感到惊讶，然而并没有，她只是点了点头，感觉她很快就了解了情况，并且不费吹灰之力。

"布鲁诺夫人……"卡米尔表现出耐心，只是因为他需要迅速切入正题，"我们认为帕斯卡尔的消失与他父亲的死亡有联系。事实上，关于这一点，我们很确定。您越快回答我们的问题，我们就越有可能尽快找到您的儿子。"

你会发现"信口雌黄"这个词非常适合描述卡米尔的态度，不信你可以查字典。因为毫无疑问，对他来说，这个男孩肯定像看起来那样，早已经死了。利用她儿子来要挟这一招实在不太道德，但他并不感到脸红，因为这毕竟让他们有可能找到另一个活着的人。

"好几天前，您的前夫绑架了一个女人，一个年轻女人。他把她关了起来，并且他死前没有告诉我们把她关在了哪里。这个女人现在正在一个什么地方，一个我们不知道的地方。并且，她就快死了，布鲁诺夫人。"

他等她作出回应。洛瑟琳娜·布鲁诺的眼睛左右飘荡，像只鸽子，她被互相矛盾的想法围攻，问题在于不知道她会做出什么选择。这个绑架事件和她儿子的消失有什么关系？她想这么问。但她没有问，因为她已经有了答案。

"我需要您告诉我您所知道的……不不不不，布鲁诺夫人，等一下！您会对我说您什么都不知道，这样绝对是个不明智的态度，甚至是最糟的，我向您保证。我请您反思一会儿。您的前夫绑架了一个女人，这个女人，我也不知道具体如何和您儿子的失踪有什么关系。而她就快死了。"

眼睛向右，向左，其实是她的头在动，而不是眼睛。卡米尔应该放张那个被关着的女人的照片在桌上的，放在她鼻子底下，好让她震惊，但有东西阻止了他。

"让-皮埃尔打过电话给我……"

卡米尔吸了口气，这不算是个胜利，但也算是个成功。事情终于开始有进展了。

"什么时候？"

"我也不记得了，大概一个月前吧。"

"然后呢？"

洛瑟琳娜·布鲁诺朝着地板努了努嘴。她缓缓开始讲述。特拉里厄收到一张"无效调查证明"，他很愤怒，警察显然认为是他儿子离家出走，他们放弃调查了，结束了。因为警察什么用都没有，所以特拉里厄告诉她说，他会亲自找到帕斯卡尔。他已经有了他的计划。

"是那个贱人……"

"一个贱人……"

"他就是这么称呼帕斯卡尔的女朋友的。"

"他为什么要这么鄙视她呢？"

洛瑟琳娜·布鲁诺叹了口气。为了解释她想说的，需要追溯到很久以前。

"您知道，帕斯卡尔是个……怎么说，非常单纯的孩子，您明白吗？"

"我想是的。"

"毫无恶意，清澈透明。我呢，我本来不希望他和他父亲一起住的。让-皮埃尔教会他喝酒，甚至打架斗殴，但是帕斯卡尔崇拜他父亲，天晓得他到底看中他身上哪一点了。好吧，就是这样，他就只崇拜他父亲。然后有一天，这个女孩来到他的生活中，她轻而易举就骗走了他。他彻底为她着了魔。他，和那些姑娘……至今，他没有交往过几个姑娘，大多也都不太顺利。他不太知道怎么和姑娘相处。然后，好吧，这个姑娘出现了，她像是给他下了迷魂汤。他完全丧失了理智，无可救药。"

"这女孩叫什么，您认识她吗？"

"娜塔莉？不，我从没见过她。我只知道她的名字。每次和帕斯卡尔打电话，他总是娜塔莉这，娜塔莉那的……"

"他没有把她介绍给你吗？或者介绍给他父亲？"

"不。他总对我说会和她一起来看我，说我一定会喜欢她之类的话。"

故事的发展速度令人震惊。就她所知，帕斯卡尔是在六月遇到的娜塔莉，她不知道在哪里也不知道怎么遇上的。他七月就和她一起消失了。

"一开始，"她说，"我并不担心，我告诉自己等她甩了他，那可怜的孩子，他就会回到他父亲身边，就是这样。他父亲，却暴怒了。我想他应该是觉得嫉妒吧。他儿子，他成天当作掌上明珠一般守着的人。他不是个好丈夫，但他是个好父亲。"

她抬眼看向卡米尔，惊讶于自己刚才的评价，她自己都没想到自己会这样说。她刚刚说了些她自己都不真正了解的话。她又神思恍惚了。

"当我听说帕斯卡尔偷了他父亲所有的钱逃跑后，我也对自己说，这个女孩，毕竟，您知道……帕斯卡尔不是那种会偷他父亲钱的孩子。"

她摇摇头。这一点，她很确定。

卡米尔又想起在他父亲那边发现的帕斯卡尔·特拉里厄的照片，这一刻，这个回忆揪住了他的心。多亏画素描，所以他有着极好的视觉记忆力。他又看到这个男孩站着，一手搭在工地拖拉机一侧，神情笨拙，局促不安，他的裤子有点儿太短了，看上去可怜兮兮，笑容夸张，要是你生了个傻儿子，并且当你发现他傻，你要拿他怎么办呢？

"最终，您的丈夫找到了那个女孩？"

即时反应。

"我什么都不知道！他只跟我说，他会找到她的！他还说她一定会告诉他帕斯卡尔的下落的……还有她对他做了什么。"

"她对他做了什么？"

洛瑟琳娜·布鲁诺看向窗外，她就这样克制着眼泪。

"帕斯卡尔不会就这样私奔的，他不……怎么说……他没有那么聪明可以消失那么久。"

她又转向卡米尔，她说这话像是给了卡米尔一巴掌。另外，她很遗憾。

"他真的是个非常单纯的小伙子。他不知道外面的世界，他太依赖他的父亲了，他不可能出于自愿几个星期几个月地不给家里一个消息。他也没有这个能力。所以一定是发生了什么。"

"您的丈夫具体跟你说了什么？他有没有说他究竟要做什么？还……"

"没有，他没说几句就挂了电话。他喝酒了，和往常一样，这种情况下他可能会非常暴躁，我敢说他会翻遍整个地球把她找到。他要找到这个姑娘，他要她告诉他儿子在哪里，他打给我就说这个。"

"那您是怎么回应他的呢？"

一般情况下，要想恰如其分地撒谎已经需要不少天分，这需要毅力、创意、冷静和记忆力，这比人们想象中难多了。向一个权威机构撒谎，则是一个非常有野心的尝试，这需要所有这些能力，并且是高级别的。所以，向警察撒谎，你们自己想想吧……洛瑟琳娜·布鲁诺并没有这种天赋。她使出了浑身解数，但现在她降低了警戒，卡米尔看着她，像是看一本打开的书。而这让他疲倦。他用手捂住眼睛。

"那天您对他说了什么辱骂的话，布鲁诺夫人？我想您对于他是不再讲究什么方法，心里怎么想就直接怎么说的，我没说错吧？"

问题是刁钻的。回答"是"或回答"不是"会通往两条不同的路，但她看不到出口。

"我不明白……"

"然而并不是，布鲁诺夫人，您太清楚我想说什么了。那天晚上，您对他说了您的想法，换句话说这显然不是他做到了警方做不到的事情，而是您。您甚至走得更远，我不知道您用了什么字眼儿，但我很确定您一股脑儿都说了。在我看来，您或许对他说：'让-皮埃尔，你个蠢货，你个没用的东西，你个白痴，懦夫。'或者相似的一些。"

她张开嘴，卡米尔不给她时间说话。他从椅子上跳起来，他提高了嗓音，因为他还有好些话要说："布鲁诺夫人，如果我拿您的手机看您的信息，您会怎样呢？"

没有任何动作，没有任何手势，只是嘴巴微张，好像她要把它塞到地下，还在犹豫塞哪里。

"我会告诉您，我会找到您的前夫给您寄的那些照片。别指望蒙混过去，这都在您手机的历史记录里。我甚至可以说出照片上都是些什么，一个女孩在木箱子里。您挑衅他，想着这样可以逼他有所行动。而当您收到这些照片时，您害怕了，害怕变成同谋。"

卡米尔有些怀疑。

"除非……"

他停了一下，靠近她，俯下身，从下面扭头看向她的眼睛。她没有动。

"哦，妈的。"卡米尔起身说道。

这个职业里真的有些艰难。

"不是因为这个，您才没有打电话报警，对吗？不是因为害怕变成同谋。而是因为您也是，您也认为这个女孩和您儿子的消失脱不了干系。您什么都不说因为您认为她罪有应得，对吗？"

卡米尔深呼吸。太累了。

"我希望我们能趁她活着找到她，布鲁诺夫人。首先是为了她，但也是为了您着想。不然的话，我将不得不逮捕您作为虐待及谋杀案同谋。还有很多别的事。"

当他离开办公室时，卡米尔感到浑身的压力，时间过得飞快。

"现在我们有什么呢？"他问自己。

什么都没有。这让他抓狂。

21

最贪婪的，不是红黑色的那只大老鼠，而是一只灰色的。它喜欢血。为了成为老大，它和别的老鼠打斗，这是个凶残的激进分子。

对于阿历克斯来说，几小时来，每一分钟都是一场战斗，必须杀死两只。为了激怒它们，刺激它们，为了让它们尊重她。

第一只，她用她唯一的武器，那根大木刺，刺穿了它，她把它放在自己赤裸的脚下，从精力旺盛直到它死。它摇摇晃晃痛不欲生，它发出杀猪一般的叫声，它想要咬她，阿历克斯比它叫得还响，整个鼠群受到了刺激，这只老鼠像发疯一样抽搐着，像只大鱼一般摆动着，临死前的挣扎是强大的，这肮脏的畜生。最后几秒太痛苦了，它不再动弹，浑身淌血，发出呻吟和喘息声，眼球突出，嘴唇跳动着，露出随时准备撕咬的牙齿。最后，她把它狠狠扔开了。

这显然是一种宣战。

第二只老鼠，她等它靠得很近，它嗅着血腥味，胡须快速摇晃着，它实在太兴奋了，但同时也保持着怀疑。阿历克斯任由它靠近，她召唤它，过来，靠近一点儿，贱货，到妈妈这边来……当它靠近到她触及范围内，她把它逼向木板，用那根刺刺穿了它的喉咙，它震惊地向后扭动着，像是要翻一个跟头一般，她立刻拿着它在木板之间摇晃，它终于崩溃了，叫了一个多小时，喉咙里还插着刺。

阿历克斯没有了武器，但老鼠们不知道，它们害怕她。

她给它们喂食。

她把手上流下的血和剩下的水混合在一起，用来稀释，她把手往上举起，用血水浸透了吊着笼子的绳子。后来水用完了，她就单纯用血去浸。那些老鼠，这让它们愈加兴奋，理所当然。当她停止流血，她又刺了别的地方，用另一根木刺，稍微小一点儿，她不可能用这根木刺对付别的老鼠，尤其是那些大老鼠，但这足以刺穿她自己腿肚上的血管，或者手臂上的，让她流血，而这正是目前最重要的。有时候，疼痛是如此……她不知道这是自己的幻觉还是她真的流了太多血，但她觉得晕眩，当然还有疲惫。

一旦她又开始流血，她就举起手穿过顶盖的木板，重新抓住绳子。

她把绳子浸透了。

周围，大老鼠们在伺机而动，不知道是不是应该蜂拥而上，或者……于是她收回手，它们互相打斗着，为了喝到这最新鲜的血液，它们为了这血咬着绳子，它们如痴如醉。

现在它们已经尝到了血的味道，现在她把自己的血给它们喝，没什么能再阻止它们了。

血，让它们疯狂。

22

马恩河畔尚皮尼，巴黎郊区。

靠近河边的一个红砖砌成的大房子里。特拉里厄绑架女孩前最近联系人之一。

她叫桑德里娜·邦腾。

当路易到来时，她刚刚吃完午饭，正准备去工作，于是她不得不打电话。年轻的警员善意地接过她的电话，他向她老板解释说她被暂时扣留做一份"优先调查"。一旦调查结束，他会派人送她回去。不会需要太久的。

她穿戴整洁，有一点儿拘谨，二十五六岁的样子，有一点儿受到惊吓。半个屁股坐在宜家长沙发的一点点边上，卡米尔好像已经看到了她二三十年后的脸，这甚至让人感到有点儿悲哀。

"这位先生……特拉里厄，他坚持给我打电话，坚持……"她解释说，"然后他就来了。他吓到我了。"

现在，是警察让她害怕。尤其是眼前这个小矮人，他非常强势。他的年轻同事给他打了电话，他二十分钟内就赶到了，非常神速。然而他好像并没有听她说，只是从一个房间到另一个，回头向不知道谁提个问，从厨房，他又跑到楼上，又下来，他看上去真的非常焦虑，像猎狗一般嗅来嗅去。他开门见山地说："我们没时间浪费了。"但一旦进展不够迅速，他就打断她。她甚至不知道为什么。她试图在心里把事情重新组织一下，但她被他的提问狂轰滥炸。

"是她吗？"

小矮人把一张素描凑到她眼前，一张女孩的脸。是那种疑犯素描，就像平时在电影里、在报纸上看到的那种。她一眼就认出了她，这是娜塔莉。但和她认识的她又不太一样。在素描上，她比平日里更漂亮、更精致，尤其是没有那么胖，还干净多了。发型也不大像。甚至还有眼睛，她的眼睛是蓝色的，而在这黑白素描上，看不出颜色，但不像现实中那么清透，但一下子，还是能让人看出是她……但又不完全是她。那些警察，他们，想要一个回答，是或者否，不能模棱两可。不管怎么说，虽然有这些怀疑，终究，桑德里娜还是确定，这是她。

娜塔莉·葛兰吉。

两名警员面面相觑。小矮人说："葛兰吉……"口气里充满怀疑。年轻警员拿了手机，去花园里打电话了。他回来时，只是摇了摇头表示"不"，然后小矮人做了个手势作为回应，表示他很确定……

桑德里娜说到了娜塔莉工作的实验室，普拉那大街，马恩河畔纳伊，在市中心。

年轻警员立马过去了。桑德里娜很确定是他打来的，大约半小时后。小矮人在电话里听上去非常怀疑，他不断在说，我知道，我知道，我知道。桑德里娜觉得恼怒，这家伙。他看上去什么都知道，但都不在乎。电话里，他还是很失望。年轻警员不在的时候，他还是不断问有关娜塔莉的问题。

"她的头发总是脏脏的。"

有些事情你不会对一个男人说，即便他是个警察，但娜塔莉有时候真的很疏忽大意，做家务马马虎虎，桌子擦不干净，更别说，有一次，在浴室找到她用完的卫生巾……天！她们没有同居太久，但已经争吵不止一次。

"我不确定这能持续多久，我和她之间。"

桑德里娜贴了一个找室友的告示，娜塔莉回应了她，她来看了房，很热情。她那天并没有掉以轻心，她表现得很好。她喜欢这里是因为房子带花园和阁楼，她觉得这很浪漫，桑德里娜没有告诉她，在盛夏最热的时候，这间房间会变成一个火炉。

"隔离做得不好，您懂的……"

小矮人看着她，面无表情，有时候，可以说他有一张瓷器的脸。他在想别的。

娜塔莉立刻就付了钱，全部用现金。

"那是六月初。我必须尽快找一个室友，我男朋友离开了……"

这一下刺激了他，这个小警员，桑德里娜的人生故事，同居的男朋友，伟大的爱情，然后呢，两个月后，就这样突然不辞而别。她再也没有见过他。她出生的时候，应该在不自觉的情况下，去"不辞而别办公室"有过预约，先是男朋友，然后是娜塔莉。她确定了日期，七月十四日。

"事实上，她也没待很久，她住过来不久后就遇到了她男朋友，所以当然……"

"当然什么？"他焦躁地问。

"好吧，她想和他一起住，很正常，不是吗？"

"啊……"

他充满怀疑地，好像在说："啊，就是这样吗？"这家伙完全不懂女人，很容易看得出来。年轻警员从实验室回来了，老远就听到了他的警笛声。他行动非常迅速，但总给人感觉他很悠闲。这是他的优雅。还有他穿的衣服，桑德里娜立马就认出了那个牌子，高端货。只需一眼，她就估出了他鞋子的价格，她工资的两倍。这对她来说完全是个新发现，原来警察赚那么多钱，从电视上从来看不出来。

他们两个秘密交谈了一会儿。桑德里娜只听见年轻人说："没看到……""……是啊，他也去了那里……"

"她走的时候我不在，我在我阿姨家过夏天……"

这让小警察烦躁。事情没有按他想的发展，但这不是她的错。他叹了口气，摆摆手，像是在赶苍蝇。他至少可以表现得礼貌一些。他年轻的同事绅士地笑笑，像是在说，他就是这样，您别介意，保持注意力集中。他又给她看了另一张照片。

"对，这个人，就是帕斯卡尔，娜塔莉的男朋友。"

毫无疑问。这张在嘉年华拍的照片，尽管有点儿糊，但依然确定无疑。上个月，帕斯卡尔的父亲来时，他不仅找他儿子，也找了娜塔莉，他拿出的就是这张照片。桑德里娜告诉了他当时娜塔莉工作的地址。之后，她再也没有消息了。

只要看一看照片，立刻就会明白。这个帕斯卡尔，不怎么机灵，也不怎么好看。还有这装扮，不得不问他从哪里搞来这身行头。娜塔莉呢，尽管有点儿胖，但她的脸太美了，感觉如果她想要……然而他，他总让人觉得……怎么说……

"有点儿蠢。可以这么说吧。"

她想说，不怎么机灵。他迷恋她，他的娜塔莉。她带他来过两三次，但他没有过夜。桑德里娜甚至不知道他们有没有睡过。他来的时候，桑德里娜看到他激动得像个跳蚤，看着娜塔莉的时候口水直流。他睁着他的死鱼眼，只等着一件事，被允许进入。

"除了有一次。只有那么一次，他在这里过夜。我记得是在七月，在我回阿姨家之前。"

但是桑德里娜没有听到他们有任何嬉戏声。

"但是我就睡在楼下。"

她咬了咬嘴唇，因为这说明她在偷听。她脸红了，没再坚持，大家都明白了。她什么都没听见，但其实她挺乐意听见什么。娜塔莉和她的帕斯卡尔，他们应该有做吧，虽然我不知道怎么做的……或许是站着吧。又或者，他们什么都没做，因为她不乐意。桑德里娜明白，毕竟，这个帕斯卡尔……

"或许只是我……"她带着一种僵硬的表情说道。

小警官高声重新组织了一下故事，虽然人不高，但也不傻，甚至还相当聪明。娜塔莉和帕斯卡尔留了两个月的租金在厨房桌子上就逃跑了。还有一个多月的食物和一些她不想带走的东西。

"东西，什么东西？"他立刻问道。

他突然变得很急切。桑德里娜什么都没留下。娜塔莉有她两个半人那么胖，不管怎么说，她穿戴的东西也太丑了……不，她留了一样，浴室里的放大镜，她没有告诉警察们，这是用来祛黑头、剪鼻毛的，这和他们无关。她还是说了别的，咖啡壶、奶牛型茶壶、加热器、玛格丽特·杜拉斯的书，可以说她只读这些，她有几乎整套她的书。

年轻人说："娜塔莉·葛兰吉……这是一个杜拉斯的人物名字吧，我记得。"

"是吗？"另一个问，"哪部作品？"

年轻人有点儿尴尬，回答说："一部电影，就叫……《娜塔莉·葛兰吉》。"

小矮人拍了一下脑门，好像在说，我真是太傻了，但在桑德里娜看来，这是个玩笑。

"因为雨水。"她解释说。

因为小矮子又回到加热器前。关于雨这个问题，桑德里娜想了很久，她相当环保，这个破房子有个十来平方米的屋顶，这太令人头痛了，她把这个问题跟中介说，跟房东说，但就是没有办法让他们做出决定，但环保问题也一样困扰着这个小警官，他不由问自己到底对什么感兴趣。

"她走之前买的这个加热器。我回家时发现的，她在上面留了纸条，为突然离开表示抱歉，这个加热器，算是一种补偿，这可以说是一个惊喜。"

他喜欢这个惊喜，这个侏儒。

他站在面向花园的窗子前，拉开平纹细布窗帘。

这个地方并不太漂亮，屋子一角的这个绿色的塑料大水库，里面布满了锌制的檐槽，给人感觉它被改装过。但他并没有在看这个。他也没有听见她在说什么，因为她说到一半的时候，他终于挂了电话。

"让？"他说，"我想我找到特拉里厄的儿子了。"

时间一点点过去，她要重新打电话给老板，又是年轻检查员跟他讲话。这次他没说一个紧急调查，他说："我们在做一个取样。"这句话听上去模棱两可，因为桑德里娜，正是在实验室工作。和娜塔莉一样，两人都是生物学家，但是娜塔莉不喜欢说她的工作。她总说："我走了就是走了！"

二十分钟之后，是一阵作战准备般的骚乱。他们封锁了街道，技术人员穿着宇航员一般的连体衣裤进来了，他们带着所有的器材进了花园，小箱子、投影机、遮雨布，他们踩坏了所有的花，他们测量了加热器的尺寸，然后用难以想象的小心谨慎清空了它。他们不想让水洒到地上。

"我知道他们会找到什么，"小矮人说，"我很确定。我可以去睡一会儿了。"

他问桑德里娜，哪里是娜塔莉的房间。他穿着衣服躺了下来，连鞋都没脱，她很肯定。

年轻警员和他们一起待在花园。

作为一个男人，他真的很不错，真的，那穿着，那鞋子……甚至还有那行为举止！桑德里娜试图和他更亲近地聊天，类似"一个女孩子独自住这样一个屋子有点儿太大了"之类的话，但这没起到什么作用。

她于是确定这个警察一定是同性恋。

技术人员清空了加热器，把它移了地方，他们挖了没多久，便看到了一具尸体，用那种五金店里能找到的塑料遮雨布包了起来。

这给了桑德里娜狠狠一击，警察们把她赶到一边："小姐，请不要站在那里。"她回到房间，看向窗外，至少没人可以阻止她这样，这毕竟是在她家。让她震惊的是，当他们几个人举着遮雨布把它放到一个架子上时，她瞬间就确定了，这就是帕斯卡尔。

她认出了他的网球鞋。

他们打开遮雨布的边缘，纷纷俯身凑近，他们互相叫唤着让彼此看一个她看不见的什么东西。她打开窗听着。

一个技术员说："哦，不，怎么会伤成这样？"

就在这时候，小矮人从房间下来了。

他蹦蹦跳跳跑进了花园，他立刻就被尸体上发生的事情吸引了。

他点点头，彻底被他眼前所看见的事情震惊了。

他说："我同意布里绍的看法，我觉得只有酸能造成这样的伤害。"

23

这是一根旧式的绳子，不是那种合成材料的绳子，像船上的那种绳子一样光滑，但是麻制的，很粗。当然了，要支撑这样一个笼子。

老鼠有十几只。有些，阿历克斯认识，从最开始它们就在那里，还有些，是新来的，她也不知道它们是从哪里冒出来的，也不知道它们是怎么被通知到的。它们采用了集体策略，包围。

三个或者四个占领她脚一边的箱子，两三个占领另一边。在她看来，如果它们明智一点儿，它们应该蜂拥而上，但当时有东西克制了它们，阿历克斯的力量。她不停辱骂它们，挑衅它们，不停叫喊，它们感觉到笼子里有生命，有抵抗，它们必须斗争。底下已经有两只老鼠死了。这让它们反思。

它们不断嗅到血的味道，它们站着，嘴朝向绳子。兴奋而焦躁地，它们相继用牙齿啮噬这绳子，阿历克斯不知道它们是如何决定啮噬这绳子上的鲜血的顺序的。

无所谓了。她又弄了个伤口，这次是在小腿下方，靠近脚踝的地方。她找到一条静脉，干净、充盈。最难的，是要在她浸润绳子的时候，把它们赶远一些。

　　它们减少了一半。这是一场绳子和阿历克斯之间争分夺秒的赛跑。看看谁会先倒下。

　　阿历克斯不停地晃动着自己，笼子也随之晃动，这使得老鼠们的任务变得艰难，万一它们决定来跟她讨个说法，她只希望绳子快点儿断。

　　并且，如果要她的战略实现，那么笼子必须是以某个角度摔下去，而不是平平地掉下去，因为木板必须摔断。所以她尽可能地摇晃着，赶走老鼠，浸润绳子。当有一只老鼠来啮噬绳子，她还是试图使其他的保持距离。阿历克斯太累了，又累又渴。自从那场持续了一天多的暴雨之后，她再感觉不到身体的一些部位，可以说像是麻醉了一样。

　　那只大灰鼠开始暴躁。

　　超过一个小时，它让别的老鼠在绳子上咬。轮到它的时候它也不过去。

　　很显然，它已经对这不感兴趣了。

　　它盯着阿历克斯，发出无比刺耳的叫声。

　　第一次，它把脑袋塞进木板间隔，发出嘶嘶声。

　　像一条蛇，噘着它的嘴。

　　对别的老鼠奏效的事情对它完全不管用。阿历克斯可以大吼大叫，恶言相向，它却纹丝不动，爪子牢牢抓住木板，以防因为笼子的摇晃滑下去。

它抓得牢牢的，死死盯着她看。

阿历克斯，她也一样，盯着它。

它们像一对一起坐旋转木马的情侣一般深深凝望着彼此。

来呀，阿历克斯微笑着低声说。她极力弯着腰，使出浑身力气摇晃着笼子，她对站在她上方的那只大老鼠微笑，来啊我的小爸爸，来啊，看妈妈给你准备了什么……

24

这让他感到可笑，这个在娜塔莉房间里的小憩。他为什么会想进去睡一会儿？他完全不知道。一个咯咯作响的木头楼梯，一级铺着旧地毯的台阶，一个瓷质门把手，像是凝结在空气里的房间里的热度。乡村别墅的氛围，一家人的房子，在度假季节还留有专门的客房，其余时间保持关闭。

这间房间如今被当作储物间。它看上去从来没有过太多个性，像是一个宾馆的房间，一间旅店老板房间。几张蹩脚彩色画片歪歪斜斜贴在墙上，床头柜缺了只脚，用书垫上了。床下陷得很深，像个棉花糖，令人印象深刻。卡米尔重新坐起来，爬向枕头，然后靠着床头坐着，他找着他的本子和铅笔。当那些技术人员在花园里清理着加热器周围被雨水弄湿的土地时，他在速写一张脸。他自己的。他年轻时准备美院的考试，当时他画了好些自画像，他的母亲坚持说这是唯一真正的练习，真正能够让他找到"适当的距离"的练习。她自己就画了几十张，现在他还留了一张油画，精美绝伦，他不愿意想这些。莫德说得对，卡米尔的问题，在于找到适当的距离，他总是要么太近，要么太远。或者他自我沉溺，什么都看不见，他为了不被淹没自我挣扎，或者他离得太远，小心谨慎，结果什么都看不明白。"现在缺的，是事物的肌理。"卡米尔说。在他的本子上，出现了一张瘦削的脸，目光涣散，一个被伤痛摧残的男人。

在他的周围，屋顶倾斜着，住在这里，走动几乎都得屈着背。除非是对于像他这样的人。卡米尔胡乱涂鸦着，但他感觉恶心，心情沉重。他又想起和桑德里娜·邦腾在一起时的画面，他的神经质，他的焦躁不安，有时候他拿自己也无能为力。他想尽快解决这件事，彻底了结。

他感觉很糟糕，他也知道为什么。找到合适的肌理。

刚才，娜塔莉·葛兰吉的肖像给了他这种效果。至今，特拉里厄手机里的照片只不过是展现了一个受害人，或者说一个事件。是因为这，他才把这个女孩降级为一个普通的绑架案受害者。但在身份组的肖像画上，她变成了一个活生生的人。一张照片，这不过是一个事实。一幅素描，这是一种实在性，是你自己的实在性，有着你自己的想象，你的幻境，你的文化，你的生命。当他把这肖像画放到桑德里娜·邦腾眼前，他颠倒着看了这张画，像是一个游泳运动员的脸，它在这个角度对他展现出一种全新的面貌。是她杀了这个蠢货帕斯卡尔·特拉里厄？这非常有可能，但不重要了。在这张素描上，倒着看，他发现她摄人心魄，她是个囚徒，她的命运全在他的手中。对于失败的恐惧抓住了他的胸口。伊琳娜，他没有能够救她。这个他要怎么办？也眼睁睁看她死去吗？

　　从第一步开始，从这件事的第一秒开始，他就努力克制在墙后积聚的情感，现在，墙正在瓦解，缺口一个一个崩裂，一切都像是要瞬间坍塌，把他击溃，把他吞没，让他直接滚去太平间，回到心理诊疗师的格子间。他在本子上画了一块巨大的石头，一块岩石。卡米尔的自画像，西西弗斯版。

25

验尸在周三一大早就进行了。卡米尔在那里，路易也在。

勒冈迟到了，和以往一样，当他赶到法医学院，大家已经掌握了重要信息。不出意外，这就是帕斯卡尔·特拉里厄。一切迹象都吻合。年龄、身材、头发，推测死亡时间，还没算上她的室友，她发誓说认识这双鞋，但是即便如此，这种式样的鞋应该有成千上万。他们会做一个基因测试来确定是不是帕斯卡尔，但基本可以确定事实就是：娜塔莉·葛兰吉杀了他，她先是用十字镐之类的东西给他的后脑勺上来了重重一击（他们把在她家花园里找到的所有工具都遣送了回去），然后她用铲子把他的脑袋砸烂。

"看起来她真的很恨他啊。"卡米尔说。

"是啊，三十几下，至少。"法医说，"我之后可以给你一个更准确的数字。有几下是用铲子的侧面打的，这让他看上去像是被一把钝掉的斧子打的。"

卡米尔很满意。不算满足，但也算满意。情况总体来说和他的感觉相符。这个蠢货法官在场，他只能和他的老伙计勒冈窃窃私语，使了个眼色，压死了嗓音悄声说："我告诉过你吧，我感觉不到她，这个女孩……"

"我们会做具体分析，但这的确是酸。"法医说。

这家伙被铲子敲了三十多下，接着，凶手，化名娜塔莉·葛兰吉，给他喉咙里灌了整整一升的酸。就受伤程度看来，法医大胆假设：浓硫酸。

"高浓度。"

这的确会产生高强度的伤害，这些产品。身体在一种沸腾的泡沫中以一种和浓度成正比的速度消融。

卡米尔问了一个自从前夜发现尸体以来一直困扰大家的问题："特拉里厄这时候是活着还是已经死了？"

他知道这个没完没了的答案——必须等待进一步分析。但这次，法医很配合。

"如果从我们在尸体上发现的痕迹来看，尤其从手臂的程度来看，他当时应该是被绑起来了。"

片刻的沉思。

"您想听我的意见吗？"法医问道。

没有人想听他的意见。所以，自然，他兀自说道："在我看来，几铲子的敲击之后，她把他绑起来，接着用酸把他弄醒。这不影响她最后还是用铲子把他了结了，如果技巧好的话……总而言之，依我拙见，这家伙死得并不轻松。"

这很难想象，但对于调查者们来说，目前，所谓技巧和方法，并没什么太大区别。相反，如果法医说的是真的，对于受害者来说，用硫酸时是活着还是死了，区别应该很大。

"这对法官来说也很重要。"卡米尔脱口而出。

卡米尔的问题在于，当他有一个想法……他不知道让步，从不。勒冈有一天说："你真是十足的蠢货！就连猎犬都知道让步！"

"太优雅了，"卡米尔回答，"你怎么不把我比作腊肠狗呢。或者，你看，一只长不大的泰迪？"

不论是谁，都无话可说了。

所以，这时候，卡米尔又表现出他的绝不屈服。从昨天开始，勒冈看他忧心忡忡，有时候，恰恰相反，他又看起来心花怒放。他们在走廊上遇到，卡米尔只说了句"你好"。两小时之后，他进到局长办公室，不肯走，好像他有话要说，但又说不出来，最后他离开了，又有点儿不情愿，然后他看着勒冈，一脸怨念。勒冈有他必需的耐心。他们一起走出厕所（当两个人在小便池边并排而立的时候，就不得不共同面对一个问题），勒冈只是简单地说"你准备什么时候"，即"我已经准备好了力气，我可以扛得住"。

就是现在。在露台上，在午餐之前。卡米尔关了电话，表示他想要大家集中精神听他说话，他把电话放在桌上。他们四个都在，卡米尔、勒冈、阿尔芒和路易。自从暴风雨清洗了空气，天气又开始温和起来。阿尔芒几乎一口气干掉了半杯酒，不知不觉又点了一包薯片和一些橄榄，记在买单的人账上。

"这个女孩是个杀人犯，让。"卡米尔说。

"杀人犯，是的，或许，"勒冈说，"等我们拿到分析结果我们或许可以这么说。但目前，这只是推测，你和我一样清楚。"

"即便只是推测，分量也还是相当重。"

"你或许说得有道理……但那又怎么样？"

勒冈想要路易做见证。这种时刻最是尴尬，但路易是上层阶级出身的孩子。他上的都是最好的学校，他有个叔叔是大主教，另一个是极右分子代表，也就是说，他从小就学会说一套做一套的艺术。他还是耶稣会的成员。阳奉阴违，他是老手。

"局长的问题在我看来很中肯，"他冷静地说，"那又怎么样？"

"路易，我以为你会更敏感的，"卡米尔说，"这改变……方法！"

大家都吃了一惊。甚至是阿尔芒，虽然他还在忙着问边上一桌的客人要一支香烟，他也转过身来，一脸震惊。

"方法？"勒冈问，"妈蛋，卡米尔，这是什么蠢话？"

"我相信你是真的不明白。"卡米尔说。

平常，大家互相开玩笑，互相起哄，但这次，卡米尔的声音里有一种不一样的语调，一种表现。

"你不明白。"

他拿出他的本子，那本他总是在上面画画的本子。为了记笔记

（他记得很少，他基本上都靠自己的记忆），他把它转过来，然后写在那些速写背后。有点儿像阿尔芒的风格。只是阿尔芒还在侧边上写。路易看到那些老鼠的速写，卡米尔总是画得很棒。

"这个女孩让我很感兴趣，"卡米尔严肃地说，"真的。这个硫酸的故事也一样，让我很感兴趣。你们不是吗？"

他的问题没有得到大家的一致赞同：

"我做了一个小调查。还需要再深入，但我觉得我掌握了关键。"

"快说。"勒冈说道，有点儿焦躁。

然后他喝了半杯啤酒，一下把它喝完了，然后朝服务员举起了手臂又要了一杯。阿尔芒做了个手势：也给我一杯。

"去年三月十三日，"卡米尔说，"我发现有一个叫贝尔纳·贾德诺的人，四十九岁，在埃唐普附近的方程式一号酒店，摄入浓度80%的浓硫酸。"

"哦，不……"勒冈沮丧地说。

"鉴于婚姻状况，推断为自杀。"

"算了，卡米尔。"

"不，不，等等，你会发现，这很有趣。八个月后，十一月二十八日，史蒂芬·马基雅克的死，兰斯的一位咖啡店老板。人们有天早上在他屋里发现了他的尸体。结论是：殴打和硫酸致死，同样的浓度，都是在喉咙里，丢了超过两千欧。"

"你觉得这是同一个女孩干的？"勒冈问。

"那你呢，你自杀用硫酸？"

"但这和我们的案子有什么关系呢？"勒冈一拳头砸向桌子，勃然大怒。

卡米尔举起双手表示投降。

"好吧，让，好吧。"

在一种令人毛骨悚然的安静中，服务员给勒冈上了酒，还有阿尔芒的，然后擦了桌子，清空其他酒杯。

路易太清楚将要发生什么了，他可以把它写在一个信封里，然后藏在咖啡馆的什么地方，就像那些音乐厅的曲目一样。卡米尔会重新占上风。阿尔芒会愉快地抽完他的烟，虽然他从没买过香烟。

"只是有一点，让……"

勒冈闭上眼睛。路易在心里偷笑。局长在场的时候，路易只会在心里笑，这是他的习惯。阿尔芒在一旁默默看着，他总是时刻准备着给范霍文尽力支持。

"我们来明确一些事，"卡米尔说，"你猜猜，我们有多久没有硫酸杀人案件了？"

他让勒冈猜，但局长现在没有太多玩游戏的心情。

"超过十一年，我的天！我说的是那些没有解决的案子。虽然时不时会有些滑稽的人严肃认真地来帮助协查，但他们就像是多余的灵魂的补给。那些人，我们发现他们，我们阻止他们，我们评判他们，总之，专注又记仇的政府用身躯阻挡着他们。浓硫酸事件方面，我们，人民警察，十一年来，我们都是绝对可靠、永不妥协的。"

"你让我厌烦，卡米尔。"勒冈叹了口气。

"好吧，是的，我的局长，我理解你。那你想怎么样呢？就像丹东说的：'事实是顽固的。'而事实就在那里！"

"列宁。"路易说。

卡米尔恼火地转过身去。

"什么，列宁？"

路易用右手撸了一下头发。

"事实是顽固的。"路易有些尴尬，冒险说，"是列宁说的，不是丹东。"

"这有什么区别？"

路易脸红了。他决定还击，但还不等他开口，勒冈就先说道："正是这样，卡米尔！有什么区别，十年以上的硫酸案件？嗯？"

他真的恼怒了，他的声音响彻露台，但勒冈戏剧式的怒火只是吓到了其他消费者。卡米尔只是低头克制地看着自己的双脚荡在离地面十五厘米的地方。

"不是十年，我的局长，是十一年。"

大家有理由批评卡米尔，在他身上，有时候尤其有一点儿戏剧式的谨慎，可以说，有点儿拉辛式。

"不到八个月已经有两起了。受害人都是男人。你知道算上特拉里厄这一件，现在已经是三起了。"

"但是……"

路易感觉局长要爆发了，卡米尔真的有点儿咄咄逼人。

只不过这一次，局长忍了。因为他实在没什么好说的。

"和这个女孩有什么关系，卡米尔？"

卡米尔微笑："终于有一个好问题了。"

局长只是回了他几个音节："你真的很讨厌……"

为了表现他的沮丧，他起身。"我们下次再说，"他垂头丧气，"你或许是对的，但是，晚点儿说，晚点儿说。"对于不了解勒冈的人来说，他看上去真的气馁极了。他扔了一把硬币到桌上，离开时，他举起手，像陪审员发誓一般，对大家致敬，大家看着他的背影，他像卡车一般庞大，迈着沉重的步子离开了。

卡米尔叹了一口气："对得太早就是错了。但我不会搞错的。"如此说着，他用食指拍拍他的鼻子，好像在路易和阿尔芒面前，他必须表明一下，通常情况下，他还是很有洞察力的。这次只是时机不对。目前，这个女孩只是一个受害者，没别的。拿着薪水却找不到人，这已经是个错误，并且，声称她是个惯犯也不是一个太有力的自我防卫。

他们都站了起来，准备回去工作。阿尔芒拾起了一根雪茄，他的邻桌已经没有别的东西了。三人离开露台，朝地铁走去。

"我重组了一个队伍，"路易说，"第一个……"

卡米尔立刻把手放在他胳膊上想要阻止他，他这样子像是刚刚看到一条眼镜蛇在他脚底下。路易抬头，听着，阿尔芒也听着，竖着耳朵。卡米尔说得对，这就像在一个丛林里，三个人面面相觑，感觉脚底下地面在颤动，以一种低沉而深邃的韵律。他们一致转身，准备面对任何突发情况。他们对面，二十多米处，一大块东西以一种惊人的速度朝他们冲来。是一大坨勒冈跑来和他们会合，他上衣的下摆使他显得更加庞大，他高举着手，手臂的根部夹住手机。卡米尔反应过来要找自己的手机，这才想起自己把手机关了。不等他们做出任何动作，勒冈已经跑到他们跟前，他跨了几个大步，算得刚刚好，停在了卡米尔面前。令人惊讶的是，他居然没有气喘吁吁。他指指手机。

"找到女孩了。在庞坦。赶快！"

局长又回到了队伍，他手头有一堆事，他还叫来了法官。

路易冷静而高速地开着车。几分钟后他们便到了。

一个老旧的仓库，像是临时搭在运河边的巨大工业碉堡，又像是船，又像是工厂。这是个赭石的建筑，作为船来说，四周环绕着宽大的舷梯，每一级台阶都紧贴着建筑物的四堵外墙，作为工厂来说，有大大的开口，装配有又高又直的玻璃，互相紧挨着。二十世纪三十年代的一个混凝土建筑杰作。一个帝国建筑，上面的字迹今天都很大程度地磨损了，隐约看出：铸造总厂。

周围的一切都已经被摧毁。只有这座建筑，可能是等着重修。从上到下印着大大的白色、蓝色、橙色的字，不受拆迁的影响，它傲立在河堤，岿然不动，像那些为了节日而被从头到脚装点起来的印度大象，在彩带和旗帜之下，踩着自己沉重而神秘的步伐。前夜，两个涂鸦者爬到了舷梯的第一级，大家都觉得这是不可能的任务，因为所有的入口都被封死了，但这对这两个小伙子来说，并不能阻止他们。大清早，他们刚结束他们的工作，其中一个抬头看了一眼，透过倒塌的玻璃窗，他清楚看到一个箱子悬在空中摇摇欲坠，里面有具尸体。他们整个早晨都在权衡利弊，最终决定匿名举报警方。但警察不出两个小时就找到了他们询问昨晚的事情。

他们叫来了重案组和消防队。这座建筑物几年来都一直关闭着，重新收购它的公司让人把它都堵上了。一组人把一个梯子抬上舷梯，另一组开始狠狠地推倒用砖头堵上的墙。

除了消防员，已经有不少人在门外，一些警员，有的穿着制服，有的穿便服，还有车子、旋闪灯和一些好事的民众，没有人知道那些人都是从哪里冒出来的，他们不得不利用工地现场找到的一些栏杆建起隔离。

卡米尔急急忙忙下了车，连卡片都没有出示，他险些在砂砾上和碎砖头上滑倒，他重新站直身子，看了一看那些拆墙的消防队员，说：

"等一下！"

他凑近去。一位消防队长走过来阻止他进入。卡米尔没给他机会阻止，就溜了进去，这个洞足以让他这样身材的男人钻进去，对别的人来说，还需要凿几下。

里面完全是空的，大大的房间全部沉浸在晕开的暗绿色光线中，光线和着尘埃，从玻璃窗照射进来。他听见瀑布一般的声音，水声敲击在一块楼梯松掉的铁板上，回响在空屋子里。雨水汇成涓涓细流，弯弯曲曲地流淌在你的脚下，这种地方真的让人感到不舒服。整个建筑蔚为大观，像一座废弃的教堂，弥漫着一种工业王国末期的悲伤氛围，环境和光线都很像那个女孩的照片里的。在卡米尔身后，人们继续在敲打拆除砖墙，像在敲警钟。

卡米尔立刻大声说："有人吗？"

他等了一秒，然后开始奔跑。第一间房间很大，二十几米宽，天花板很高，可能有四五米。地板浸泡在水里，墙壁也渗出水来，这里被一种浓稠而冰冷的潮湿统摄着。他跑着穿过了那些用来做仓库的房间，但还不等他跑到通往下一个房间的出口，他便知道了，就是这里。

"有人吗？"

卡米尔自己也听出来了，他的声音有些不同。这是个职业病，每次到案发现场的时候，都会有一种特殊的紧张，他的五脏六腑会感觉这种紧张，然后把它反映在声音里。而又一次触发这种紧张精神状态的，是一种气味，飘荡在旋转的冷空气里。腐烂的肉体，屎尿味，一股恶臭扑鼻而来。

"有人吗？"

他继续跑。身后远远地传来脚步声，大部队终于打穿了墙跑了进来。卡米尔进入第二间房，然后就杵在这景象面前，手臂摇晃着。

路易弯腰保持和他一样的高度。第一句听到卡米尔说的，就是一声惊叹："厉害……"

木头笼子碎裂在地上，两片木板被移除了。可能是木板先被破坏了，然后女孩再用蛮力把它们拔出了。腐烂的臭味，是那些死老鼠，三只，其中两只已经被箱子压烂。它们周围围绕着苍蝇。离箱子几米的地方有一大坨半干的排泄物。卡米尔和路易抬起眼，绳子已经被磨损了，不知道被什么东西磨的，一端还卡在固定在天花板上的滑轮里。

地上还到处是血迹。

除此之外，没有任何女孩的痕迹。

刚刚到来的警员们出发去寻找了。卡米尔摇摇头，一脸怀疑，他觉得这是徒劳的。

人间蒸发。

在那样的情况下……

她是怎么脱逃的？那些分析报告会解释的。她是从哪里出去的？技术人员会找到的。结果就在那里，他们一心要营救的女孩自我拯救了。

卡米尔和路易保持沉默，大房间里充斥着警员们的命令、指示和匆忙的脚步声，他们两个就这样站着，看着眼前这次行动奇特的收尾。

女孩失踪了，而她没有像正常情况下任何突然重获自由的人质都会做的那样跑去警局。

她几个月前用铲子杀了一个男人，她还用硫酸溶解了他半个脑袋，然后把他埋在郊区的花园里。

只有运气极好的情况下才能找到那具尸体，这就让人不得不问还有没有别的。

还有几具。

尤其是另外两起相似的事件被举报，并且卡米尔赌咒说它们和帕斯卡尔·特拉里厄的死相关。

就这个女孩在这种情况下都能自我逃离的方式看来，她的确不可小觑。

必须找到她。

但没有人知道她是谁。

"我确定，"卡米尔严肃地说，"现在局长勒冈先生，他会更好地了解我们面临的问题有多严重了。"

第二部分

26

阿历克斯疲惫不堪，反应迟钝。她甚至都记不太清楚到底发生了什么。

她用尽全身最后一点儿力气，狠狠晃动了笼子，幅度如此之大，以至于那些老鼠受到了惊吓，身体僵直，用爪子死死抓住木板不敢动弹。阿历克斯不断叫喊。在绳子的底部，箱子在打转的冷风中从左到右滑来滑去，就像那些游乐场出了严重意外的空中飞篮。

全看阿历克斯的运气，能救她一命的，是绳子在笼子一个尖角朝下的时候断裂。两眼盯着摇摇欲坠的绳子，阿历克斯看到最后几根线一点儿一点儿断裂，麻绳看上去痛苦地扭动着，突然，箱子终于飞扑了出去。因为重量，箱子以迅雷不及掩耳之势飞出，短短几秒，阿历克斯甚至没有时间绷紧全身肌肉准备着陆。冲击非常强烈，着地的那一角像是扎进了水泥地里，箱子摇晃了一阵便又一次重重地着了地，发出了一声震耳欲聋的叹息，像是终于松了一口气。阿历克斯撞到了顶盖，一瞬间，老鼠四处散开。两块木板摔裂了，但没有一块完全摔断。

阿历克斯被这个震荡吓傻了，还没等她缓过神来，她的大脑已经接收到了一个最重要的信息：奏效了。箱子掉下来了。摔碎了。边上一根木板，断裂成了两半，或许可以出去。阿历克斯处于低温，她自己都不知道哪里来的力气。然而，当她蹬着双脚，挥着双臂大声呼喊时，箱子突然之间就放弃了斗争。在她上面，木板断裂了。这就像是这片天空都被打开了，就像《圣经》里被劈开的红海。

这个胜利让她欣喜若狂。她完全沉浸在自己的情绪中，沉浸在一种解脱中、沉浸在一种疯狂的念头的成功中，以至于她没有立马站起来离开，而是待在笼子里，沮丧地啜泣着，完全停不下来。

她的理智给她下了另一个命令：离开。快。老鼠不会马上回来，但是特拉里厄呢？他很久都没来了，如果他现在回来呢？

所以，快走，穿上衣服，从这里离开，快逃，快逃。

她开始舒展身躯。她渴望着解脱，这简直是一种酷刑。她整个身体都是僵直的，根本站不起来，腿也不能伸直，手臂也无法打开，总之找不到一个正常的姿势。一大坨僵硬麻木的肌肉。她筋疲力尽。

她花了整整两分钟才跪了起来。不可抑制的痛苦，她开始无助地哭泣，边叫喊着边使出全力，用拳头狂怒地在箱子上敲打。疲惫把她击垮，她又一次倒下，蜷缩成一团，浑身冰冷，筋疲力尽，瘫倒在地。

她需要勇气和绝对的意志去重新发力，发力去诅咒老天，重新直起骨盆，扭转脖子……这是一场战斗，奄奄一息的阿历克斯和有生命力的阿历克斯。逐渐地，身体苏醒了。很痛苦，但它还是苏醒了。阿历克斯，浑身发麻，终于蹲了起来，她把一条腿一点儿一点儿伸到箱子上面，然后另一条，最后往另一边重重地跳了下去。冲击不小，但她还是高兴地把脸贴在冰冷潮湿的水泥地上，又开始抽泣。

几分钟后，她匍匐着抓了一块破布，盖住肩膀，又爬去那些矿泉水边，抓了一瓶，一饮而尽。她恢复了呼吸，终于平躺在地。多少个漫长的日夜（究竟多少？）她就在等待这一刻，那些自暴自弃以为再也出不来的日子。一直这样躺着直到世界末日，重新感觉到身体的循环、血液的流动，关节重新有力，肌肉苏醒。一切都伴随着疼痛，就像那些冻僵的阿尔卑斯登山运动员被人发现生还时的感觉。

大脑深处又传来一个信息：他来了怎么办？走，快走。

阿历克斯确认了一下，所有的衣服都在那里。她所有的东西，包、证件、钱，甚至还有那天晚上她戴着的假发，他都一起扔在一边堆着。他什么都没拿。他果然只要她的命，好吧，只要她的死。阿历克斯摸索着，抓了她的衣服，双手因为虚弱而颤抖着。她不停地环顾四周，忐忑不安。最重要的是先找到什么东西可以自卫，万一他突然出现的话。她疯狂地翻寻着堆放在哪里的工具材料，终于发现一个起钉器。这是用来开箱的。他什么时候会想用这个呢？等她死了吗？为了把她埋了？阿历克斯把它放在身边。她甚至没有意识到这个场面有多可笑，特拉里厄来的话，她那么虚弱，到时候根本拿不起工具。

穿衣服的时候，她突然意识到自己的体味，糟糕至极，尿味、屎味、呕吐物的味道，还有一股豺狼的口气。她开了一瓶水，又开一瓶，她奋力地擦拭自己的身体，但是动作很慢，尽可能地清洗、擦拭，她的四肢慢慢有了一些力气。当然，没有镜子，她没法看到自己成了什么样子。她包里应该有，但又一次，她的大脑让她快走。最后一次警告：快走，妈的，从这里滚蛋。立刻。

穿上身的衣服突然让她感觉一阵燥热，她的双脚有点儿肿，鞋子让脚更痛。她好不容易分了两次站起来，收拾好她的包，她放弃了带着起钉器的念头，蹒跚着离开了，她感觉有些动作或许永远都不能再做了，比如完全展开双腿，完全转动脑袋，还有完全直立起来。她继续往前走，弯着腰像个老太太。

特拉里厄留下了脚印，她只能跟随它们一个房间一个房间地走。她睁大眼睛搜寻他可能利用过的出口。当她第一天试图逃离的时候，他在砖墙前逮住了她，啊，就是那里，她居然错过了，那里，墙角的金属门，在地下。一团铁丝作为门把手。阿历克斯试图把它稍稍提起。毫无反应。她使出全身力气，完全不动。眼泪又一次涌了上来，一个低沉的呻吟声从她肚子里冒出来，她又试了一次，还是没用。阿历克斯环顾四周，寻找着什么。她已经知道，没有别的出口，所以那天晚上他才不急着追她。他知道，即便她跑到了这个门边，她也不可能打开它。她愤怒了，可以说是暴怒，想要杀人的冲动，地狱般的愤怒。阿历克斯大喊着开始奔跑。她跑得笨拙不堪，像个残疾人。她后退了，远远地那些冒险回来的老鼠看见她向它们袭击，一下全跑了。阿历克斯重新拿起起钉器，三块木板已被砸碎，她拿起了它们，因为她根本没有问问自己能不能拿得动，她的精神在别处。她只想出去，完全没有别的事情可以阻止这一点。即便是死，她也要死在外面。她把起钉器的一端滑进门缝，铆足了劲地扳动它。一旦门移动了几厘米，她就用脚塞一块木板在门下，再上去一点儿，就再塞一块，她跑去又找了几块木块，又回来，一次次地努力，她终于把起钉器竖着放在了门下。释放出的空间大约是四十厘米，勉强可以让身体通过，但这个不稳定的平衡很有可能突然被打破，金属门将直接砸落到她身上，把她碾碎。

　　阿历克斯停了下来，侧着脑袋，听。这次，没有任何警告，也没有任何建议。只要一点点滑动，一点点震颤，如果身体碰到了起钉器而把它弄倒，门就会砸下。她用了1/30秒的时间把她的袋子从门下扔了出去，她听见包落地时发出一声沉闷的声响，听上去不是很深。这么对自己说着，阿历克斯已经摆平了身体，一毫米一毫米地，她在门下慢慢滑动。天很冷，但当她的脚趾尖远远地在身后感觉到什么支撑物的时候，她已经在冒汗，是一个台阶。正当她终于跑到了洞里，要从边缘抽出手指时，因为她回头的时候一个失误，起钉器滑动了一下，发出刺耳的声音，金属门立马狠狠砸了下来，发出地狱般的一声声响。

　　就在此刻，她抽回手指，一纳秒的本能反应。阿历克斯呆立在那边。她站在一级台阶上，周身是几乎全然的黑暗。她是完整的。当她的眼睛终于适应黑暗时，她收拾好掉在了几级台阶下面的包，她屏息凝神，她要离开了，她要成功了，她不敢相信……还有几级台阶，然后是一扇用水泥砖堵住的铁门，她花了好大工夫才把砖头移开，因为她实在没有力气了。然后是长长的走廊，散发着尿味，又是一个楼梯，如此之暗，以至于她不得不像一个瞎子一样两手摸着墙板穿过它，只有若隐若现的微光指引着她。那天他把她绑过来时，她就是在这个楼梯上撞到脑袋昏迷过去的。在走廊的尽头，是三根棒子，阿历克斯一根一根跨过去，然后又是一段隧道，技术通道，直到她看见一块小铁板垂直嵌在墙里。有一点点光线勉强从外面穿进来，阿历克斯必须用她的手指去围绕铁板，想要知道它是如何站立住的。它只是被安在了这个地方。阿历克斯想要把它往自己这边拉，不是很重。她小心地把它抽了出来，放在一边。

重生。

夜晚清新的空气瞬间向她扑来，带着一种夜的温柔和清新的湿气，运河的气味。回归的生命，没有太多光。这块板被藏在墙壁的凹陷处，和地面齐平。阿历克斯爬了出去，又立马回头看能不能把它重新堵上，但她放弃了，没有这个必要还那么小心翼翼了。只要快点离开，立刻，尽僵直酸痛的四肢最大的可能。她放弃了重新堵上的念头。

三十米开外一个废弃的码头。那边，一些矮小的居民楼，几乎家家灯火通明。身后不远处，似乎有一条林荫大道，传来阵阵混杂的喧嚣。

阿历克斯开始行走。

她终于来到了林荫大道。带着疲惫，她走不了太久，还有点儿晕眩，于是她不得不扶着路灯防止摔倒。

看天色，时间已经太晚了，不太可能还有什么交通。

不。那里，一个出租车站。

车站看上去有点儿荒僻，而且，不管怎么说，太冒风险了，她仅存的清醒着的神经元悄悄提醒她。没有比这更好的方式来引起注意了。

只是这些神经元也没法给她提出一个更好的方案。

27

　　每当手上有很多要紧事要处理，并且很难划分优先等级时，就比如今天早上，卡米尔就声称："最紧急的是，什么都不做。"这是他一贯的"以退为进"行事方式的变形。当他在警校学习时，他把这种略过的方式称为"空中技能"。这样的话从一个一米四五的男人嘴里说出，应该会让众人嘲笑，但没有人敢冒这个险。

　　此刻是早晨六点，卡米尔醒来，冲了个澡，他吃了早餐，餐巾在门边，而他站着，嘟嘟湿趴在一条胳膊上。他一手挠着它的背，他俩都看向窗外。

　　他的目光被一个信封吸引，上面是拍卖估价人的笺头，他本想昨晚打开看的。这场拍卖会是继承他父亲遗产的最后一步。他的死并不是真的非常痛苦，卡米尔被震惊了，被触动了，然后他悲从中来，但他父亲的死不能算是一场灾难。这种伤痛只是外在的。在他父亲身上，一切都是可预测的，他的死也是。要说卡米尔为什么昨天没有打开信封，那是因为它里面的东西标志着他整个人生关系的终点。他马上要五十岁了。而他的身边，每个人都死了，先是他的母亲，然后他的妻子，现在是他的父亲；他不会有孩子。他从没想过他会是他所有亲人中最后一个死的。这就是让他觉得心烦的，他父亲的死结清了一个故事，而这个故事却还没有结束。卡米尔一直在那里，形容枯槁，但一直站在那里。只是他的生命从此只属于他自己，他是唯一的持有人，也是唯一的受益人。当一个人成为自己人生唯一的主角时，这并不是什么有意思的事情。让卡米尔觉得痛苦的，不仅仅是这个愚蠢地活下去的情结，而更是向平庸屈服。

他父亲的公寓已经出售了。只剩下了十几幅莫德的油画，范霍文先生一直保留着它们。

更别说那工作室。卡米尔不能过去，这是所有痛苦的交会点，他的母亲，伊琳娜……不，他做不到，他做不到走上那四层台阶，推开门，进去，不，永不。

至于那些画，他鼓足了勇气。他联系了一位他母亲的朋友，他们一起把这些画整理了起来；他同意做一份作品清单。拍卖将于十月七日举行，一切都准备好了。他打开信封，看见了作品列表、地点、时间，整个晚会的节目都在向莫德的作品致敬，还有一些见证和场面上的讲话。

起初，关于一幅画都不保留，他编了一个好故事，想了一套好理论。最冠冕堂皇的理由就是，他把他母亲的画全都拍卖，是为了向她致敬。"甚至是我，为了看她的画，我也得去美术馆。"他用一种满足中带着严肃的口吻解释说。当然，这是个蠢话。真相是，他无以复加地热爱着他的母亲，自从他独身以来，他一直感到自己被暴露在他这种模糊不清的爱中，崇敬中夹杂着仇恨，苦涩中夹杂着埋怨。这种打上了敌意的爱意是他与生俱来的，如今，为了能够平和地生活下去，他必须让自己脱离这一切。绘画是他母亲最重要的事业，她把自己的生命都奉献给了绘画，连同她自己的生命，她也一并奉献了卡米尔的。不是整个的，但她所献上的那部分已经变成了她儿子的命运。好像她生孩子的时候没有真正想过这将是一个人。卡米尔不是在摆脱身上的枷锁，他只是在减轻自身的重量。

十八幅油画，主要覆盖了莫德·范霍文的最后十几年，即将全部出售。全部都是纯抽象作品。在一些作品面前，卡米尔感觉好像是站在马克·罗斯科的作品面前，可以说，那色彩颤动着，跳跃着，感觉这些画是有生命的。有两幅已经被预先购买了，它们会被直接送去美术馆，这是两幅极度细腻的画，像在嘶吼一种痛苦，这是她在癌症末期画的，也是她艺术的巅峰。卡米尔可能会保存的，是一幅她三十岁左右画的自画像。那是一张布满忧愁却稚嫩的脸，甚至还有些严肃。画里的人似乎和你毫不相干，这种姿势里有一种存在的缺席感；这是一种女人和童真的精妙结合，就像我们可以在那些曾经年少而渴望温柔，如今却被酒精蚕食的女人的脸上读到的那样。伊琳娜非常喜欢这幅画。有一天她为卡米尔把它拍了下来，打印出的照片尺寸10cm×13cm，一直都在卡米尔的办公室里，和放铅笔的透明玻璃罐儿在一块，那罐子也是伊琳娜送给卡米尔的，总是她，除此之外，卡米尔再无其他真正私人的物品出现在他的办公环境里。阿尔芒总是用一种带着爱慕的眼神看这张照片，这是唯一一张他能理解的莫德·范霍文的油画，因为它足够具象。卡米尔答应过以后给他一张复印品，但他从没做到。但这张油画，他也把它加入了拍卖的列表。或许当他母亲的画全都遣散之后，他能重新找到内心的平静，或许当他卖出最后一幅画时能最终感到蒙福特工作室，与他再无瓜葛。

困倦是和别的画面一起来的，那些画面似乎更为紧迫更为现实，是这个被关起来又逃出来的女人。总是一些和死亡相关的画面，但是还未到来的死亡。他也不知道这些画面是哪里来的，他很确定，在这个被剖腹的箱子面前，在这些死老鼠面前，这些逃跑遗留的痕迹面前，这一切都掩盖着别的事情，而这一切背后，还有死亡。

楼底下，大街上已经开始热闹。对于像他这样睡得很少的人来说，这没什么关系，但伊琳娜是绝对不可能住在这里的。相反，这对嘟嘟湿来说却是个大景观，它可以几个小时待在那里透过玻璃窗观察来往的驳船驶向船闸。如果时间允许，它有权长久地霸占窗台。

卡米尔不理清思路不会离开。目前来看，一大堆问题。

庞坦的仓库。特拉里厄怎么会找到那里？这很重要吗？年久失修，巨大的棚子还未被人抢占，那些流浪汉也没有来强行占有。它无法令人接受的卫生状况可能是一个吓退意图者的理由，但更重要的是，唯一可能的入口由一块相当狭窄的木板覆盖着，在和地面齐平的地方，这使得那些有意入住的人不得不艰难地走一大段路才能传送生活物资。或许就是因为这样的原因，特拉里厄才造了那么小一个笼子，狭窄的通道限制了木板的长度。我们甚至可以想象他是怎么把女孩弄进去的。他必须是有相当的决心。他已经做好准备折磨这个女孩，要多久就多久，直到她供出她把他儿子弄哪里去了。

娜塔莉·葛兰吉。他知道这不是她真正的名字，但他还是这样叫她，也没有更好的叫法。卡米尔更想说"那个女孩"，但他不总能做到。在一个假名和完全没有名字之间，怎么选择？

法官已经接受撤诉。然而，除非有相反的证据，这个显然用十字镐柄杀了特拉里厄儿子并且差点儿用硫酸断了他的脑袋的女孩将只会作为证人被查找。尽管她尚皮尼的室友已经确定地从嫌疑犯素描上认出了她，但检察院表示需要物质证据。

在庞坦的仓库，他们提取了血液样本、头发样本和所有其他有机物样本，很快它们就会表明这些样本和他们在特拉里厄的货车里找到的女孩留下的痕迹是一致的。至少，这一点将会得到大家的认同。"这不是重点。"卡米尔对自己说。

唯一保持这条线索的方式，就是重新打开在最近归档里找到的先前的两起浓硫酸谋杀案的档案，看看可不可能把它们归结到同一个凶手身上。虽然局长有所怀疑，但卡米尔的信心是坚决的，这是同一个杀手，并且是个女杀手。档案今天早上应该会被重新拿来，一拿来他就会去查看。

卡米尔思考了一下这对情侣，娜塔莉·葛兰吉和帕斯卡尔·特拉里厄。激情大戏？如果真的是这样，他倒宁愿以另一种方式设想。帕斯卡尔·特拉里厄，被一阵嫉妒的狂怒控制了，或者不愿意被抛弃，杀了娜塔莉，凭着一时冲动、瞬间的疯狂，但反过来……意外吗？很难相信，如果你仔细想想事情进展的方式。卡米尔的思绪不能真正集中到这些假设上，其他有些东西在他脑袋里乱跑，而嘟嘟湿开始用爪子挠他袖子。他在想这个女孩是如何逃离这个仓库的。到底发生了什么？

分析结果揭示了她是如何逃离箱子的，但出去后呢，她做了什么呢？

卡米尔试图设想这个场景。但他的电影里，少了一组镜头。

他们知道，女孩穿上了衣服。他们发现了她鞋子留下的痕迹，一直延伸到通往出口的羊肠小道。这一定就是她被特拉里厄绑架那天穿着的那双，毕竟不能想象为什么绑匪要给她带一双新鞋来。他殴打那个女孩，她自卫，他把她捆绑着塞进货车。那些衣服是什么状态？破破烂烂，撕成碎片，脏乱不堪。不管怎么说，不干净……卡米尔判断。在街上，一个女孩穿成这样，难道不应该引起注意吗？

卡米尔想象不出特拉里厄会悉心照料这个女孩，但"好吧"，卡米尔对自己说："让我们忘了那条衣服的线索，就考虑女孩本身吧。"

她的脏乱程度可想而知。一个星期，像条蠕虫般裸体，存活在一个离地面两米的箱子里。在照片上，她不仅仅是饱受折磨，她几乎已经奄奄一息，现场还发现了给动物吃的饲料，特拉里厄就是用那些给寄居的老鼠吃的饲料来喂食她的。她就在自己身下拉屎拉了一个星期。

"她已筋疲力尽，"卡米尔大声说，"并且脏得像一把梳子。"

嘟嘟湿抬起头，好像它比他还清楚，它的主人又在自言自语。

地上有水渍，在破布头上，几瓶矿泉水瓶身上有她的指纹，在出仓库前，她把自己洗了一下。

"但还是……一个人被吊起来一个星期，三瓶冷水和两块破布能算什么清洗？"

回到核心问题，她是如何做到不被发现地回到家里的？

"谁跟你说没人看到她的？"阿尔芒问道。

七点四十五分。警队。即便别人不刻意去想，看到阿尔芒和路易肩并肩还是会感到很奇怪。路易，一身铁灰色奇顿西装，斯蒂芬劳·尼治的领结，韦斯顿的鞋；阿尔芒呢，一身法国民间救援队的清仓货。妈的，卡米尔一边细看一边自言自语，这家伙居然为了再节约一些，特意买了小一点儿的尺寸！

他又喝了一口咖啡。有道理，谁说没有人看到她？

"我们要深入研究。"卡米尔说。

女孩非常谨慎，她跑出仓库，然后就消失在了风中。人间蒸发。让人难以接受。

甚至他自己都不相信他自己这说法。一个三十岁的女孩凌晨一两点搭便车？假设没有车立刻接受她，她就待在那边，在人行道边上，一直竖着大拇指搭便车？更糟的是，她沿着人行道走，对着所有的车子做手势搭便车，像个妓女一样？

"公交车……"

或许。只是在夜里，这条线上应该没有太多车，她真的得凭运气。不然她就得杵在汽车站半个小时，四十五分钟，筋疲力尽，或许还衣衫褴褛。不太可能。她是一个人站在那里的吗？

路易记录下来：确认时间表，询问司机。

"出租车……？"

路易提出了新的可能的探索方向，但是……她有足够的钱付账吗？她这样子会有出租车司机愿意载她吗？有人可能看见过她，在街上，走在人行道上。

只能猜测她朝巴黎方向走了。他们将在附近搜索。不论是巴士还是出租车，几小时内必须确定下来。

正午的时候，路易和阿尔芒出发了。卡米尔看着他们离开，好一对搭档。

他走到办公桌后，看了一眼桌上两份文件，贝尔纳·贾德诺，史蒂芬·马基雅克。

28

阿历克斯朝她的住所走去，脚步沉重，局促不安，充满怀疑。特拉里厄在等她吗？他发现她溜走了吗？然而没有，大厅里一个人也没有。信箱也没有满溢出来。没有人在楼道里。她像置身一个梦中。

她推开住处大门，又重新关上。

千真万确，就像在一个梦中。

终于回到了家里，终于安全了。就在两个小时前，她还面临着被两只老鼠啃噬的威胁。她几乎崩溃，靠在墙上。

马上，吃。

但吃之前，先看一看自己。

天啊，老了十五岁，轻而易举。又丑，又脏，又老。眼袋、皱纹、伤疤和泛黄的皮肤。眼神涣散。

她从冰箱里拿出所有食物，酸奶、乳酪、软面包、香蕉，她一边像个海难幸存者一般狼吞虎咽，一边放着洗澡水。然后，她不可避免地冲去厕所呕吐。

她重新调整了呼吸，喝了半升牛奶。

然后她不得不用酒精清洗伤口，手臂上、腿上、手上、膝盖上、脸上，出浴的时候，她扛着睡意，给伤口涂上抗菌剂和樟脑药膏。然后疲惫地倒下。她脸上的伤很重，被绑架那天留下的血块虽然已经消减，但手臂和两腿的伤还是相当严重，其中两处还严重感染。她会监视它们，她有一切需要的药物。她工作的时候，每当一个任务结束，离开那天，她都会从药箱里拿一些药物。她所有拿过的药物的确让人叹为观止：青霉素、巴比妥酸剂、安定药、利尿剂、抗菌素、贝塔–受体阻滞药……

终于，她平躺下来。立刻就陷入了昏睡。

连续十三小时。

她梦见坠落，便从昏迷中醒来。

她花了半个多小时搞清自己现在在哪里，又是从哪里来。眼泪又一次涌了上来，她在床上像个婴儿一般缩成一团，呜咽着又睡了过去。

五小时后她又一次醒了，晚上六点。星期四。

阿历克斯，睡得昏昏沉沉，她试图舒展身躯，浑身疼痛，她缓缓地从睡梦中苏醒过来，又缓缓地做了一些舒展运动，她的整个身体都是堵塞的，但随着肌肉逐步放松，她整个人又重新运作了起来。蹒跚着从床上下来，她才走了两米，就感到一阵从头到脚的晕眩，不得不扶着一个书架。她依然感到饥饿。她看着自己，必须处理伤口，但她的大脑给她发出了自我保护的本能指令。首先，要躲起来。

她逃了出来，特拉里厄一定会试图把她抓回去，试图追捕她。他知道她住哪里，因为他就是在她住的那条路上绑架她的。那时候，他就应该是知道的。她看向窗户，街道看起来很宁静。和绑架的那晚一样宁静。

她伸出手臂，抓过笔记本电脑，放到身边，放在长沙发上，打开一个网页，输入"特拉里厄"，她不知道他全名，只知道他儿子的，帕斯卡尔。她要找的是他父亲。因为他儿子，这个蠢货，她记得太清楚对他做了什么，还有她把他丢在哪里了。

第三个结果，搜索引擎提到一个"让-皮埃尔·特拉里厄"，在巴黎新闻的网页上。她点了一下。这就是他。

城郊大道：警方的失误？

前夜，一名五十来岁的男子，让-皮埃尔·特拉里厄，被多辆警车追捕，他突然在横跨城郊大道的桥上停下货车，货车当时在维耶特门附近，男子离开货车，冲向护墙，纵身跳下。随即男子被一辆半挂式卡车碾压，当场死亡。

据法警消息，男子涉嫌一起几天前发生在巴黎法勒基耶尔路的秘密绑架案，警方表示，保密是"为了安全起见"。受害者身份始终未知，而警方发现，推定的监禁地点，空空如也……因缺乏明确指控，嫌疑犯的死亡原因——据警方所言，他的"自杀"——始终扑朔迷离，站不住脚。负责预审的法官维达尔，发誓将彻查此案，此案已交给刑事科范霍文警官负责。

阿历克斯的脑袋尽可能地转动着。在一个奇迹面前，人总是容易迟疑。

所以这就是为什么她后来再没看到他。他被碾碎在城郊大道，他不可能再回来看她，也不可能带饲料回来给老鼠。这浑蛋宁愿自杀也不愿意看到警方来解救她。

愿他被地狱之火炙烤，和他的蠢货儿子。

另一件重要的事情是，警方不知道她的身份。关于她，他们什么都不知道。至少，他们在这个星期之初对她一无所知。

她在搜索引擎里输入自己的名字，阿历克斯·普雷沃，找到了一些同名的人，但没有她，完全没有。

这是一个莫大的慰藉。

她查看手机，有没有未接来电。八通……没电了。她起身跑去找充电器，但她的身体跟不上这速度，她还没有准备好这样的加速度，被一个巨大的重力又重新拖回到了沙发上。晕眩，眼前是闪烁的光斑，感觉要原地打起转来，阿历克斯的心提到了嗓子眼儿，嘴唇紧绷着。几秒过后，这种不适感渐渐消失，她慢慢地起身，拿了充电器，小心地接上电源，然后又回来坐下。八通呼叫，阿历克斯确认了一下，她呼吸顺畅许多。都是工作上的，事务所的，有的打了两次。都是工作。阿历克斯没有听这些信息，她决定之后再听。

"啊，是你吗？我一直在想你什么时候才会给我来一点儿消息。"

这个声音……她的母亲和她永不停息的指责。每次听她说话都会有同样的效果，如鲠在喉。阿历克斯给自己找理由，她的母亲总是有无数的问题，一旦涉及她的女儿，这个女人就是个怀疑论者。

"职位变动？奥尔良市，你是从那儿给我打来的吗？"

阿历克斯总能在她的语气里听到怀疑，她说：是的，但我没太多时间。对方回答："那就别麻烦给我打电话了。"

她母亲很少打电话来，当阿历克斯打的时候，又总是这样。她的母亲不是在生活，她在统治。真相就是，和她母亲谈话，就像是在考试，一定要准备，要复习，要集中精力。

阿历克斯想也没想。

"我要离开一段时间，去外省，职位变动。我想说，另一个……"

"啊，是吗，哪里？"

"就是一个职位变动。"阿历克斯重复。

"是的，你已经跟我说过了，一个职位变动，到外省！你的外省，它没有名字吗？"

"是一个事务所，还不太清楚目的地，总之……很复杂，到最后才知道。"

"啊。"她母亲回答。

显然不太想相信这故事，片刻的犹疑后："你要变动职位，还不知道哪里，也不知道是谁，是这样吗？"

这段对话没什么特别的，甚至太平常了，但这次，阿历克斯太虚弱了，完全不比往日扛得住。

"不，不是，这……这样。"

不管怎样，只要和她母亲说话，不管她累不累，她都会时不时结巴。

"那是什么？"

"听着，我快没电了……"

"啊……那去多久呢，也不知道吧，我猜。你的工作，是你顶替别人。突然有一天，有人告诉你，结束了，你就可以回来了，是这样吗？"

凡事要找到一个"让别人感觉舒服"的说法，这是她母亲的用词。阿历克斯找不到。或者也不是，她也可以找到，只是总是在事后，等她挂了电话，在楼梯上，在地铁里。每次她事后找到说辞，就懊恼不已。她总会不断重复这段当时没想起的话，她一再重演并纠正那时的场景，有时候一连好几天都这样，这样既无用又无益，但她也不能控制。她不断给它润色修饰，随着时间的推移，这就成了一个全新的故事，这是一场阿历克斯每次都能赢的战斗，但只要她再一次打电话给她母亲，她从第一字开始就立马被击溃了。

她母亲等待着，静默着，怀疑着。阿历克斯最终让了步："我不得不挂了……"

"好吧。啊不，阿历克斯！"

"怎么了？"

"我也很好，有劳费心了。"

她挂了。

阿历克斯心情沉重。

她叹了口气，不再去想她母亲。她要集中精力在她要做的事情上。特拉里厄这件事算是了结了。警方，也没有联系她。她母亲，也搞定了。现在，给她哥哥发一条短信。

"我要去，"她犹豫了一下，在可能的目的地里搜寻，"图卢兹，一次职位变动。告诉一下母上大人，没有时间给她打电话了。——阿历克斯。"

他可能会等上至少一星期才转发信息吧。如果他会转的话。

阿历克斯吸了一口气，闭上双眼。她做到了。一步一步，她把该做的都做了，尽管她已经累得不行。

她又包扎了一下伤口，肚子还是咕咕直叫。她站在浴室的镜子前看着自己的模样。老了十岁，轻而易举。

然后她差不多洗了个冷水澡，瑟瑟发抖。天知道，活着真是太好了，她把自己从头到脚擦了一下，生命又回来了。她直接套上一件套头羊毛衫，多好啊！羊毛有点儿扎人，以前她很讨厌，而今天，她就喜欢这样，就让它扎人，又感觉到自己的身体活了过来，就在她的皮肤上。一条亚麻长裤，摇曳生风，宽大随意，不那么好看，但却柔软，有点儿模糊，却给人安慰。她的银行卡，房间钥匙。走廊上，你好葛诺德夫人，是的回来了，是度假吗，太好了。天气？太棒了，在南部，当然，是的。神情有点儿憔悴？是的，艰巨的任务，这几天没怎么睡好，哦没什么，脖子有些酸疼，没大事，啊是吗？她露出脑门，傻子一般摔的。另一个：啊是这样吗，现在不流行双脚着地吗？笑，是的晚安，您也是。街上，夜晚降临时光线微微泛着蓝色，美到让人想哭。阿历克斯感到内心一阵狂喜，生命如此美妙，这个阿拉伯杂货商，这个男人如此英俊，她居然以前从没仔细看过他，她用她深深凝视的目光抚摩着他的脸颊，她笑，因为感觉自己如此充满生命。一切能让她坐下来休息一下的东西，那些她曾经如此小心排斥的东西，此刻，却像一种补偿一般，薯片、巧克力奶油、山羊奶酪、圣埃米利翁红酒，甚至还有一瓶百丽甜酒。回到房间。花一点点力气都会让她筋疲力尽，甚至让她哭泣。突然一阵晕眩。她集中精神，站定不动，终于缓了过来，她拎着太多刚买回来的东西，坐了电梯。对生命如此渴望。为什么生命不能每时每刻都像此刻一般？

阿历克斯，裸身穿着她那不成形的旧睡袍，赤脚走到镜子前。老了五岁，好吧，承认吧，六岁。她会很快恢复的，她知道，她感觉得到。很快她的伤口和血块就会痊愈，黑眼圈和皱纹就会消退，痛苦和忧愁也会被遗忘，剩下的，只有一个容光焕发的阿历克斯。她打开大大的睡袍，端详自己的胴体，她的乳房，她的肚子……当然，她又开始哭了，站在那里，面对着自己的人生。

她笑自己的哭泣，因为她不知道她因为自己还活着而高兴，还是因为自己还是阿历克斯而伤悲。

她知道怎么做，在这种来自命运深处的噩运面前。她吸了口气，擤了擤鼻涕，重新裹紧睡袍，给自己倒了一大杯圣埃米利翁，满满一大盘的食物，巧克力、罐装兔肉饼，还有甜饼干。

她吃，吃，吃。然后背靠着长沙发瘫倒在那里。她又起身为自己倒了一杯百利甜酒。最后一点儿力气，她起身去找了一些冰块。她感觉精力快耗竭了，但幸福感依然在那里，像是一种发自深处的喧嚣。

醒来，睁开眼。她感觉自己完全与现实脱节，现在是晚上十点。

29

沥油、墨水、汽油，很难列出所有在这里汇合的气息，更不用说贾德诺夫人的香草味香水。她五十多岁。当她看到警察们进入车库时，她立马从她玻璃窗隔开的办公室里走出来，一个学徒原本已经在他们跟前了，一看到她出现立刻就退避了，像是看到主人来了就逃跑的小狗。

"是关于您丈夫的事。"

"什么丈夫？"

这样的回答像是给谈话定下了基调。

卡米尔往前伸了伸下巴，好像他衬衫领子勒住了他，他抓抓脖子，一脸费解，眼睛看着天。他思忖着要怎么解决这个尴尬，因为女老板正双臂交叉着压着她的印花裙子，像是随时在准备防御自己的身体，也让人禁不住猜想她在防御谁。

"贝尔纳·贾德诺。"

她被问了个猝不及防，惊讶显露无遗，她手臂稍稍松开了一些，嘴巴张成了一个"O"字。这完全出乎她意料，她没想到是这个丈夫。不得不说，她再婚了，去年，和一个标准的懒汉，更年轻，是修车行最优秀的工人，她现在应该是约里斯夫人了。灾难性的影响。这场婚姻很快就救济了他，这个新丈夫。他可以整天整夜泡在酒馆里而不会受任何惩罚。她只能摇摇头，感叹一句：简直一团糟。

"都是为了车库，您理解的。我一个人……"她解释说。

卡米尔理解。一个大车库，有三四个工人、两个学徒、七八辆车，引擎盖打开着，发动机滞缓地转动着。在高高的修理台上有一辆可拆篷的豪车，粉红色和白色相间，猫王的那一款，在埃唐普发现这样的车实属稀罕。一个工人，高大，相对年轻，有宽阔的肩膀，他在一块脏抹布上擦了擦手，走了过来，询问有没有什么需要帮忙的，下巴露出一种挑衅。他用眼光询问着女老板。如果这个约里斯被查出肝硬化，别怀疑，诊断一定是对的。他的肱二头肌都在叫嚣着他可不是那种会被警察吓唬到的人。卡米尔摇摇头。

"对于孩子来说也一样……"约里斯夫人说。

她又回到了她的再婚，或许这就是她谈话初想要防御的东西，这个念头，那么快就再婚并且嫁得那么糟糕的念头。

卡米尔走开了，留下路易负责。他四处观察，右边，三辆二手车，挡风玻璃上用白色油漆标了售价，他靠近办公室，都是玻璃墙壁，为的是能够在做账时监督工人。这招向来是有效的，一个总是询问，一个四处转悠，东张西望，这次也不例外。

"您找什么？"

有意思的是，他的声音特别尖，发音特别清晰，但显得非常不好惹，像是在捍卫一片领地。即便还不属于他。卡米尔转过身，他的目光差不多到工人肌肉发达的胸口处。他轻轻松松地比卡米尔高了三个头。突然，他的前臂出现在他视线中。修理工继续机械地拿抹布擦着手，像个酒保。卡米尔抬起眼睛。

"弗罗里梅洛吉？"

擦抹布的手停了下来。卡米尔用手指指他印有文身的前臂。

"这个样式，是九十年代的吧？你做了几个？"

"我在那里服过刑。"修车工说。

卡米尔做了个手势表示他理解。

"恰好你也培养了耐心。"

他用脑袋指指身后，女老板还在和路易交谈。

"……因为你错过了前一轮，现在，可能会有些久。"

路易正拿出娜塔莉·葛兰吉的肖像画。卡米尔走过去。约里斯夫人睁大了眼，她被怂恿着认出了她前夫的情人——蕾娅。"这一听就是个婊子的名字，您不觉得吗？"卡米尔对于这个问题不置可否，路易谨慎地点点头。蕾娅什么，没有人知道。蕾娅，只知道她叫蕾娅。她只见过两次，但印象深刻，"就像还是昨天一样"，"更胖"。在画像上，她看上去纯良无害，但这就是个害人精，"胸大得跟奶牛一样"。对卡米尔来说，"胸大"是个相对的概念，尤其当他看到约里斯夫人飞机场一般的平胸后。她盯着那个姑娘的胸部，好像只是因为这个，她的婚姻才遭到了打击一般。

他们重新组织了一下这故事，发现有种令人不安的空洞。贾德诺是在哪里遇到了娜塔莉·葛兰吉？没有人知道。甚至连路易问的那些工人也没一个知道，他们已经在这里工作两年了。"一个漂亮姑娘。"一个说。他有一天看到她在车里等他的老板，在街角。就看见过一次，说不出肖像上是不是她。那车，他倒是记得一清二楚，他记得车的牌子、颜色、年份（他是修理工），但这些信息也没什么太大用。"浅褐色的眼睛。"另一个说。这是一个接近退休年龄的男人，他已经过了盯着女人臀部看的年纪，奶牛般的胸部对他也没太多刺激，所以他看眼睛。但对于自画像，他不能判断。"作为一个观察者却记不住东西，这还有什么用呢？"卡米尔暗自心想。

不，关于这个相遇，没有人知道。但大家反而都同意，故事极具戏剧性。完全出人意料，老板他，"一夜之间"，就像换了个人一样。

"她应该非常了解。"另一个工人觉得看他前老板表现出好色的一面非常可笑。

贾德诺开始旷工。约里斯夫人承认有一次跟踪了他们，那次经历让她抓狂，因为孩子们跟着她，那天晚上她丈夫没有回家，直到第二天，"那个蕾娅"来找他，他羞愧至极。"来家里！"她咆哮着。两年后，她还在纠缠。那个修理工从厨房的窗户看到她。一边是他妻子，孩子们当时不在家，"真是太不巧了，要是他们在家或许就是另一个结局了"，另一边，在花园门口"这个婊子"娜塔莉·葛兰吉，或者说蕾娅，显然有个相当不可撼动的名声了。总之，她丈夫犹豫了一下，但没太久，他抓了他的钱包、他的外套，就出去了，然后他被发现死在方程式一号酒店的一间客房，在周一晚上，发现他的是打扫客房的女服务员。酒店没有接待，没有总管，所有服务员都像是隐形了一般，用信用卡就可以入住，他们用了她丈夫的信用卡。完全没有那个女孩的信息。在停尸房，他们没有让她看丈夫脸的下半部分，应该不会太好看。验尸报告已经确认，没有任何外伤，完全没有，他躺在床上，穿戴整齐，"还穿着鞋子"，吞下了半升的酸，"就是那种电池里用的酸"。

在警队，当路易撰写报告的时候（他打字速度飞快，用上了全部的手指，极度专心，很有规律，像在练习音阶演奏），卡米尔在核实延时报告，里面没有涉及所用硫酸的浓度。狂野、残忍的自杀，这家伙想必是真的心灰意冷了。那个女孩让他走到了那一步。他出去那晚用三张信用卡刷的那四千欧也没留下任何踪迹，"他甚至还用了一张车库的卡"！

毫无疑问，贾德诺、特拉里厄，和娜塔莉或蕾娅同样的致命相遇，每次都是洗劫一空，极具讽刺。他们在特拉里厄的生活里摸索，在贾德诺的生活里摸索，试图寻找什么共同点。

30

身体又开始听指挥了，饱经折磨但依然完整。感染已经停止了，几乎所有的伤口都愈合了，血肿也消失了。

她去看了葛诺德夫人，她解释说："突然家里有点儿事。"她选择了这种借口，似乎在说："我是很年轻，但我也有责任感。"

"我不知道……必须回去看一看……"

这对于葛诺德夫人来说有点儿突然，但她对钱看管得很紧。她以前是个商人。当阿历克斯向她提出再用现金多付两个月房租时，葛诺德夫人表示她可以理解，她甚至发誓："如果我马上找到租户，我一定还你……"

老婊子，阿历克斯一边心里想着，一边脸上露出感激的微笑。

"您真是太好了。"她说。但她没有刻意睁大她水汪汪的大眼睛，她只想着快点离开，因为一些非常严肃的原因。

她用现金付了房租，留下一个虚假的地址。最差的情况是，葛诺德夫人会给她写信，而她不用匆忙去拿这个信和支票，这对谁都有好处。

"房间的状况。"

"您别担心，我向业主保证一切都秩序井然。"

她把钥匙丢在了信箱里。

至于车子，没有问题，她每月支付莫里雍大街的停车费，不需要担心。这是一辆已经开了六年的雷诺克里欧小型车，她买的二手车。

她从地窖里搬出十二个空纸箱，拆卸了属于她的家具，松木桌子，书架的三部分，还有床。她不知道为什么她还要被这些东西纠缠，除了床，她依恋她的床，这，几乎是神圣的。当一切都拆卸完毕，她看着这堆东西，难以置信，终究，一个生命，并不像人们想象的那样占地方。至少，她的生命，两立方米。搬场工人说三立方米。阿历克斯表示同意，她了解那些搬场工。一辆小货车，甚至不需要动用两个人，一个足够了。她之所以同意，是因为家具看管的价格和第二天立马动身的一点儿税费。阿历克斯，当她想搬家，她必须立刻就走。她母亲一直说："你这人，太冲动，所以当然，总是什么都做不好。"有时候，如果她精力实在旺盛，她母亲还会加一句："你哥哥，至少……"但她哥哥实在已经没什么比她好的了。然而这并不重要，对她妈妈来说，他总还是比她好多了，这是她的一贯原则。

尽管浑身疼痛又疲惫，她还是在几个小时内把一切都拆卸好，打包好了。她想借此机会做一些清理工作，尤其是书籍。除了一些经典，她经常扔一些书。在离开克利尼昂古尔门的时候，她扔了所有凯伦·布里克森的书，所有福斯特的书，离开商贸街时，她扔了所有的茨威格和皮兰德娄。当她离开尚皮尼，她扔了所有的杜拉斯。她总有些一时的痴迷，就像这样，当她喜欢的时候，她会读他们全部的作品（她母亲总说她没有节制），而之后，在搬家的时候这些书总有千斤重……

接下来的时间，她就和这些纸箱子一起生活，睡在放在地上的床垫上。有两个小纸箱，标注着"私人物品"。里面装的，都是真正属于她个人的东西。这都是些相当愚蠢，甚至毫无用处的东西：小学、中学的练习簿、成绩单、信件、明信片，十二三岁时断断续续写的日记，从来没有坚持很久，还有一些之前的小伙伴的字迹，一些她本该扔了的小饰品，不过她总有一天会这么做的。她知道有一天这些东西会变得幼稚可笑。还有一些花里胡哨的小首饰、老旧干涸的羽毛笔、一些她心爱的发夹、一些度假的照片，或者是全家福，和她的母亲、哥哥一起拍的，在她很小的时候。好吧，必须尽快处理这些东西，都是些没用的东西，甚至保留它们是非常危险的，那些电影票，从小说书里撕下的书页……总有一天，她会扔掉一切。但是目前，这两小箱子的"私人物品"还是占据了这次突然搬家的中心位置。

一切都处理完毕，阿历克斯去了电影院，然后在能人居吃晚饭，买了电池里用的酸。为了她的准备，她戴上面具、保护眼镜，打开风扇和吸油烟机，厨房门紧闭，窗子大开，为了把蒸汽排放到室外。为了把产品调制到80%的浓度，必须慢慢把它加热，直到有酸气冒出。她做了六升半。她把它们放在防腐蚀的塑料小瓶里，那些小瓶子是她从共和国广场附近的药店里买来的。她留了两个，其他的，她把它们整齐地放到了一个有多个内袋的包里。

夜里，小腿的肌肉痉挛让她惊醒，或许是噩梦，她常常做噩梦，那些充斥着老鼠的场景，它们在活生生地啃噬着她，特拉里厄用他的电动螺丝刀把钢条塞进她脑袋。当然还有，特拉里厄儿子的脸也阴魂不散。她又看见他愚蠢的脑袋，一大堆老鼠从他嘴里跑出来。有时候是一些现实中的场景，帕斯卡尔·特拉里厄坐在尚皮尼花园里的椅子上，她走到他身后，铲子高高举起在他头上，她的上衣妨碍了她，因为袖子太紧了，那时候，她比现在重了十二公斤，这使得她的胸部……那个白痴，她的胸部让他发狂。她让他在衣服下胡乱摸了一阵，没多久，当他开始愈发激动，他的双手开始愈发灼热时，她猛一下敲了上去，就像一个女教师。说到底，从另一个层面来看，这就有点儿等同于她拿了铲子，并用上全部力气往他后脑勺上一敲。在她的梦里，这一铲子敲得尤其响亮，就像在现实中一样，她感觉从手臂到肩膀都在震颤。帕斯卡尔·特拉里厄，半死不活的，艰难地转向她，他摇摇晃晃，向她投去惊讶不解的目光，却透着一种谜一样的宁静，仿佛没有疑惑可以侵入这种宁静。于是阿历克斯用铲子使这种疑惑侵入了，她数着，七下，八下，特拉里厄的上半身已经塌陷在花园的桌子上，这让事情变得更容易了。之后，她的梦境出现了时间的跳跃，梦里直接出现了帕斯卡尔的惊叫，在他被灌第一口硫酸的时候。他叫得太响了，她怕他吵到邻居，这个白痴，于是她不得不重新站起来又给了他脸上重重一铲子，彻底铲平。这铲子的回声，真是太响亮了！

就是这样，总有些梦境，那些噩梦、那些酸痛、那些拉伤、那些痛苦的痉挛，但是，总体来说，身体逐渐恢复了。阿历克斯确定，这些伤不可能完全消逝，一个星期待在一个那么小的笼子里，和一堆兴奋过头的老鼠在一起，不可能不给人的生命留下一些负债。她做很多运动，拉伸运动，以前学的一些舒展运动，她还开始跑步了。她一大清早就出发，围绕乔治·布拉桑斯广场小跑几个圈，但她常常不得不停下，因为她很快就会感到疲惫。

终于，那些搬家工人到了，把所有东西都搬走了。一个大块头男人，有点儿爱夸口，他试图和她调情，明眼人都看出来了。

阿历克斯跑去订了去往图卢兹的火车票，她把行李寄存了，走出蒙帕纳斯火车站的时候，她看了一下手表：八点半。她还可以回到蒙特内勒餐厅，或许他还在那里，和他那些吵吵闹闹讲着愚蠢的故事的朋友……她知道他们每周都要进行单身汉聚餐。或许不在同一家餐厅。

不，就是在同一家，因为他在那里，和他的朋友们七个人，比以往几次都要多，餐厅已经变成一个小俱乐部。阿历克斯感觉餐厅老板给他们服务时紧紧绷着嘴，不确定这样大规模的聚餐符不符合他的品位，太吵了，其他客人时不时回头看他们。那个漂亮的红棕色头发女孩……员工们总是偷偷注意她。阿历克斯找了个地方坐下，这个地方更隐蔽，他不比上次容易看见她，她要稍稍倾斜身子，不幸，他还是看到了她，他们的目光交会了，很显然，她希望看见他，就像这样，她微笑着对自己说。她喝着冰雷司令酒，吃着圣雅克扇贝、一些小巧而有嚼劲的蔬菜，还有焦糖布丁，喝着浓郁的咖啡，然后又喝了一杯，后者是老板为邻座客人发出的喧嚣感到抱歉而免费提供的。他甚至提议请她喝一杯查尔特勒酒，他觉得这是女士酒。阿历克斯说不用了谢谢，还是来一杯冰镇百利甜酒吧，老板微笑了一下，这个女孩真是太迷人了。她不疾不缓地离开，把书落在了桌子上，她又跑回来时，那个男人已经不和他朋友们一块儿了，他站着，在穿马甲，他的朋友们在开一些拙劣的玩笑，取笑他这时匆忙地离开。他跟着她离开了餐厅，她感觉到他的目光盯着她的臀部，阿历克斯长着一个极好看的屁股，性感得像一条抛物线。她差不多走了十米，他走到了她边上，他说："晚上好。"她看到他的脸……终于，这张对她产生无限感觉的脸。

菲利克斯。他没说他的姓，他没说他是不是结婚了，但她一眼就看了出来，手指上的一圈痕迹，他应该刚刚把戒指拿下来。

"你呢，你叫什么名字？"

"茉莉娅。"阿历克斯回答。

"这个名字真美。"

不论如何他都会这么说。这让阿历克斯觉得好笑。

他用大拇指指了指身后的餐厅："我们有点儿吵……"

"有点儿。"阿历克斯微笑着说。

"一群男人，难免有点儿……"

阿历克斯没有回答。如果他坚持下去，他将走向毁灭，他也感觉到了。

他首先提议去一间他认识的酒吧喝一杯。她说不用了谢谢。他们并肩走了几步，阿历克斯走得不算快，为了更好地看看他。他穿大卖场卖的衣服。他刚刚吃完东西，但这不是他衬衫扣子绷太紧的唯一理由，没有人告诉他衣服要买大一号，或者开始节食，重新运动。

"不，"他说，"我向您保证，就耽误您二十分钟……"

他说想再喝一杯，就在不远的酒吧。阿历克斯说她并不太想去，她有点儿累。他们走到了他车子前，一辆奥迪，里面乱糟糟的。

"你做什么工作？"她问道。

"维修技师。"

阿历克斯翻译：修理工。

"扫描仪、打印机、硬盘……"他悉数道，好像这样就能提高他的身份了。

然后他加了一句：

"我管理一个团队……"

然后他感觉到了自己这样自显身家是件多么愚蠢的事情，而且是徒劳的，更糟的是，适得其反。

他摆摆手做出扫除的样子，不知道他这是在扫除后半句没说的话，因为它们无关紧要，还是在扫除前半句他说出口的话，因为后悔。

他打开车门，一股冷却的烟味。

"你抽烟？"

冷热交加，这是阿历克斯的技术。她已经练得炉火纯青。

"偶尔。"这家伙有点儿尴尬地说。

他大概有一米八，肩膀很宽，浅棕色头发，眼睛很暗，几乎是黑色的。他走在她边上时，她发现他腿其实不长。身材比例不是很好。

"我只和吸烟的人一起吸烟。"他说。绅士。

她确定，此刻，要是能吸上一口烟让他做什么他都愿意。他觉得她真的非常漂亮，他这样告诉了她，还说"我向您发誓"……但他不敢看她的眼睛，因为他太渴望她了。完完全全的性欲，兽性的，蒙蔽了他的理智。他甚至不知道她穿了什么。他给人感觉像是如果阿历克斯不马上和他睡，他会立马回家拿猎枪杀了她全家。

"你结婚了吧？"

"不……离婚了。好吧，分居了……"

就他的语气而言，阿历克斯翻译：我不会离婚的，而且显然我现在想占便宜。

"你呢？"

"单身。"

说真话的好处就是，听起来就是真话。他低下眼睛，不是因为尴尬或者谨慎，他看向她的胸部。阿历克斯不论穿什么，所有人都会立刻发现她有一对漂亮的乳房，相当肉感。

她笑了，离开时留下一句："改天吧，或许……"

他急了，不停问：什么时候？他翻找着自己的口袋。一辆出租车经过。阿历克斯举起手臂。出租车停了下来。阿历克斯打开车门。当她回头跟他说再见时，他递上了一张名片。名片有点儿皱，但不重要。她还是拿了，为了表现她毫不在意，她把它随手塞在了口袋里。通过后视镜，她看见他站在路中间，目送着出租车远去。

31

宪兵问卡米尔自己是否有必要在场。

"还是在比较好……"卡米尔说，"如果你有时间，当然。"

通常来说，警察和宪兵的关系总是比较难搞，但是卡米尔还挺喜欢他们的。他觉得和他们有某种共鸣。那都是些死硬派，天性好斗，从不放过一丝线索，哪怕是陈年旧账。宪兵很感谢卡米尔的提议，这是个警长。卡米尔称他"长官"因为他知道这是惯例，宪兵感到了自己被尊敬，他的感觉是对的。他留着一撮细巧的胡子，像是一个世纪前的人，那种火枪手式的胡子，他身上有种超出年纪的气质，也是一种优雅，有点儿僵硬，不自然，但很快大家都会发现，这是个相当犀利的男人。他对自己的使命有一种理想化的理解。看看他的鞋子和打扮就知道了。

天灰蒙蒙的，沿海城市。

费诺阿雷兹兰斯，居民人数八百，两条主干道，一个广场上伫立着一个硕大的祭奠死者的纪念碑，这地方就跟星期日的教堂一样了无生趣。他们走进一间咖啡馆，他们就是为这个来的。朗格卢瓦长官把宪兵警车停在了门口。

进门的时候，空气中混杂着浓汤、酒塞和清洁剂的味道，一下就穿入喉咙。卡米尔觉得自己是不是对气味太过敏感了。之前，在车库，约里斯夫人的香草味香水……

史蒂芬·马基雅克死于2005年11月。随后新老板就到了这里。

"我其实是一月接手的。"

他所知道的，也就是别人告诉他的，不比任何人多一点儿。这甚至让他犹豫要不要接手这家咖啡馆，因为媒体搅得这里有点儿不得安生。偷盗、抢劫，这类事时有发生，甚至还有谋杀（老板试图让朗格卢瓦长官做证，未遂），但这些故事……实际上，卡米尔不是来听这些的，他甚至不是来听的，而是来看场地的，来感觉这个故事，把他的想法进一步细化。他看了档案，朗格卢瓦长官只是确认了他已经知道的事。那时候，马基雅克三十七岁，波兰裔人，单身。这是个相当壮实的男人，相当嗜酒，这点可想而知，对于一个经营咖啡馆三十年生活毫无规律的人来说。他的生活里，除了他的咖啡馆之外没什么别的事。至于性生活，他经常去光顾热尔梅娜·玛丽尼埃和她的姑娘，这里大家叫她们"四瓣屁股"。至于别的，一个安静但热心的人。

"叙述都是正确的。"

对于这个严肃地对一切充耳不闻的新业主来说，这永远是一个空头支票。

所以，一个十一月的夜晚……（这是朗格卢瓦长官的叙述。卡米尔和他礼貌地拒绝了老板喝一杯的邀请，走出咖啡馆，他们朝纪念碑方向走去，纪念碑顶上站着一个毛茸茸的大汉，微微向前倾斜着身子，面向着狂风，随时准备把他的刺刀插入看不见的德国佬的胸口。）那是十一月二十八日。马基雅克像往常一样关上了咖啡馆的门，差不多晚上十点，拉上铁帘子，开始在咖啡馆的后厨做自己的晚饭，他可能会明天早上七点对着电视机吃他的晚饭。但今晚，他不吃，不是现在，他离开，应该是跑去打开了后门，他回到房间，身边跟着一个人。没有人知道到底发生了什么，唯一确定的是，过了没多久，他后脑勺就被敲了一锤子。他就这么被狠狠一敲，但没有死，验尸报告很确凿。于是他被人用吧台的脏抹布捆了起来，这就排除了之前的想法。他就这样躺在咖啡馆的地上，凶手可能要他招供钱放在哪里，他拒绝。凶手一定是跑去了和后厨相连的车库，取来了本是用来灌货车电池的硫酸，然后往他喉咙里倒了半升，很快事情就结束了。凶手抢走了收银箱里的日营业额，一百三十七欧，他还弄坏了地板，划破了床垫，翻空了橱柜，最后在厕所找到了藏起来的两千欧，便离开了，既没有被发现也没有被认出，还带着装有硫酸的铁罐儿，可能是因为那上面留下了指纹。

卡米尔机械地念着这些一战中死者的名字，加斯通，欧仁，雷蒙，发现三个玛丽尼埃，刚刚提及的女人的姓。本能地，卡米尔试图找出他们和那"四瓣屁股"的关联。

"故事里有女人吗？"

"只知道有一个女人，不知道是不是和故事相关。"

卡米尔感到背脊一阵凉意。

"好吧，在你看来，发生了什么？马基雅克在晚上十点关门……"

"九点四十五分。"朗格卢瓦长官修正。

这没太大差别。朗格卢瓦长官撇了撇嘴，对他来说，这就是有些不同。

"你看，警长，"他说，"这类型的商人一般都会比允许时间早一点儿关门。提前十五分钟关门，这不是很正常。"

一次"风流约会"，这是朗格卢瓦长官的用词，这是他的猜测。据那些常客说，一个女人在一天营业结束时出现在咖啡馆里。他们从下午开始几乎就一直在那里，他们和自己血液里三四克的酒精调一会儿情，所以他们有些人说她年轻，有些说她上了年纪，有些说她娇小，有些说她肥胖，有些说她有人陪着来，还有些说没有，有人说有奇怪的口音，但这些人也没有一个能说清到底是什么口音。事实上，大家什么都不知道，只知道她和马基雅克在吧台聊了好一会儿，马基雅克看上去很兴奋，那时候应该是晚上九点，四十五分钟后，他一边打烊一边跟客人解释说他突然觉得有点儿累。接着，大家都知道了。附近的酒店完全没有女人的痕迹，不管是年轻的还是上了年纪的，娇小还是肥胖。他们也找了目击者，但也没有什么用。

"或许应该扩大搜索区域。"长官说。他总是避免在缺乏方法的时候没完没了地老说一套说辞。

目前我们只能确定，当时案发现场附近，有一个女人，其余……

朗格卢瓦长官总有点儿毕恭毕敬的样子，有点儿僵硬，不自然。

"有什么事烦扰着你吗，长官？"卡米尔问，眼睛一直盯着一战殉难者名单。

"呃……"

卡米尔转向朗格卢瓦长官，不等他回答就接话说："我呢，令我惊讶的是，有人居然为了让一个人招供而倒硫酸到他喉咙里。如果是为了让他闭嘴，那可以理解，可如果是要他说话……"

这让他放松了，朗格卢瓦长官毕恭毕敬的姿势似乎柔软了下来，像是他一瞬间忘了要保持这种姿势，他甚至都放松到发出了在他这里极为反常的咂嘴声。卡米尔犹豫着要不要提醒他注意纪律，但显然在朗格卢瓦长官的职业生涯里，他没有选择幽默感。

"我也这么想过，"他终于说，"是很奇怪……一开始看这情况，大家会猜这应该是个流民作的案。马基雅克打开后门不代表他一定就认识那个人，这只能证明那个人很有说服力，能让他开门，但这应该也不难。所以可能是个什么流民。咖啡馆是空的，没有人看见他进来，他拿了锤子——马基雅克有一个小工具箱在柜台下面——他打昏了马基雅克，把他绑起来，这是报告里显示的。"

"但你不相信凶手用硫酸让他招供钱放在哪里这种说法，你可能更喜欢另一个版本……"

他们离开了死者纪念碑，朝他们的车子走去，起风了，风里透着季末的凉意，卡米尔压了压他的帽子，束紧了雨衣的下摆。

"我觉得我找到了另一个更合理的版本。我不知道为什么凶手给他喉咙里灌了硫酸，但在我看来，这和盗窃没什么关系。通常来说，那些小偷，如果他们杀了人，他们一定是做得非常简单直白，他们直接杀人，随后到处倒腾一番，然后就离开。有些极端的凶手会用一些典型的方式折磨被害人，手段可能极其残忍，但一般都是为人熟知的手法。但这……

"所以，这酸，你会想到什么？"

撇了撇嘴，他最终还是决定了。

"一种仪式，我觉得。好吧，我想说……"

卡米尔当然知道他想说什么。

"哪种仪式？"

"性……"朗格卢瓦试探着说。

这个长官相当犀利。

两人并排坐着，透过车子的挡风玻璃，他们看到窗外雨水已在纪念碑顶上的小人身上流成了小溪。卡米尔梳理了一下他们已经知道的时间轴：贝尔纳·贾德诺，2005年3月13日；马基雅克紧接着，2005年11月28日；帕斯卡尔·特拉里厄，2006年7月14日。

朗格卢瓦长官点点头。

"关联就是，受害者都是男人。"

这也是卡米尔想到的。这个仪式是一种性仪式。这个女孩，如果凶手真的是她的话，她憎恨男人。她诱惑那些遇到她的男人，甚至可以说是她挑选他们去遇到，然后一有机会，她就杀死他们。至于为什么是硫酸，只有等他们抓到了她才能知道。

"每半年一起。"朗格卢瓦长官总结说，"简直是神圣的捕杀计划。"

卡米尔表示同意。长官大人不满足于提出相当可能的假设，他还提出那些值得思考的问题。但在卡米尔看来，那些死者之间并没有什么关联，贾德诺，埃唐普的修车工；马基雅克，兰斯的咖啡馆老板；特拉里厄，巴黎北郊的无业游民。他们只不过是以差不多的方法被谋杀，并且肯定是被同一个凶手。

"我们不知道这个女孩的身份。"卡米尔提出。这时朗格卢瓦长官正在发动车子准备开往火车站。唯一确定的是，如果你是一个男人，那你最好不要遇上她。

32

阿历克斯先随便找了家宾馆住了下来，就在车站对面。她整夜没合眼。不论如何，就算没有火车的喧嚣，也会有那些老鼠在她梦里阴魂不散，不管在什么酒店都一样……最近一次，那只黑红色的大老鼠在她头顶上一米的地方，它竖起了它的胡子，油光光的脸正对着阿历克斯的脸，它乌黑发亮的眼睛直勾勾地刺穿了她，还可以看到它的牙齿磨得尖尖的，藏在嘴唇下面。

第二天，她在专业网站上找到了她想要的：布雷阿尔蒂酒店。运气好一点儿的话，可能还有不算太贵的空房间。还是不错的，房间很干净，虽然有点儿前不着村后不着店。这个城市使她愉悦，光线很好，她愉快地散了一会儿步，有点儿像在度假。

到了酒店，不一会儿，她就又想走了。

因为酒店的老板娘，扎奈迪夫人。"但这里，大家都叫我杰奎琳纳。"阿历克斯已经因为这种自来熟感到不舒服了，老板娘又问，"你呢？你叫什么？"阿历克斯不得已只能回答："劳拉。"

"劳拉……？"老板娘惊讶地重复，"这是我侄女的名字！"

阿历克斯不觉得有什么好惊讶的。每个人都得有个名字，酒店女老板、侄女、护士，每个人，但对于扎奈迪夫人来说，这看起来就是那么不可思议的一件事。这就是阿历克斯不喜欢她的地方，一上来，就硬要和每个人都扯上些关系。这是个相当会"公关"的女人，由于她年事渐长，她更是用上了一种自我保护式的力气，来加强这种交际天赋。阿历克斯还对她那种以为自己是地球上一半生物的朋友、另一半生物的妈妈的方式感到恼火。

外形上看来，她曾经是个美丽的女人，她想方设法留住那种美丽，却正是这种努力毁了一切。整容手术的结果往往经不起时间的考验。在她身上，说不清楚是哪里不对，但总感觉哪里都不太对，好像脸上所有东西都在努力维持这依然是一张脸的样子，但却都夸张地比例失调了。整张脸像一张太过紧绷的面具，毒蛇一般的眼睛沉溺在眼窝里，几百条皱纹汇聚在硕大的嘴边，额头被紧紧地往上提着，眉毛看上去像是被刻意掰弯了，下巴远远地往回缩，往两边垂，像是两鬓的胡须。她的头发染成了墨黑，发量惊人。说真的，当她从她的柜台后面冒出来的时候，阿历克斯好不容易才克制住了后退的冲动，没什么别的好说了，这个女人长着一个女巫的脑袋。想想你每次回来都有这样一个奇怪的脑袋接待你，这只会让你立刻作出决定。阿历克斯已经决定赶快离开图卢兹，赶快回去。只不过第一个晚上，女老板就请她参加一个私人派对，喝上一杯。

"你不想和我聊聊吗？"

威士忌很不错，她的私人沙龙也很令人愉悦，二十世纪五十年代的装修风格，一个大大的胶木黑色电话，一个经典款特帕兹留声机，上面放着一张派特斯乐队的密纹唱片。总之，她很和善，讲一些以前客人的滑稽故事。然后，这张脸，终于不那么令人难以接受了。不去想它就好了。就像她自己应该也已经不去想了，阿历克斯也是。这就像残疾一样，有时候，自己已经感觉不到了。

然后她又开了一瓶波尔多红酒。"我不知道我还剩下什么，但如果你想留下吃晚餐就太好了。"阿历克斯说她很乐意，轻而易举地。晚会非常愉悦地延续着，阿历克斯经历了一番问题的轰炸，然后理智地编了些谎话。这样偶然的谈话的好处在于你不一定要说真话，你说的话对任何人也都没有任何要紧。当她从长沙发上站起来想回去睡觉时，已经凌晨一点多。她们友爱地互相拥抱，半真半假地互相说着度过了一个美妙的夜晚。不论如何，时间悄无声息地过去了，阿历克斯都没有发现。她睡得比她预计的还晚，疲惫击溃了她，她又得去和她的噩梦见面了。

第二天，她逛了书店，回来的时候，她沉沉地睡了一会儿。

"酒店拥有二十四个房间，四年前重新翻修过。"杰奎琳纳说道，"叫我杰奎琳纳，不，不，我坚持这样。"阿历克斯有一间二楼的房间，她很少遇到什么人，只是听到一些房间传来噪声，显然翻修没涉及隔音问题。这天晚上，当阿历克斯试图偷偷溜出去的时候，杰奎琳纳从她的柜台后面冒了出来。推辞不掉她喝一杯的邀请，完全无能为力。杰奎琳纳比以往任何时候都精神饱满，她神采奕奕，微笑着，逗弄着，来来回回，她吃了两份开胃菜，差不多十点的时候，开了第三瓶威士忌，她完全展现了她的活力："我们要不要去跳舞？"这个提议本应该是要制造一种亲密感和愉悦感的，只不过对于阿历克斯，跳舞……而且，这些场所也让她不安。杰奎琳纳过分热切地发誓："我们只是去跳舞，我向你保证！"是的，好像她自己相信自己说的一样。

阿历克斯之所以会做护士，是因为她母亲的坚持，但从她内心来说，她就是有一个当护士的灵魂。她喜欢与人为善。她这时候之所以妥协了，是因为杰奎琳纳真的为了实现她的提议费了好大力气。她戴上了她衣服上的小别针，她告诉她可以每周去那边跳两次舞，她说："你看着吧，太刺激了。"她一向喜欢这样。好吧，她娇媚地承认了，是的，也是为了找些艳遇。

阿历克斯啜着她的波尔多红酒，她甚至不知道刚刚发生了什么，总之，晚上十点半了，那就走吧？

33

就目前所知，帕斯卡尔·特拉里厄的生活和史蒂芬·马基雅克的生活从来没有过交集，而马基雅克的生活也没有和贾德诺的生活有过交集。卡米尔大声读着这些材料：

"贾德诺，出生于圣菲亚克尔，在皮蒂维耶读了技校，当了学徒。然后，六年之后，他在埃唐普开了自己的工厂，接着又（当时他二十八岁）接手了他当学徒时老板的车库，也在埃唐普。"

警队办公室。

法官为了他所谓的"任务报告"也过来了。他发这个词的时候带着一种强烈的英语口音，有点儿做作又有点儿搞笑。今天，他戴了个天蓝色的领结，刷新了他着装夸张程度的纪录。他的双手像只海星一样平放在身子前面，纹丝不动。他想制造效果。

"这家伙从出生到死亡还没走超过三十公里路，"卡米尔继续说，"已婚，有三个孩子，突然之间，四十七岁的时候，像是大白天见了鬼，他中了邪一样发了疯，然后，就这么死了。和特拉里厄一点儿关系都没有。"

法官什么都没说，勒冈也没说话，大家都保持沉默，对于卡米尔·范霍文，你永远不知道下一秒会发生什么。

"史蒂芬·马基雅克，出生于1949年。波兰裔，出身卑微，工人阶级，法国包容性的例证。"

这些大家都已经知道了，光是跟踪一个人的调查就已经够辛苦的了，卡米尔不耐烦的语气中透露着这种信息。勒冈闭上了眼睛，好像是想通过意念给他传递一种宁静的信息。路易也这样做，想要使他老板平静下来。卡米尔不是容易受刺激的人，但偶尔地，他还是会油然而生一种不耐烦。

"我们的马基雅克在酗酒这一点上很是相似。他像个波兰人一样喝酒，所以他是个好法国人。他是那种想保留法国国籍的人。突然，他进了家咖啡馆。他起先是做一个洗碗工，然后是服务员，接着是副领班，我们目睹了一个靠着喝酒一路高升的神奇案例。在一个像我们这样上进的国家，努力总是会有回报的。马基雅克三十二岁经营了他第一家咖啡馆，在奥尔日河畔埃皮奈。他在那边待了八年，终于，在他职业生涯的顶峰，他贷了点儿款，买了这个兰斯附近的咖啡馆，时不时还会发生一些命案。他从来没有结过婚。这可能也解释了他的一见钟情，当一个路过的女性旅客突然有一天对他感兴趣时。然后同一时刻，他损失了4143.87欧元——商人们总喜欢把账算精准了，还丢了他的命。他的一生都很勤奋，但他的热情却是转瞬即逝的。"

安静。不知道是因为法官的恼火、勒冈的沮丧、路易的耐心，还是阿尔芒的兴高采烈，总之大家都不吭声。

"在您看来，受害者没有什么共同点，我们的凶手随意杀人，"法官终于说话了，"您认为她不是预先谋划的。"

"她预先谋划不谋划，我不知道。我只是认为受害人互相不认识，我们不该从这个角度去调查。"

"那为什么我们的凶手要改变身份呢，如果不是'为了'杀人？"

"这不是'为了'杀人，而是因为她杀了人。"

法官只要提出一个假设，卡米尔就更近了一步。他解释说："确切来说她没有改变她的身份，她只是换了不同名字，这是不一样的。人家问她叫什么名字，她说'娜塔莉'，她说'蕾娅'，反正也没有人会问她看身份证。她让别人叫她不同名字，是因为她杀了那些男人，就我们所知已经有三个了，事实上我们也不知道到底几个。她尽可能地混淆视听。"

"我觉得，她的确做到了。"法官脱口而出。

"我感觉到了……"卡米尔说。

他说这话时漫不经心，因为他的视线看着其他地方。他两眼望向窗外。时节流转，已是九月末。现在才早上九点，但阳光突然就黯淡了下来。骤雨击打着法院的玻璃窗，转眼雨势又大了一倍，用一种可怕的力量敲打着地面。这样的肆虐开始已经两小时了，也不见停的趋势。卡米尔不安地看着这场灾难。就算天上的云不及法国浪漫主义画家籍里柯的《梅杜萨之筏》里的汹涌，空气中还是有一种说不出的威慑力。必须小心，卡米尔想，在我们渺小的人生里，世界末日可能来得并不宏大，它可能正是像这样开始，愚蠢荒谬。

"动机是什么？"法官问，"钱，好像不太可能……"

"我们也同意。她拿走的那笔钱不算多，如果她这么做是为了钱，她应该更好地谋算一下，选择更有钱的人下手。特拉里厄父亲的钱，是六百二十三欧；马基雅克，是当天的营业额；至于贾德诺，她掏空了他的信用卡。"

"顺手牵羊？"

"可能吧。我可能想错方向了。她可能是想通过这荒唐的偷窃混淆警方注意力。"

"所以呢？是什么动机？她疯了？"

"可能吧。不管怎么说，这和性有关。"

关键词。现在大家可以开诚布公地谈论了，大家立刻都感觉到了。法官关于这个问题也有他的想法。卡米尔虽然没有太多这方面的实战经验，但他也念过书，他也可以对这个问题进行理论推理，他倒也不怕。

"她，如果是她的话……"

从一开始，他就酷爱这种效果，这个法官。他应该把它变成所有案件的主旋律，变成一种规矩，无知的推断，依靠具体事实的需求，他欢喜地沉溺在说教中。当他说出像这样一个言下之意时，他想表达的是，一切都还没有被证明，他总会有一秒的停顿，好让大家完全领会这个言下之意的重要性。勒冈也同意。他刚刚就想说："又来了！幸好我们是成人。想象一下这家伙在高三的话，这该多令人抓狂？"

"她把酸倒入受害者的喉咙里，"法官终于继续说道，"如果真的是您所说的性动机，我觉得是不是更应该把酸用在别的地方呢，不是吗？"

这是一种含沙射影、拐弯抹角的表达。只是理论和现实有一定距离。所以，他不会犯错。

"您能不能说得具体些？"卡米尔问。

"呃，好吧……"

法官犹豫了一下，卡米尔逼问："嗯……？"

"呃，好吧，酸，她可以把它倒在……"

"倒在阴茎上？"卡米尔打断他。

"嗯……"

"或者倒在睾丸上？或者都倒？"

"我觉得，的确是这样。"

勒冈抬眼看天花板。当他听到法官重新开口说话，他想："又来了。"然后他已经感觉累了。

"您一直认为，范霍文长官，这个女人曾经被强奸过，是吗？"

"是的，被强奸。我觉得她杀人是因为她曾经被强奸过。她是报复那些男人。"

"如果她把酸倒在那些受害者的喉咙里……"

"我相信是因为有关口交的痛苦回忆。您知道，这是可能的……"

"的确，"法官说，"这甚至比我们想象的更常见。但庆幸的是，不是所有被这件事刺激的女人都变成了连环杀手。至少，不是以这种方式……"

令人吃惊的是，法官居然笑了一下，卡米尔有点儿蒙。这不是个合时宜的笑，很难解读。

"不管怎么样，不论是因为什么原因，"他说，"她就是这么做了。好吧，我知道，如果是她的话……"

如此说着，卡米尔很快指指天：还是老一套。

法官继续微笑，同意着站了起来。

"总之，不管是不是这样，总有些东西通过喉咙卡在了这个姑娘心里。"

大家都震惊了。尤其是卡米尔。

34

    阿历克斯花了好大力气想要推辞，我都没穿戴好，我不能这样出门，我什么都没带。你很完美，她们突然在客厅里打了照面，杰奎琳纳凝视着她，深深地看着她的绿眼睛，艳羡又遗憾地点着头，好像她在看着自己人生的一部分，好像在说，拥有美貌和青春是多么美好啊，然后她说，你很完美，她也真的这么认为，然后阿历克斯就没什么可说的了。她们叫了一辆出租车，还没等她们反应过来，就已经到了。舞池很大。阿历克斯立刻就生出一种悲剧感，就像马戏团或动物园，这种地方让人一下就产生一种难以名状的悲伤，而且，要填满这种地方，必须有八百人，现在这里大概才一百五十号人。一支乐队、一架手风琴、一架电子钢琴，乐手都是五十来岁，乐队领班戴着一个褐色假发，假发随着出汗而滑动，让人好奇最后会不会掉到他背上。围绕着乐队，大概有一百个座位。中间的镶木地板闪亮得像个新的硬币，三十多对伴侣来来回回，他们有的穿着波莱罗舞的短上衣，有的穿得像是参加婚礼，有的假扮西班牙人，还有的打扮得像要去跳美国二十世纪二三十年代的查尔斯顿舞。简直是寂寞人群聚集地。杰奎琳纳不这么看，她如鱼得水，她热爱这里，这很明显。她认识所有人，她介绍阿历克斯："劳拉。"她对阿历克斯眨了一眨眼，又说："我侄女。"都是一些四五十岁的人。在这里，三十几岁的女人都像孤女，三十几岁的男人都神情暧昧。几个让人亢奋的女人，大概和杰奎琳纳差不多年龄，打扮精心，发型精致，妆容精细，倚在她们温柔的丈夫的臂弯里，耐心地抚平无可指摘的裤子的褶皱，这些吵吵闹闹又爱开玩笑的女人，她们是被人们称为"随时准备着"的那种女人。她们和阿历克斯互相拥抱着欢迎她，好像对这次相遇迫不及待期待已久，但很快，大家又忘了她的存在，因为当务之急，是跳舞。

事实上，这一切不过是一个巨大的借口，因为马里奥，杰奎琳纳就是为了他才来的。她本应该告诉阿历克斯的，这会让事情简单很多。马里奥，三十多岁，建筑工人的体格，有点儿左派，但极有男子气概。另一边是米歇尔，他更像个中小型企业的退休领导，领结系到最高，他是那种会用手指尖拉扯衬衫袖口并在袖口的纽扣上绣上自己名字首字母的人。他穿着件水绿色的西装，色泽明亮，黑色条纹的紧身裤紧紧贴着双腿，和别的很多人一样，让人不禁想问这些衣服除了在这里还有哪里能穿。米歇尔对杰奎琳纳着了迷，只有在马里奥面前，他才表现出五十几岁的稳重。杰奎琳纳并不在乎，就算他只有四十岁。阿历克斯观察着这场无形的斡旋。这里，人类行为学的基本知识就可以解释所有这些关系。

舞厅边上有一个酒吧，更确切说是一个茶点室，人们跳舞跳得没劲儿了就聚到这里，在这里人们互相调笑。男人也更有机会接近女人。有时候舞厅角落里人太多，跳舞的情侣们显得更加孤独，就像婚礼蛋糕上的一对小人偶。乐队领班加快了一点儿节奏想快点结束这一曲，然后试着重新开始一曲。

两小时过去了，舞池开始越来越空旷，男人们在舞池中央狂热地搂着女人，因为不久即将曲终人散。

马里奥消失了，米歇尔提议送女士们回去，杰奎琳纳说不用。她们互相拥抱，然后叫了一辆出租车回去了。她们度过了美好的一晚，随心所欲。

在出租车里，阿历克斯试探着提到米歇尔，微醺的杰奎琳纳自信而坦率地回答："我向来喜欢更年轻一点儿的男人。"这么说着，她撇了撇嘴，好像在说她不懂拒绝巧克力。这两个人总会勾搭上的，阿历克斯心想，迟早，杰奎琳纳会得到她的马里奥，但他并不是省油的灯，她总会为之付出昂贵的代价。

"你是不是觉得无聊了，嗯？"

杰奎琳纳拉过阿历克斯的手握在手里，紧紧捏住。奇怪的是，她双手冰冷，这是一双修长却满是皱褶的手，指甲长得像是看不到尽头。这一抚摩中，她倾注了夜晚和她体内的酒精给到她的最大限度的深情。

"不，"阿历克斯坚定地说，"很有意思。"

但她决定一到明天就走。一大清早就出发。她没有订火车票，不管了，她总能找到一趟火车的。

她们到了。杰奎琳纳踩着她的高跟鞋摇摇晃晃地走着。"赶快，很晚了。"她们在门口拥抱道别，没发出什么声音，为了不吵醒别的客人。"明天见？"阿历克斯只是答应了一下，就上楼回了房间，收拾行李，又下楼把行李放在靠近接待处的地方，只留了手提袋，她走到柜台后，推开了小客厅的门。

杰奎琳纳脱了鞋，刚刚喝了一大杯威士忌。现在她一个人，又恢复了往日的模样，感觉像是老了一百岁。

她看到阿历克斯进来，脸上泛起了微笑。"你忘了什么东西……"还不等她说清楚整句话，阿历克斯已经抓起电话听筒，狠狠地往她右边太阳穴上砸了下去，杰奎琳纳惊讶地转过身，昏了过去。她的酒杯飞了出去，到了房间另一端。她又抬起头，阿历克斯又是一击，这次她用了两只手，使出全身力气，拿着整个胶木电话，往她头顶砸去，她都是这样杀死那些男人的，敲脑袋，这是最快的方式，如果没有武器的话。这次，三下，四下，五下，狠狠地，手臂尽可能举到最高，搞定。老女人的脑袋已经被敲出足够多的坑坑洼洼，但她还没死，这就是袭击头部的好处，这会致死，但它还会留给你足够机会享受甜点。又是两下敲在脸上，阿历克斯发现杰奎琳纳戴着假牙。它已经露在嘴巴外面四分之三，全部歪斜着，这是个树脂材质的假牙，前牙大部分都碎了，所剩无几。鼻子开始淌血，阿历克斯小心地退避开。电话线正好用来绑住手腕和脚踝，之后，即便这个女人还在挣扎，也没什么关系。

阿历克斯拖着她的手腕，还抓着一大把头发，避开了鼻子和脸，她这么做理由很明显，在树脂假牙上，浓硫酸泛出的泡沫前所未有地浓密。

浓硫酸腐蚀着她的舌头、她的喉咙、她的脖子，女老板发出一声粗哑而沉闷的吼声，像头野兽一般，她的肚子微微抬起，像一个涨了气的氦气球。这叫声，可能只是一种生理反射，不得而知。阿历克斯还是希望是因为痛苦。

她打开对着院子的窗户，半开了门通通风，当空气变得不再那么难闻，她又关上门，让窗继续开着。她想找瓶百利甜酒，没找到，她就试了一下伏特加，还不错。她靠在了长沙发上，看了一眼老女人的身体。死了，可以说是完全解体了，脸的附近，所剩无几，被酸腐蚀的肉体引发了肉毒素的流溢，一片污秽的血肉模糊。

唉。

阿历克斯疲惫不堪。

她抓了一本杂志，开始玩填字游戏。

35

一切毫无进展。法官、天气、调查，都让人心烦。甚至是勒冈都开始暴躁了。还有这个女孩，还是对她一无所知。卡米尔完成了他的报告，拖延了一阵不走。他从来不太爱回家。要不是嘟嘟湿在等他的话……

他们每天工作十小时，他们每天记录十几份证词，再读十几份报告和违警笔录，校对信息，盘问详情，核实细节、时间、审问目击者。没别的，总是自我思忖。

路易先探出个脑袋，然后走了进来。看到办公桌上散乱的纸页，他示意卡米尔：我可以看吗？卡米尔表示：可以。路易转过这些文件，都是这个女孩的肖像画。身份鉴证组制作出的疑犯肖像画足以真实到让目击者可以认出她，但那只是一张机械的画像，而这里，卡米尔凭着记忆画下的这个女孩却是重新组织过的，有血有肉的。这个女孩没有名字，但在这些速写上，她却有了灵魂。卡米尔可能画了她十次、二十次、三十次，好像他和她已经非常熟悉了，比如这张，坐在桌子边上，可能在餐厅里，双手交叉放在下巴下面，像在听人讲一个奇闻异事，眼神明亮，带着笑意。这张，她在哭泣，她刚刚抬起脸，令人心碎，她像是有什么话难以启齿，嘴唇在颤抖。那张，在街上，她走着，回头时挺着胯，她刚刚看到橱窗里映出自己一张震惊的脸。在卡米尔的笔下，这个女孩生龙活虎得让人难以置信。

路易想说从某种意义上来说他觉得这些画画得很好，但他没有说，因为他想起来卡米尔当时也是这么一直画伊琳娜，在他办公桌上，总会出现新的速写，他打电话时也会画，就像是他的思想在不经意间产出的。

所以路易什么都没说。他们互相聊了几句。路易没有待很久，他还有些事情没办完。卡米尔理解，他起身，穿上大衣，戴上帽子，走了出去。

走廊上，他遇到了阿尔芒。他极少在这个时间出现在办公室，卡米尔很惊讶。阿尔芒两只耳朵上夹了两支烟，一支四种颜色的钢笔从他磨旧了的上衣口袋里露出来。这就说明，这一层有新人来报到了。这种情况，阿尔芒的嗅觉从来不会搞错。任何一个新人都不能在这栋楼里走两步而不撞上这个世界上最热情的老警察，他会带你熟悉迷宫一般的走廊，还有各种人情世故、流言蜚语。这家伙热情如火，还对年轻人了如指掌。卡米尔很佩服他。这就像是杂耍歌舞厅的表演，可怜的观众被请上了台，结果不知不觉被偷了手表和钱包。就在谈话过程中，新人就不知不觉被骗走了香烟、钢笔、本子、巴黎地图、地铁票、饭票、停车卡、零钱、当天报纸或字谜杂志，阿尔芒来者不拒，就在第一天。因为之后，就太迟了。

卡米尔和阿尔芒一起离开了警局。他可以白天和路易握手，但从来不是晚上。和阿尔芒，他们晚上握手却不说话。

说到底，大家都知道，只是没有人说出来，卡米尔的生活中充满条条框框的习惯，他把它们安置到生活的方方面面，并且还会不断增加新的。

事实上，不仅仅是习惯，这更是一些仪式。自我认知的一种方式。对他来说，生活是一场永恒的庆祝，只是大家不知道他在庆祝什么。还是一种语言。即便是戴眼镜，在卡米尔这里，不能只说：我戴上我的眼镜，而要根据情况说：我需要思考，让我静静，我觉得自己年纪大了，或者十年之后就老了。对于卡米尔来说，戴上眼镜就有点儿像路易捋他的头发，是一种标志。卡米尔这样可能是因为他个子太矮小了。他需要一种存在感。

阿尔芒握了握卡米尔的手，跑向了地铁站。卡米尔站在那里，有点儿无所事事。嘟嘟湿再怎么尽力表现得乖巧也无济于事，当他晚上回到家，而只有这些……

卡米尔在哪里读到过，只有当你什么都不再相信，才会有一些迹象发生，而这些迹象会拯救你。

就在这个时刻，这个迹象发生了。

刚才停了片刻的雨此刻又卷土重来了，甚至比先前更猛。卡米尔压住脑袋上的帽子，因为狂风开始打转，他朝出租车站走去，车站一片荒凉。他前面有两个男人，撑着一把黑伞，有点儿恼怒。他们往路面倾着身子，看向远处，像是旅客在焦急地等待晚点的火车。卡米尔看看手表、地铁。转身，走了几步，又转身。他停下来，观察出租车站附近的场地。一辆车缓缓开来，有点儿偏离预留车道，它开得很慢，以至于这更像一种接近，一种谨慎而悄然的邀请，车窗开着……突然之间，卡米尔很确定他找到了。不要问他为什么。可能仅仅是因为他已经走投无路。公交车，因为时间关系已经是不可能了，地铁，太过冒险，到处都有摄像头，过了某个特定的时间点，又在有点儿荒僻的地方，总有人会把你从头到脚打量一遍。出租车也不行。没有比出租车更好的地方，能够近距离地打量人。

所以……

所以，事情就是这样发生的。他不再多想，把帽子往脑袋上压了一下，赶超了前面走着的客人，嘴里嘟哝了一句抱歉，然后把脑袋伸进车窗。

"去瓦尔米河堤多少钱？"他问道。

"十五欧？"司机试探说。

东欧人，但哪个国家，他这口音……他打开后窗。车子发动了。司机重新摇上车窗。他穿了件羊毛坎肩，像是自己家里织的那种，还有拉链。自从他扔了他自己那件后，卡米尔至少十年没见过这种衣服了。几分钟过去了，卡米尔闭上眼睛，舒了口气。

"算了，"他说，"还是载我去奥尔菲伍赫河堤的巴黎警署总部吧。"

司机抬起眼从后视镜里看他。

后视镜完全反射出：卡米尔·范霍文警官身份卡。

当卡米尔带着他的猎物回来时，路易正穿上他的亚历山大·麦昆大衣，准备离开。路易吃了一惊。

"你不赶时间吧？"卡米尔问，但他不等路易回答，就把司机按在了审讯室里，自己坐在一张椅子上，面对着他。

不会太久的。卡米尔是这么对这家伙解释的："好的同伴总是可以互相理解，不是吗？"

"好的同伴"的概念，对于一个五十岁的立陶宛人来说，有点儿复杂。所以卡米尔就选择了更加准确的用词，更加基础的解释，所以也更有效："我们，我想说，警察，我们可以立刻出动。我可以立马发动人马封锁北站、东站、蒙帕纳斯站、圣拉扎尔车站，甚至荣军院，阻拦一切去戴高乐机场的火车。我们不出一小时就可以消灭巴黎三分之二的黑车，剩下的三分之一两个月内也别想接活儿。我们抓住那些人，就把他们带来这里，专挑那些非法移民，身份造假的、证件过期的，根据他们车子的价格索要罚金，但是车子要扣下。是的，我们也没办法，这是法律，你懂的。然后，我们把你们中的一半送上飞机，飞回南斯拉夫的贝尔格拉德，苏联的塔林，立陶宛的维尔纽斯，不用担心，我们会给你们订机票的！至于那些留下的，我们会把他们关上两年牢房的。你觉得怎么样，我的好兄弟？"

他法语不太好，这个立陶宛来的司机，但他听到了重点。他十分担心，看着自己的护照被扣在桌上，卡米尔用手的侧面磨着它，像是要把它切碎一般。

"我会保留这个，如果你想的话。就算纪念我们的相遇。我要给你这个。"

他把手机递给他。范霍文长官的脸突然变了，不再嬉笑。他一下把手机重重拍在铁桌上。

"现在，你给我在你们组织里好好搜查。我要找一个女孩儿，大概三十岁，长得不错但狼狈不堪。脏。你们黑车司机中的一个人载过她，十一日星期二，在教堂和庞坦门之间。我想知道他把她载去了哪里。我给你二十四小时。"

36

阿历克斯很清楚，笼子里的折磨深深影响了她，她一直活在那场灾难的阴影中。害怕以那种方式死去，那些老鼠……光是想想，她就浑身寒战，突然，她却找不到那些痕迹了。重新恢复平衡，坐直。她的身体依然极度虚弱，夜里肌肉突然的抽搐把她惊醒了，就像痛苦的印记，拒绝消退。在火车上，在深夜里，她哭了起来。有人说，为了让我们能活下去，我们的大脑会驱赶不愉快的记忆，只留下好的回忆。这或许是可能的，但需要时间，因为阿历克斯，她只要一长时间闭上眼睛，那些五脏六腑里的恐惧就回来了，那些该死的老鼠……

她走出火车站，已经接近中午了。在火车上，她后来睡着了，梦到自己在巴黎人行道上，现在就像从一个混乱的梦里走出来一样，相当昏沉。

她拖着拉杆箱走在一片灰蒙蒙的天空下。蒙什街，一家宾馆，庭院上方一间空房，远远飘来冷冷的烟草味道。她立马脱下衣服，洗了个澡，水开始很烫，然后温和下来，最后变得有些凉，她穿上白色毛巾质地的浴袍，它们总是把原本就黯淡无光的宾馆变成穷人的收容所。头发湿漉漉的，浑身关节僵硬，饥肠辘辘，她就这么站在镜子前面。在她身上，她唯一真正喜欢的，是她的胸部。她边擦干头发，边看着自己的胸部。它们发育得很晚，她已经不再期待了，但突然它们就长大了，大概是十三岁，甚至更晚，十四岁。之前，"平得像块板"，她总是在小学里、中学里听到人家这么说她。好多年来，她的女伴们已经穿上了低胸上衣或紧身上衣，有的已经有了坚挺的乳头凸起。她呢，什么都没有。他们也叫她"擀面板"，她甚至从来都不知道什么是擀面板，也没人知道，只知道这是在向所有人宣布她是平胸。

剩下的来得更晚，到她上中学。十五岁，突然之间，一切都启动了，无懈可击地，胸部、微笑、臀部、眼睛，整个身形，甚至步态。之前，阿历克斯真的是不好看，委婉地说，她长得不怎么讨喜。她的身体像是决定了不愿意存在于世，有点儿中性，不会激发任何欲望，没有优雅，没有性格，让人勉强看到这是一个小姑娘，别的什么都没有。她的母亲甚至会说"我可怜的姑娘"，她流露出一种遗憾。但事实上，在阿历克斯不讨喜的身体上，她更确定了她对阿历克斯的看法。既没有完成，也不会完成。阿历克斯第一次化妆时，她母亲笑出了声，一言不发，完全没说话，就这样，阿历克斯跑去了浴室，拼命擦拭自己的脸，看着镜子里的自己，感到屈辱。当她再次下楼，她的母亲还是没有说一个字，只是带着一个隐秘的微笑，非常小心翼翼，这代表了所有的评价。于是，当阿历克斯开始真正有所变化时，她的母亲摆出了一副没什么可说的样子。

如今，这一切都是她遥远的回忆。

她穿上一条三角裤、一个文胸，然后在行李里面一阵翻找，想不起来她把它塞哪里了。没有丢掉，不，肯定没有，她肯定可以找到它，她把行李统统倒了出来，铺到床上，摸了所有侧袋，试图回忆起来，她在人行道上又看到他，好，她那晚穿了什么？突然她想起来了，她把手伸到衣服堆里摸到一个口袋。

"啊哈！"

这是个毋庸置疑的胜利。

"作为女人你是自由的。"

名片已经被弄得皱巴巴的，还折了角，他给她的时候已经这个样子了，当中有一条明显的折痕。该打电话了，她对自己说。眼睛紧紧盯着卡片："喂，你好，菲利克斯·马尼埃尔？"

"是的，哪位？"

"你好，是……"

断片。她告诉他她叫什么来着？

"是茱莉娅吗？哈喽，是茱莉娅吗？"

他几乎是在大叫。阿历克斯吸了口气，微笑。

"是的，是茱莉娅。"

他的声音听起来有点儿遥远。

"你是在开车吗？"她问，"我有没有打扰你？"

"不，是的，总之，不要紧……"

他很开心她打来，有点儿手足无措。

"所以，到底是还是不是？"阿历克斯笑着问。

他缴械投降，但他很会说话。

"只要是你，答案永远是肯定的。"

她沉默了几秒，回味着他的话，思忖着他这样对她说，到底想表达什么。

"你人真好。"

"你在哪里？家里吗？"

阿历克斯坐在床上，晃动着双腿。

"是啊，你呢？"

"在工作……"

这种小小的沉默，在他们之间，是一种迟疑，彼此都等对方先表态。阿历克斯对自己非常自信，从来没有失手过。

"我很开心你打电话来，茱莉娅。"终于菲利克斯说，"很荣幸。"

阿历克斯听着他的声音似乎更真切地回忆起他的长相了，被生活打压得有点儿颓丧的身形，已经有点儿开始发福，腿稍微有点儿短，还有这脸……想到他的脸她有点儿触动，这张在她身上引起反应的脸，眼睛蒙眬中透着悲伤，有点儿出离。

"你在做什么工作呢？"

这么说着，阿历克斯平躺到床上，面对着打开的窗子。

"我在做这个星期的账，因为我明天要出差，如果今天不监控一下，一个星期后，你可想而知……"

他突然停了下来。阿历克斯依旧在微笑。很可笑，她只要动动睫毛或者突然闭嘴，他就会停下，或者开始。如果她在他面前，只需要对他以某种方式微笑，轻轻歪着脑袋看着他，他就会突然停下说到一半的话，或者随时调转话头。她刚刚就这么做了。她不再说话，他也突然就停下了。他感觉这不是个合适的回答。

"好吧，总之不重要了。"他说，"那你呢，你做什么？"

第一次，走出餐厅的时候，她让他觉得她很会挑逗男人。她知道方法。表现一点儿忧伤，轻轻擦到肩膀，脑袋稍稍倾斜地看着对方，眼睛瞪得大大的，可以说是带着天真，嘴唇像是要融化在他的眼睛里……那晚，在人行道上，她重新见到菲利克斯，他满脑子只想把她占有。他强烈的欲望从每一个毛孔里散发出来。所以，这一点儿都不难。

"我正平躺在我的床上呢。"阿历克斯说。

她没有做得太夸张，没有低沉温柔的嗓音，没有华而不实的故弄玄虚，只有最基本的语言，却足以创造一种好奇，一种羞赧。语气，是纯粹的叙事，至于内容，是一个漩涡。静默。她感觉听到了菲利克斯的脑袋里神经爆发了一场雪崩，说不出话。所以他愚蠢地笑着，阿历克斯没有反应，保持沉默，紧紧绷着，终于他收起了他的笑声："在你的床上……"

菲利克斯自言自语着。同时他像是变成了自己的手机，他像是化成了一股股热浪，穿过这座城市，朝她涌去。他是她呼吸的空气，他慢慢使她的腹部隆起，他是裹在她腰间的白色三角裤，如此娇小，他猜，他就是这三角裤的布料。他是房间的空气，是围绕她浸淫她的微尘，他什么都说不出来，他无能为力。阿历克斯温柔地笑着。他听见了。

"你笑什么？"

"因为你让我发笑，菲利克斯。"

她是不是只叫了他的名字？

"啊……"

他不大知道该怎么接话。

"你今晚做什么？"阿历克斯接上话头。

他吞咽了两次口水。

"没什么……"

"你请我吃饭吗？"

"今晚？"

"好吧，"阿历克斯用一种果决的语气说，"我问得不是时候，我很抱歉……"

她的微笑在他一连串的道歉、辩白、承诺、解释理由和动机中扩大了，她看了一眼手表，晚上七点半，她打断他："八点？"

"好，八点！"

"哪里呢？"

阿历克斯闭上眼睛。她在床上交叉着双腿，实在是太容易了。

菲利克斯需要超过一分钟来提议一家餐厅。她俯身到床头柜，记录了地址。

"这家餐厅非常好。"他又一次说，"总之，很不错……你到时候看看吧。如果你不喜欢，我们就换一家。"

"如果这家很好，为什么要去别家呢？"

"这是……口味的问题……"

"的确，菲利克斯，我正想知道你的口味。"

阿历克斯挂了电话，像小猫一样伸了伸懒腰。

37

    法官召集动员会还要召集新成员加入。整个队伍都出席了，勒冈带头，还有卡米尔、路易、阿尔芒。调查痛苦地毫无进展。

    总之，停滞不前……也不完全这样。毕竟还有新人。真正的有实力的新人，为了能够真正使大家得益，法官要求勒冈广撒网，精挑细选。他正踏着严肃的步子走进警局办公室，勒冈已经试图用目光使卡米尔冷静。卡米尔已经感觉到一股气从肚子里慢慢升腾出来。他的十指在背后互相摩擦，好像已经准备好做一次高难度的大手术。他看着法官进来。腔调和调查刚开始时一模一样，可能对他来说，智慧的象征在于，说最后一句话。今天，他也不想放弃他这个特权。

    法官穿得极为干净。深灰色西装、深灰色领结，高效的优雅，像是公正的体现。看到这身西服，契诃夫式，卡米尔猜他要去演戏剧，简直一无是处。法官的角色已成定局，剧本可以叫《年鉴新编》，因为整个团队已经知道接下来会发生什么。它可以总结成：

"你们都是些蠢货。"因为卡米尔提的理论刚刚受到他神圣的当头一棒。

两小时之前，消息传来。图卢兹的一位名叫杰奎琳纳·扎奈迪的酒店女老板被杀。头部被重重地袭击，尽管她不屈不挠，但还是被捆了起来，最后被灌了浓硫酸。

卡米尔立刻打了电话给德拉维尼。他们刚入行时就认识了，二十年前。他现在是图卢兹刑事科警长。四小时内，他们打了七八通电话，德拉维尼是个正直的人，有服务精神，有团队精神，真正为他兄弟范霍文的事情操心。整个早晨，卡米尔在自己的办公室里，旁听了第一轮调查和审讯，好像他就在那里一般。

"毫无疑问，"法官终于说，"就是同一个凶手了。每起凶杀手法都几乎一模一样。报告显示，是在周六凌晨发现扎奈迪夫人的尸体的。"

"她的宾馆在我们这里很有名，"德拉维尼说，"是一个非常安静的地方。"

啊，是的，就是这样，德拉维尼，他总是喜欢用些英文来点缀他的句子。这是他的风格。这让卡米尔不胜其烦。

"那个女孩是星期二早晨到达图卢兹的，我们也在火车站附近的一家酒店里找到她下榻的痕迹，她用的名字是阿斯特丽德·贝尔玛。她第二天就换了宾馆。星期三，她到了扎奈迪那家，布雷阿尔蒂宾馆，并用劳拉·布劳什的名字下榻。周四夜里，她用电话砸了扎奈迪夫人好几下，直接打脸。之后，还让她吞了硫酸，然后洗劫了酒店保险箱，带着差不多两千欧就逃之夭夭了。"

"身份转换真是快啊，不管怎么说……"

"不，关于这一点，没什么好说。"

"不知道她是开车，还是搭火车，或是坐飞机。我们要去调查火车站、汽车站、租车公司、出租车，但这需要时间。"

"我们到处找到她的指纹，"法官强调，"在她房间里，在扎奈迪夫人房间里，显然，她不介意我们找到它们。她很淡定，她知道，没有理由觉得窘迫。这简直是一种挑衅。"

虽然房间里有一个指手画脚的法官和一个警察局局长，但那些警察还是听从卡米尔的规则：全体集会，全体站立。背靠着门，卡米尔不说话。他等待接下来的事情。

"接下来？"德拉维尼问，"好吧，周四晚上，她陪扎奈迪去了中央舞会，这相当别致……"

"哪方面来说？"

"老年人的舞会，落单人的舞会。那些单身的、业余的爱跳舞的人的聚会。男人穿着白色西装，戴着领结，女人穿着荷叶边的裙子……我觉得这挺好玩的，但你，我想你可能会鄙视它。"

"我知道了。"

“不，我不觉得你真的知道了……”

“在这一点上？”

“你甚至都不能想象。我们应该把中央舞会放入日本旅客的旅行线路里，作为行程的高潮。”

“阿尔伯特！”

“什么？”

“你用你的英语就能让我高潮，我快受不了了。”

“好吧，小伙。”

“这样好多了……所以这次谋杀和舞会有关吗？”

“理论上来说，没有。没有目击者说到这个。舞会‘充满活力、很热情’，有人甚至说‘棒极了’。总之无聊的夜晚，但不论如何遇到问题，没有发生争执，除了一些不可避免的情侣之间的勾搭，那个女孩也没有参加。她看起来相当低调。可以说她去那里就是为了让扎奈迪开心。”

“她们认识？”

“扎奈迪说她是她侄女。没到一小时我们就查到她根本没有兄弟姐妹。她家里如果有侄女，那妓院就有圣餐了。”

“至于圣餐，好像你了如指掌一样……”

“啊不，先生！在图卢兹，圣餐方面，我们的皮条客真是不屈不挠的！”

“但是，”法官说，“我知道你已经从你图卢兹的同事那里掌握了所有信息。不，重点不在那里。"

快点儿，说吧，卡米尔想。

"重点是，今天以前，她杀的都是男人，比她年纪大，而这个五十多岁的女人的死，让您的假设被推翻了。这里我是指范霍文长官的性谋杀理论。"

"这也是您的假设，法官先生。"

是勒冈。他也有点儿受不了了。

"当然！"法官说。

他微笑，似乎很满意。

"我们都犯了同一个错误。"

"这不是一个错误。"卡米尔说。

大家都看着他。

"总之，"德拉维尼说，"她们一起去了舞会，我们不缺目击者，受害人的朋友和亲属。他们说这姑娘看上去很和善，总是笑呵呵的，都认出了就是你给我的嫌疑犯肖像画上的女孩。漂亮，苗条，绿色眼睛，红褐色头发。两个女人说她肯定戴了假发。"

"我觉得她们说得对。"

"从中央舞会回来之后，他们回到宾馆，大概凌晨三点。谋杀应该就发生在那之后，因为——很可疑，嗯，必须等验尸报告来确定——法医认为死亡时间大约是三点半。

"争吵？"

"可能，但这必须得是个多大的纷争啊，才能用硫酸把人了结了。"

"没有人听见什么吗？"

"没有人……话说回来，你还想怎样，这个时间点，大家都在睡觉。然后，她用电话对她喉咙砸了几下，也没发出什么太大的声音。"

"她一个人生活吗，这个扎奈迪？"

"就我们所知，这取决于时间。她生前最后那段时间，是的，她一个人生活。"

"假设不重要，长官。只要你乐意，你可以坚持你的理论，只是这不能帮我们有任何进展，也很不幸地不能改变任何结果。我们的凶手相当地不可预计，她移动迅速，并且不加选择地任意屠杀男人或者女人，并且她行动绝对自由，她甚至一点儿都不担心，因为她一点儿都不在乎。我的问题很简单，局长先生，您打算怎么抓住她？"

38

"好吧，既然你说是半小时……你会把我送回来吧？"

他什么都会答应，菲利克斯。但是他感觉好像和阿历克斯之间进展得并不顺利，她似乎不觉得和他聊天有意思。第一次，走出餐厅时，他感觉自己没达标，刚才在电话里，他感觉自己也处于下风。就在他快放弃的时候，她给他打了电话，这让他高兴坏了，他简直不敢相信。然后现在，这个夜晚。首先是这家餐厅，他到底在想什么？被逮个猝不及防，你还能怎么说呢……这个女孩给你打电话，她就躺在她的床上，她跟你说，今晚，好的，今晚，哪里？然后显然地，你就迷失了，你想到什么就说什么了，然后……

一开始，她很乐意挑逗他。首先，她选的这条裙子。她当然知道这会产生什么效果。她没失算，当他看到她，可以说他的下巴就快掉到地上了。接着，阿历克斯说："晚上好，菲利克斯……"说着就把手放到了他肩上，然后她的嘴唇在他脸颊上轻轻滑过，非常快，像是非常随意。菲利克斯整个融化了，这让他心烦意乱，这样一个吻，因为这可以是在说："好的，今晚。"也可以是在说："我们是好伙伴。"好像他们是同事一样。阿历克斯最擅长这样的事情。

她听着他说工作的事情，扫描仪、打印机，公司，晋升的机会，远不及他的同事们，还有月末的数据，阿历克斯发出一个崇拜的"噢"，菲利克斯找到了自信，他感觉自己渐入佳境。

这个男人让阿历克斯感到有趣的，当然是他的脸，他的脸在她身上能激起强烈的、令人迷失的感觉，但更重要的，是看到他强烈的欲望。她是为这个才来这里的。他浑身上下每个毛孔都在咆哮着：他想要她。只要一点点火苗，他的男子气概就会随时爆发。当她对着他微笑时，他神经紧绷，感觉他随时要掀桌子。他第一次见到她时就已经这样了。早泄？阿历克斯心里嘀咕。

所以接下来，他们到了车上，阿历克斯把裙子往上提了一提，有点儿过了，他们才开了十分钟，他已经不能自控地把手放在了她的大腿上、大腿根部。阿历克斯什么都没有说，她闭上眼睛，内心偷笑。当她再次睁开眼，她看到他，觉得可笑，他看上去像是要立马在车上就操她，就在这城郊大道上。啊，就是这里，这个城郊大道，他们刚刚路过维叶特门，就在这里，特拉里厄被一辆半挂车碾碎了，阿历克斯感觉置身云端，菲利克斯把手又往上挪了一挪，阿历克斯阻止了他。她动作冷静又热情，与其说是一个禁令，不如说是一种承诺。她想方设法扣住了他的手腕……如果他继续这么下去，他不可能完整地到达目的地，他会半路就被欲望炸飞。他们没有说话，车里的氛围是显而易见的，炙热得就像是悬在导火线上面闪闪发光的烟火。菲利克斯开得很快，阿历克斯并不担心。高速公路之后，是一大片居民区，一条破败暗淡的楼梯通往居民楼。他匆匆忙忙停了车，转向她，但她已经下了车，裙裾平平地划过他的手。他朝建筑物走去，裤子门襟处鼓鼓的，她假装没有看到。她抬起眼，台阶至少有二十级。

"十二级。"他说。

台阶旧旧地塌陷着，墙壁很脏，四处覆盖着淫秽的字眼儿。信箱都被捅破了。他觉得很羞愧，满脑子想着，他本应该带她去宾馆的。但"宾馆"这个词，在走出餐厅的时候就说，立马就会显得太过直白，就像在说："我想操你。"他不敢。而突然，他就觉得羞愧了。她对他微笑，表示她并不介意，的确，她真的不介意。为了让他安心，她又一次把手搭在他肩膀上，而他在找他的钥匙，她给了他一个吻，短促而温热，在他脸颊下端，靠近脖子的地方，这一下让他浑身战栗。他停了一下，又重新转动钥匙，推开门，开了灯，他说："进来吧，我马上过来。"

单身汉的房间。离婚的人的房间。他冲进房间。阿历克斯脱下她的外衣，放在沙发上，又回过头来，看着他。床没有铺，其实什么都没有整理，他三下五除二地清理着。当他看到她还站在门口，他尴尬地笑了一下，说了声抱歉，加快了速度，他急着快点清理完毕，阿历克斯看着他竭尽全力。一个毫无亮点的房间，一个没有女人的男人的房间。一台旧电脑、一堆散乱的衣服、一个老旧的公文包、一个陈旧的足球奖杯放在书架上，一个画框里装着一张工业复制品的水彩画，就像宾馆房间里会放的那种，还有满溢的烟灰缸，他跪在床上，俯身向前，拍打着床单。阿历克斯靠近他，就在他身后，她用双手把足球奖杯高高举过他头顶，一下往他后脑勺砸去，第一下，大理石底座就至少进去了三厘米。沉闷的一声响，像是空气在震颤。这一击的力度使阿历克斯失去了平衡，她往旁边靠了一下，又来到床边，找到一个更好的角度，重新举起手臂超过他头顶，瞄准好，使出全身力气，用奖杯再一次狠狠砸下去。底座的边缘砸碎了枕骨，菲利克斯四肢伸直趴在他的肚子上，急剧地抽搐……他死定了。可以省点力气了。

可能甚至他已经死了，是植物神经系统还在让他继续抽搐。

她靠近，好奇地俯下身子，抬起他的肩膀查看，啊不，他看上去只是失去了意识。他哼哼唧唧，还在呼吸。甚至他的眼皮还在跳动，这是生理反射。

他的头骨已经完全碎裂，所以临床上来讲，他已经半死。可以说，快死了。

所以还没死透。

还有别的地方。

不管怎样，就他脑袋上那几下看来，离死得透透的也不远了。

她把他翻转过来，他很重，完全没有抵抗。他戴着领结，束着皮带，足以把他的手腕脚腕捆绑起来，几分钟的事情。

阿历克斯走向厨房，她抓起放在走廊上的包，回到房间，她拿出了她的小瓶子，跨坐到他的胸口，用烛台强行打开他的下巴时打碎了他几颗牙齿，她把一把叉子折成两截，塞进他嘴里，用来撑开他的嘴，她后退了一点儿，把瓶颈塞进他喉咙深处，一声不吭地往他喉咙里倒了半升的浓硫酸。

这个菲利克斯，当然，被弄醒了。

但没醒太久。

她可以肯定，这些居民楼是那种非常嘈杂的。的确，夜里是很安静，整个城市环绕着它，很美，像这样，十二楼的风景。她试图寻找一些地标，但在这样的夜色里，她找不到。她也没看到附近有任何高架，他们当时应该走的是高速公路，如果是的话，那么巴黎应该在另一边。阿历克斯的方向感……

这间公寓，卫生一团糟，但是菲利克斯很小心他的手提电脑，电脑被装在一个漂亮整洁的皮包里，里面还有些放文件、放钢笔、放电源线的小袋子。阿历克斯打开屏幕，开机，上网，好奇地看了一眼历史记录：黄色网站，在线游戏。她回头看看房间："这个菲利克斯，真是个大淫虫……"然后，她输入了她的名字。什么都没有，警方还是不知道她的身份。她微笑。她准备关电脑，关机之前，她又重新输入：警方——民意调查——谋杀案，略过前面几个结果，然后终于找到了。他们正在寻找一个女人，涉嫌几起凶杀案，寻找目击者，阿历克斯被标志为"危险"。从身边房间里菲利克斯的状态看来，这个评价不算过分。还有，说实话，她的嫌疑人肖像也可以说相当成功。他们应该是靠着特拉里厄拍的照片才画出来的。毫无疑问，他们肯定拿到了照片。一种空洞的眼神，一张将死之人的脸。换一个发型，换一个瞳孔颜色，就会完全换一个人。这就是她要做的。阿历克斯"啪"地合上电脑。

离开之前，她又看了一眼这个房间。足球奖杯散乱在床上。那块地方血迹斑斑，还有不少团起来的头发。这像是一个足球运动员在一个大家猜测会进球的射门时刻的精彩抓拍。但这个进了球的运动员，在他的床上，看起来并没有太多胜利的喜悦。酸腐蚀了他整个喉咙，只看得见一堆肉，白的红的模糊一片。感觉稍微用点儿力，就能把脑袋拽下来。他眼睛一直睁着，瞪得大大的，但感觉有一层阴影笼罩了它们，一块晦暗的面纱黯淡了他的目光，像是长毛熊玩偶的玻璃眼珠，阿历克斯就有一个这样的玩偶。

阿历克斯都没有把他翻身，在他身下一阵摸索，在他的衣服口袋里找那串钥匙。终于她下了楼梯，来到停车场。

她打开车门，然后上了车。

五秒之后，她发动了车子。她把窗子开到最大，冷却的烟草的味道让人作呕。阿历克斯想起菲利克斯刚刚戒烟，这是个好事。

快到巴黎门前，她转了个弯，把车临时停在运河边，铸造总局仓库对面。巨大的建筑沉浸在夜色里，像一个史前动物。阿历克斯只是稍稍想了一想在里面经历的日子，便感觉背脊一阵发凉。她打开车门，走了几步，把菲利克斯的电脑往运河里一扔，便又上了车。

在这个时间点，不出二十分钟，就可以开到音乐城的停车场。

她把车停在地下二层，把钥匙扔到一个下水道，然后去坐地铁。

39

三十六小时，找到了这辆在庞坦载过阿历克斯的黑车。

超过了十二小时，但总算有了结果。

后面，三辆民用警车，开往法勒基耶尔街。离她被绑的地方终于不是那么远了。这让卡米尔有点儿焦虑。被绑的那天晚上，他们花了好多时间在附近询问居民，却完全没有任何消息。

"那晚，我们错过什么了吗？"他问路易。

"没有吧。"

但还是……

这次，他们在一个斯洛伐克人开的出租车里。这是一个高个子男人，脸像刀片一样瘦削，眼神炙热。大概三十岁，有点儿早秃，头发都集中在后脑勺，像那些僧侣。在嫌疑犯素描上，他认出了这个女孩。除了眼睛，他说。自然，画像上，女孩眼睛是绿色的，而之前他说是蓝色的，女孩一定是用了彩色隐形眼镜。但就是她。

出租车开得极为谨慎。路易已经准备亲自动手了，卡米尔抢在他前面。他腰板一直，冲到了前座，他的双脚终于落了地，在这辆四轮驱动的车上，他坐在座位上差不多可以双脚够到地面。随即，他一只手搭在司机肩上："你可以的，伙计，没有人会因为你超速而把你拦下的。"

这个斯洛伐克人，本就是个急性子。他猛一加速，卡米尔往椅背上狠狠一靠，四脚朝天，有点儿狼狈。司机立马意识到了，他放慢了速度，连声道歉。为了让警长忘了这个意外，他什么都搬出来了，他的薪水、他的车子，甚至他的女人。卡米尔脸涨得通红，路易把手搭在他胳膊上，转过头，想说："我们真的有时间为这种蠢事较真吗？"但他的表情不像在说这个，他更像在说："我们没有时间生气，哪怕是一时之气，你不觉得吗？"

法勒基耶尔路，拉布鲁斯特街。

在路上，司机说了那天的事情。报价表显示车费，二十五欧。当他在靠近庞坦教堂那个偏僻的出租车站把她放下的时候，那个女孩没有讲价，她打开车门，然后整个人瘫倒在人行道上。她筋疲力尽，身上发出难闻的味道，浑身是汗，又脏又臭，你们自己想吧。他们一路上没怎么说话，她时不时摇头，像是在抵抗睡意，这个斯洛伐克人不知道她这样到底有什么用意。她嗑药了？到达这个区的时候，他转头看她，但女孩没有看他，她透过挡风玻璃看着外面的街道，然后她突然转身，好像在找什么东西，或者突然神志不清，她说："我们稍微等一下……请您停一下车。"

她指了指右边一个地方。他们并没有马上达成一致。司机一副趾高气扬的样子。就通过他说这事的样子，他们已经感觉到当时那种氛围了，那个女孩坐在后排，一言不发，这个司机情绪有点儿激动，他也是个满脑子鬼点子的人，不是那么容易被人耍弄的，更何况被这么个姑娘。但她看都不看他，只是说："别惹我，我们等一下，或者我走。"

　　她说不付钱也没用。她本可以说："我们等一下或者我叫警察。"但她没有，两人都知道底线在哪里，两人都有特殊情况。他们势均力敌，于是出租车又开动了，她给他指了地方，他停下车。

　　"我等个人，不会太久。"她加了一句。

　　司机不喜欢这样，漫无目的地等待，和这个浑身发臭的女孩一起。连等什么都不知道。她希望他临街停车，这样她可以盯着一个地方。他指了指前面，他们不知道看什么，只知道是前面，就这样。有什么人会来，什么约会，他一秒钟都不信。她看起来并不危险。倒像是有点儿焦虑。卡米尔听着司机叙述这次等待。他猜想，那时司机等在那里没事可做，估计已经在心里猜想这个女孩身上发生的故事了，比如，因为嫉妒、失恋，她要监视一个男人，或者一个女人、一个情敌，要不就是一个有关她家的故事，这其实也很常见。看一眼后视镜。这个女孩并不难看，如果她收拾干净的话。累成这个样子，让人不禁浮想联翩她是从哪里出来的。

　　他们等了很久。她始终保持警惕。但是什么都没发生。卡米尔知道她之所以等着，是想知道特拉里厄有没有发现她逃跑，会不会在她家附近等她。

过了一会儿，她拿出三张十欧的纸币，没有任何解释地下了车。司机看见她朝这个方向走了，但他没看她去哪里，他不想待在这个地方，深更半夜的，于是他就跑了。卡米尔下了车。绑架那晚，他们就在那里搜查。到底发生了什么？

他们下了车。卡米尔指指前面的居民楼。

"她就住在这里进去的某栋楼里。路易，你替我去再找两队人来，快。其他人……"

卡米尔分配了任务。所有人，刻不容缓。卡米尔靠在出租车门上，陷入沉思。

"我可以走了吗？"司机压低嗓音问道，像是怕被听到一样。

"嗯？不，你，我陪着你。"

卡米尔看着他，拉长了脸，像是一天没吃东西。他笑笑。

"你发达了。你现在是一个警长的私人司机了。你是在一个等级制度森严的社会，你不知道吗？"

40

"非常友善!"这个阿拉伯杂货店老板说。

阿尔芒负责这个阿拉伯杂货店老板。他总是乐意和商人们打交道的,尤其是那些杂货商,这可不是每天都有的运气。他做调查的时候会露出一些流浪汉的怪相,有点儿吓人。他穿梭在柜台之间,嘴上说着一些令人担忧的影射,脸上又露出一副云淡风轻的样子,让人心里发怵。他就这样把商店洗劫了一番,他这边抓一包口香糖,那边抓一罐可乐,不一会儿,他又对着空气提一些问题,老板就这样看着他往口袋里塞满棒棒糖、饼干和巧克力条,阿尔芒就是喜欢吃甜的。关于这个女孩,他倒没问出什么东西来,但他依然坚持不懈。她叫什么名字?现金支付,没有卡或支票吗?她常来吗?穿了什么衣服?那天晚上,她到底买了什么?终于,当他把口袋装满之后,他就说了声"谢谢您的配合",跑去把他的战利品放到汽车后备厢里,他的后备厢里总有些用过的塑料袋,专门用来应付这样的情况。

至于葛诺德夫人，是卡米尔找到了她。她六十多岁，身体笨重，戴着一根发带。肌肤丰盈，像是个肉店老板娘。她有一双飘忽不定的眼睛，总显得忧心忡忡。实在是太忧心忡忡，她像个被带去开房的学生一般扭捏着身子，让警官们很恼火。也让人觉得似乎警察们都得听她使唤，像是在炫耀一种房东的优越感。所以，不，这不只是一个邻居，怎么说呢，她既认识她又不认识她，他们没法理解这些自相矛盾的回答，这让人抓狂。

　　卡米尔五分钟内就能把这个葛诺德老妈子一眼看穿。加布里埃尔·葛诺德，她浑身散发出谎言、狡诈和虚伪的臭气。一种恶意。她和她的丈夫都是面点师。2002年1月1日，上帝降临世间，他把自己变形成欧元的样子。上帝不是那种吝啬奇迹的人。他把面包价格翻倍，随即而来的就是商人利润的翻倍。七倍，一夜之间。对上帝来说，没有什么难事。

　　变成寡妇之后，老葛诺德就把她拥有的一切都非法租了出去，她信誓旦旦地说这是为了服务大众。"只有我一个人……"警察来调查涉案街道那天她不在，"我当时在瑞维西我女儿家"。尽管如此，当她回来时，她得知他们正在寻找的姑娘看起来十分像她以前的邻居，她也没有给警察打电话。"我不知道真的是她，如果我猜不到，你们能理解吧。"

　　"我会把你送去坐牢的。"卡米尔说。

　　她脸色发白，说明威胁起了作用。为了让她放心，卡米尔加了一句："在牢里，凭着你的存款，你可以吃到食堂的加餐。"

这个女孩，在这里，叫艾玛。为什么不呢？在娜塔莉、蕾娅、劳拉之后，卡米尔已经准备好了。葛诺德夫人本该要坐下来看嫌疑犯肖像。但她不是坐下来的，而是倒下来的。"对，是她，就是她，啊！"她情绪激动，双臂抱胸，卡米尔怀疑她是不是会和她丈夫在地狱团聚。艾玛在这里待了三个月，从来不接待客人，也经常不在家。就上个星期，她突然说要走，调职到外省，还说在南部度假的时候有点儿落枕，狠狠摔了一跤，她付了两个月的房租，解释说家里有事情，实在抱歉这么匆忙地离开。她把知道的都说了，这个面包师，她想方设法讨这位范霍文警长欢心。甚至她都想给他钱了。看着这位警官一脸严峻，她隐约觉得这不合适。卡米尔重新组织了故事，尽管信息有点儿混乱。她指了指碗橱的抽屉，一张蓝色的纸，她留下的地址。卡米尔并不急着冲去看，他在这一点上没有幻想，但他还是边滑开手机，边打开了抽屉。

"这是她的字迹？"

"不，这是我的。"

"我也想说……"

他输入了地址，然后等待着页面跳转。在他面前，碗橱顶上，装着框，是一幅布面油画，上面画着一只鹿，在一片苹果绿的森林里。

"您的鹿看上去真的有点儿呆。"

"这是我女儿画的。"葛诺德夫人说。

"你们真是一派胡言。"

葛诺德夫人拼命搜刮着她的回忆。艾玛在银行工作，至于哪家，她就不知道了，好吧，总之在一家外国银行。卡米尔虽然询问着，但他已经知道了所有的答案，葛诺德夫人提出了过高的租金，于是就什么问题都不多问，这是非法租赁时不成文的条约。

地址是假的，卡米尔挂了电话。

路易带着两名身份鉴证组的技术员赶来了。房东已经疲惫不堪，他们就兀自上了楼。她还没找到人租那间房。他们已经知道在艾玛的房间里会找到什么：蕾娅的指纹、劳拉的基因和娜塔莉的痕迹。

卡米尔说："我忘了告诉你们这次谋杀案的复杂性。这是一系列的连环谋杀……"

加布里埃尔·葛诺德尽管坐着，但还是寻找着支点，于是她紧紧抓着桌子的边缘。她冒着汗，灵魂几乎要出窍。

"啊！"她突然大叫，"这个搬家公司，我知道！"

卡米尔立马跑了过来。

"一些纸箱，一些拆卸了的家具，你们知道，她也没有太多东西。"她一脸不屑地说道。卡米尔知道，对于葛诺德来说，那些没有拥有很多东西的人也就一文不值，或者不算什么东西。他们立马和搬家公司取得联系，电话里，搬家公司的秘书显得并不很热情，可以说真的非常不热情，她不能提供任何信息，她都不知道自己在跟谁说话。

"好吧，"卡米尔说，"我会自己来搜集信息！但我话说在前头，如果我过来，我会让你们的店停业一年，并且彻查你们的财务账款，而您，就您个人来说，我会以妨碍司法罪名让您去牢里蹲着，如果您有孩子，他们会直接被送去社会和健康行为指挥机构！"

这听上去虽然有些荒谬，但起作用了，秘书变得有点儿慌张，立马给了卡米尔这个女孩存放她所有家当的储藏室的地址，还有她的名字：艾玛·斯泽克里。

卡米尔吃力地拼读了一遍。

"S，Z，开头是这样吗？请您绝对不要让任何人接近这个房间，您听清楚了吗？任何人！我说得够清楚吗？"

距离这里十分钟。卡米尔挂了电话，大声说道："一队人马！马上！"

他们冲向电梯。

41

    阿历克斯小心翼翼地从楼梯下到了停车场。她的雷诺克里欧顺利地发动了起来。座位上有点儿凉。她在开车前看了一眼后视镜。尽管很累，她还是用食指放在眼睛下方，微笑了一下然后做了个鬼脸。她收起舌头开动了车子。

    但事情还没完。阿历克斯要在出口处刷卡。在出口的上坡道，一根红白相间的栏杆开了，她一个急刹车。一个穿着制服的警察出现在她面前，高举起一条胳膊，对她指指另一方向，食指紧绷，双腿叉开。他勒令她停车，立刻掉头，双手水平举着，为了强调此处禁止通过。这时边上出现一队民用警车，全部闪着警笛。

    第二辆警车后座冒出一个秃头，和侧窗齐高。这架势就像一个总统车队。之后，警察示意她可以离开了。她立马右转离开。

    她开得有点儿不稳，行李箱里的两箱"私人物品"有点儿摇晃，但阿历克斯很冷静，那些装硫酸的瓶子被很小心地固定住了。没有危险。

42

　　差不多晚上十点，卡米尔彻底崩溃，好不容易才恢复了冷静。他绝不能再去想储物室门房那张欢乐的脸，这个蠢货有张苍白的脸，还戴着一副又厚又脏的眼镜，皮肤的颜色像香肠一样。

　　至于和他的交流：那个女孩，什么女孩？那辆车子，什么车子？那些箱子，什么箱子？他们打开储物间，一屋子的东西，大家都震惊了。全部在里面，十个用胶带粘好的纸箱，那个女孩的东西，个人物品。他们冲过去，卡米尔想立刻什么都打开。但是有手续，要盘点，他们打了个电话给法官，于是一切都被加快了进度，所有东西都被打包走了，那些纸箱、那些拆卸的家具，反正不是很重。他们还是有希望找到那些私人物品，更确切说来，她的身份。事情有了一个重要的转机。

　　卡米尔对于覆盖每级楼梯的监视录像带所存的一线希望，很快熄灭了。不是它们的储存时间问题，而是，那些摄像头就是假的。

　　"这只是个摆设，如果你一定要知道的话。"那个门房哈哈大笑着说道。

盘点需要一整个晚上，技术人员还要做些必要的记录。他们忽略了那些家具，那些到处有卖的大路货，那些书架，一张厨房方桌、带床绷的床、床垫，技术人员带着他们的棉签和钳子扑了上去。然后，他们仔细检查了箱子里的东西：运动服、沙滩装、夏装、冬装。

"都是大卖场卖的那种，全世界各地都有。"路易说。

那些书，差不多两箱子。那些口袋书，全部都是。塞利纳、普鲁斯特、纪德、陀思妥耶夫斯基、兰波。卡米尔读着书名：《茫茫黑夜漫游》《斯万的爱情》《伪币制造者》，但是路易沉溺在自己的思考中一言不发。

"怎么了？"卡米尔问。

路易没有马上回答。《危险关系》《幽谷百合》《红与黑》《了不起的盖茨比》《局外人》。

"像是高中生的书架。"

事实上，她挑选的书看起来还是很实用很经典的。所有的书看起来都读过，而且好些书都像是读过好多遍，有些甚至已经翻烂，散架，整段整段被画了下来，直到最后一页。上面还有些感叹号、问号、大大小小的叉，通常用蓝色笔标注，有些油墨已经完全褪色了。

"她读的都是必读书目，她像是个好学生，也很实际，"卡米尔更进一步，"不成熟？"

"我不知道。或许是一种退化。"

卡米尔有点儿迷失在路易的套路里，但他抓住了重点信息。那个女孩心智不完整，或者说还没有完整。

"她还说一点儿意大利语，一点儿隐语。她读了一点儿外国经典名著，但没有读完。"

卡米尔也发现了。原版的《未婚夫妇》《居无定所的情人》《玫瑰之名》，也有比如《爱丽丝》《道林·格雷的画像》或者《艾玛》。

"那个杀死马基雅克的女孩，大家是不是说她带着外国口音？"

旅行资料证实了。

"她不蠢，她念书，她说两门外语，可能不是很流利但是她修过语言课程……你觉得她和帕斯卡尔·特拉里厄配吗？"

"或者勾引史蒂芬·马基雅克？"路易补充说。

"或者杀杰奎琳纳·扎奈迪？"

路易快速地记着笔记。多亏了那些印刷品，他或许可以重新整理这个女孩的路线，或者至少一部分路线，有些旅行社的宣传册上有出版日期，可以用来核对信息，但任何资料上，都没有名字，没有一个正式文件，没有一点儿身份痕迹。一个女孩是过着怎样的生活才会拥有那么少的东西？

那晚结束的时候，结论很明显了。

"她已经挑选过了，没有任何隐私，以防万一警察找过来，没什么可以帮到我们的。"

两个男人重新站起来，卡米尔穿上外套，路易有点儿犹豫，他还待在原地，搜索着，寻找着。

"别白费劲了，我的孩子……"卡米尔说，"她的履历已经无比精彩，看她这精心策划的样子，她肯定会有不错的未来。"

这也是勒冈的想法。

周六傍晚。瓦尔米河堤。

他坐在拉玛莉娜餐厅的露台，给卡米尔打了一个电话。可能是因为运河的关系，它让人想到鱼，所以他要了两杯干白葡萄酒。勒冈小心翼翼地坐着。他知道，那些椅子可能承受不住他的重量。这把椅子还撑着。

当他们不在办公室聊天时，他们通常都是天南地北地侃，至于工作，就是最后几秒的事，两三句话。

显然，今天在卡米尔脑袋充斥着的，是他的拍卖。明天早晨。

"你什么都不留吗？"勒冈震惊了。

"不，我都结清了。"卡米尔说，"我会都捐了。"

"我以为你会都卖了。"

"那些油画，我会卖了。钱我会捐掉。全部。"

卡米尔也不知道自己是什么时候做的这个决定，他就是这样决定了，他觉得这是个成熟的决定。勒冈忍住没有评论。但终究，他还是忍不住问了。

"给谁？"

这，卡米尔倒是从没想过。他只是想把这笔钱捐了，但没想过捐给谁。

43

"是你加速了还是我眼花了？"勒冈问。

"不，这是正常节奏，"卡米尔回答，"习惯就好了。"

他说这话的时候语气轻描淡写，但实际上情况很糟糕。他们又发现了一具尸体，是一个名叫菲利克斯·马尼埃尔的男人，在他的房间被杀。他的同事发现他没去参加他自己发起的"重要会议"，感觉事有蹊跷。他们发现了他比死亡更惨烈的样子，脑袋几乎从躯干上掉下来，脖子被硫酸溶化了，事情立马就落到了范霍文长官手里，法官在下午召见了他。事情很严重。

事情发展很快。死者的手机有来电记录。最后一通接听电话，是在他被杀那天晚上，来自蒙什街的一家酒店。经过核实，这就是那个女孩从图卢兹回来时下榻的酒店。同天晚上，她还约他一起吃晚饭。他匆忙离开办公室时就是这么跟他同事说的。

除了发型和眼睛有些许区别，蒙什街上酒店的接待员认出了嫌疑犯素描上的这个女孩，她非常确定。那个女孩第二天早上就消失了。用的不是真名。现金支付。

"这家伙，这个菲利克斯，是谁？"勒冈问。

不等回答，他就拿过卡米尔手上的资料翻阅起来。

"四十四岁……"

"是的，"卡米尔确认说，"一家信息公司的技术员，与妻子分居，办理离婚中，应该酗酒。"

勒冈不说话，他迅速浏览着资料，发出"嗯"的声音，有时候这声音听着像是在抱怨。谁都难免会抱怨一下。

"这是什么，这个手提电脑是怎么回事？"

"消失了。但我给你保证，凶手绝对不是为了偷手提电脑才用奖杯砸死他的，并且凶手还在他喉咙里倒入了半升酸。"

"是这个女孩？"

"很有可能是。他们可能邮件联系过。或者她可能用过电脑，她不希望别人知道她用它做了什么……"

"很好，那然后呢？然后呢？"

勒冈有点儿暴躁，这不是他的风格。对于杰奎琳纳·扎奈迪的死还没有太大的反应（图卢兹的一位宾馆女老板的谋杀案还是有点儿意外的），国家报纸如果说没有太大反应，那么这次的谋杀案，终于在国家报纸引起了轩然大波。塞纳-圣德尼的地区背景并没有太大亮点，但最后用硫酸结尾，却引起轰动。这是一则社会新闻，但凶手的方式有点儿新意，甚至可以说是奇特。目前来说，两起谋杀案，像是一个连环杀人案，但也不确定。大家这么说着，但也不是很高兴。如果再来一个受害者，大家就欢呼雀跃地确定了。事情应该被推到电视新闻头条，勒冈作为内政部第一把手，法官维达尔作为司法部门第一把手，然后谩骂声就开始像滂沱大雨一般噼里啪啦向他们袭来。不敢想象如果媒体知道了之前的兰斯和埃唐普的凶杀案会怎么样……现在大家眼前像是铺展开了一张法国地图（有点儿像卡米尔办公室墙上用彩色钉子固定住的那张），配上了受害者生平，触目惊心，简直可以拍一部犯罪情节的"法式"公路电影，充满喜悦，热闹欢腾。

目前，勒冈承受着"来自上面的极大压力"，这不是最糟的，但已经很难顶住。但是就这一点来看，勒冈是个好领导，上头的压力，统统自己来扛。偶尔隐约显露出来的，也不过是一点点实在受不了的，除了今天，卡米尔发现他的压力四溢开来了。

"上头把你怎么了？"

听到这个问题，勒冈像是被雷击了一下。

"哎，卡米尔，你在想什么呢？"

这种像是情侣之间的对话，他们之间总是不断上演。

"我们先是有个女孩被绑架然后被关在笼子里，和那些老鼠一起，接着绑匪就自杀了，造成了城郊大半个晚上的封锁……"

比如这样的对话，勒冈和卡米尔在他们共事的日子里，至少上演了五十次。

"……这个被他绑架的女孩在我们救出她前就自救了，然后我们发现她已经用硫酸杀了三个人……"

卡米尔觉得这有点儿像庸俗的商业大片，他正想这么说，但勒冈已经接上了话："……取一个报告的时间，她已经把一个酒店女老板送上了西天，然后还回到了巴黎……"

所以卡米尔等着他讲完，和他预料的一模一样：

"……然后弄死一个可能只是简简单单想要和她做爱的单身男人，然后你问我……""……上头把我怎么了？"卡米尔替他说完了。

卡米尔已经站了起来，走到门口，关了门，厌倦了。

"你去哪里？"勒冈吼道。

"避免被某人吼，我还是更喜欢法官维达尔。"

"你真是一点儿品位都没有。"

44

阿历克斯看着两辆卡车经过，然后又是一辆。从她停车的地方，她可以清楚看到卸货码头前鱼贯而行的半挂车。两小时以来，那些搬运工不断地装卸着和楼房一样高的集装箱。

前夜，她跑去看了。必须翻过墙头，有点儿难，她不得不爬上车顶，如果那时她被逮个正着，一切都完了。但是没有，她在墙头待了几分钟。每辆车的右前方都刷着排队号和它的目的地。它们都开往德国科隆、法兰克福、汉诺威、不来梅、多特蒙德。她，她要的是去慕尼黑的车。她记下了一辆车的车牌号、排队号，不管怎么样，从正面看，它的样子还是让人能够记住的。在车顶边缘，一个鲍比字样的粘纸削减了挡风玻璃的宽度。她跳下了墙头，看见保安的狗朝她过来，发现了她。

大概三十几分钟后，她发现了司机，爬进他的驾驶室放了些东西，又拿了些证件。这是一个高大瘦削的男人，一件蓝色工作服，五十多岁，头发很短，胡须浓密，像一个擦地刷。体形不是重点，重要的是，他发现了她。然后，她睡在她的车里，等这家公司开门，大概是凌晨四点。半小时后，有一些骚动开始出现了，然后就没再停止过。阿历克斯有点儿紧张，因为她不能失手，不然她的所有计划都将泡汤，她会沦落到怎么样？她将只能在她宾馆房间里等着警察来抓她？

终于，差不多早晨六点前，这家伙走向他的卡车。发动机已经慢吞吞地发动，一刻钟了，他确认了他的证件，阿历克斯看到他和一个搬运工还有另两个司机打了会儿趣。终于，他坐进了驾驶室。就在这时阿历克斯跳出她的车子，转身打开后备厢，拿了她的背包，小心翼翼地躲在打开的后备厢盖子后面，确保没有别的卡车来插队。然后，当她确定了之后，她就跑向那些车子要经过的出口。

"我从来不在半路停车。太危险了。"这个男人说。

为一个女孩半路停车，这不是很妥帖。他欣赏她的机灵明智，她选择谨慎地在专业公司门口等而不是站在路边竖着大拇指半路搭车。

"鉴于卡车的数量，你肯定至少可以找到一辆！"

他赞叹阿历克斯的机智，于是不断探索着阿历克斯的行事技术上所反映出来的源源不断的美德。对他来说，不是阿历克斯，是克洛伊。

"我叫罗伯特，"他说着把手伸过座位，"但所有人都叫我'鲍比'。"他指着粘纸又说了一句。

尽管如此，这次搭车，他还是震惊了。

"我发现了一些不是很贵的飞机票。在网上，好像只要四十欧。好吧，总是一些不太可能的时间，但只要你有时间！"

"我更喜欢留着钱过自己的日子。而且，如果我们去旅行，那是为了邂逅些什么，不是吗？"

这是个简单而热情的男人，他毫不犹豫地就接受了她，从他看到她出现在他车子前的那一刻起。阿历克斯所等的，不是他的回答，而是他回答里的语气。她所担忧的，是那种充满色欲的目光。她不想在这几个小时里和一个汽车站的花花公子周旋。他的后视镜上挂着一个圣母的小雕像，仪表盘上装了一个小装置，是一个屏幕，里面装着一些有着淡出效果的照片，有可以开合的帘子，还有可以翻动的页面。照片循环播放，让人看着疲惫。他在慕尼黑买的这个屏幕，三十欧。鲍比喜欢说东西的时候加个价格，与其说是为了炫耀，不如说是为了表示一种精准，一种考虑周全。他是这么解释的。他们花了差不多半小时来谈论这些照片，他的家庭、他的房子、他的狗，还有很多照片，都是他的三个孩子。

"两个男孩和一个女孩。纪尧姆、罗曼和马里翁。九岁、七岁和四岁。"

总是非常精准。他还是知道节制的，他没有把自己家里的奇闻异事一股脑儿地和盘托出。

"别人的事情，说到底，我们还是不关心的，不是吗？"

"没有啊，我很感兴趣……"阿历克斯反驳说。

"你家教很好。"

那天平稳地度过了，卡车显得令人意外地舒适。

"如果你想要小睡一会儿，完全没有问题。"

他竖了个大拇指，指指后排的卧铺。

"我不得不开车，但你……"

阿历克斯接受了，她睡了一个多小时。

"我们到哪里了？"她问道，边梳着头边重新爬回她的位子。

"你睡醒了？好吧，看来你还是有点儿迷糊。我们在圣默努尔德！"

阿历克斯做出一副崇拜的样子……开了那么多路了呀！她的睡意被搅醒了。不仅仅是因为习惯性的焦虑，还是因为一种忧伤。开往边境的旅途，可以说是一种痛苦的转折。逃亡的起点，结束的开始。

聊天再次陷入沉默，他们打开录音机，听新闻，听歌。阿历克斯等着停车，等着必不可免的休息，等着鲍比想喝一杯咖啡。他有一个膳魔师的杯子，还自备口粮，路上需要的一切他都有，但他必须停一下，这活儿太累人了，没干过的人根本不懂。一旦有个休息站出现，阿历克斯就提高警觉。如果这是一块开放的休息区域，她就装睡，人太少，所以很容易被发现。如果是一个加油站，那就风险小很多，她下车走两步，给鲍比买个咖啡，他们成了好伙伴。就在他喝着咖啡时，他问起了为什么旅行，问得有点儿太早了："你是学生吧?"

他自己也不信她是学生。她很年轻,但毕竟也应该快三十了,而且累成她那个样子,应该不太可能。她笑了一笑。

"不,我是护士,我想去那里工作。"

"我能问问你为什么去德国吗?"

"因为我不说德语。"阿历克斯尽力装作无比坚定地回答。

罗伯特笑了,不是很确定他听懂了。

"那你也可以去中国了。除非你还说中文。你说中文吗?"

"不。事实上,我男朋友是慕尼黑人。"

"啊……"

他做出一副似乎都懂了的表情。他大大的胡子随着他左右摇晃的脑袋来回摆动。

"他做什么的,你的男朋友?"

"信息方面。"

"他是德国人吗?"

阿历克斯点点头,她不知道这样的对话会走到哪一步,关于这个话题她心里只准备了这几个预设的回答,她不喜欢这样。

"那你的妻子呢,她工作吗?"

鲍比把他的咖啡杯扔进垃圾桶。关于他妻子的问题,不至于使他崩溃,但还是使他痛苦。他们又上路了。他用幻灯片放了他妻子的照片,一个非常普通的四十岁左右的女人,头发平平的,神色病恹恹的。

"多发性硬化，"鲍比说，"还有孩子，你想象一下吧？我们现在只能听天由命。"

这么说着，他指指挂在后视镜下面的圣母小雕塑。

"你觉得她会帮你吗？"

阿历克斯本不想这么说。他转向她，没有任何不满的神情，只是非常坦然笃定："救赎的回报，是宽恕。你不这么认为吗？"

阿历克斯不怎么理解，宗教，对她来说……她没有马上做出反应，他指了指仪表盘的另一边，鲍比贴了一张贴纸："他要回来了。你们准备好了吗？"

"你不信上帝。"鲍比笑着说，"一眼就看出来了。"

这句话里没有批评。

"至于我，如果我不信这个……"他说。

"但是，"阿历克斯说，"仁慈的上帝给你都安排好了呀。你不要记恨。"

鲍比做了个手势，是的，我知道，他们都这么对我说。

"上帝考验我们。"

"这，"阿历克斯说，"好像也只能这样说……"

对话就自动戛然而止了，他们看着路。

不久之后，鲍比说他要休息了。一个巨大的休息站，简直就是个小城。

"我一般习惯在这里休息，"他笑着说，"一个小时。"

离梅兹的出口还有二十公里。

鲍比下了车先活动了活动筋骨，呼吸了几口新鲜空气，他不吸烟。阿历克斯看着他在停车场上来回走了几圈，活动手臂，她觉得这也有一部分原因是她看着他。如果他一个人也会这样吗？然后他又回到了车上。

"如果你不介意，"他说着爬到卧铺上，"你不用担心，我有闹钟，这儿呢。"

他指指他的脑袋。

"我正好去走走。"阿历克斯说，"打打电话。"

他觉得加一句"替我拥抱他"会更俏皮，说着他拉上了窗帘。

阿历克斯在停车场上，在无数卡车之间。她需要走走。

时间越久，她的心越沉重。是因为入夜了吧，她对自己说，但她心里知道根本不是因为这个。是因为这趟旅程。

她出现在高架路上只有一个意义，那就是标志着这个游戏就快结束了。

她假装不在意但她还是有些害怕结束真的到来。就是明天，很快就到。

阿历克斯开始哭泣，轻轻地，双手环抱在胸前，站在巨大的卡车之间，那些卡车就像睡着的硕大的昆虫。生活总会逮住我们，我们无能为力，无可遁逃，永远如此。

她对自己重复着这些话，擤了擤鼻涕，想要深深吸一口气，来驱赶心头的沉闷，想要让这颗沉重的心重新活过来，她疲惫不堪，实在太难了。离开这一切，她就这么不断对自己重复着，才重新找回了勇气。之后，她就再也不去想了，一切都结束了。所以她才在这里，在这条公路上，因为她要抛弃一切。这样想着，她的内心稍微轻松了一点儿。她走着，清新的空气使她又苏醒了，平静了，复活了。再来几口长长的呼吸，一切都会好起来的。

一架飞机过去，阿历克斯通过那三角形的闪光信号灯猜测的。

她甚至停了很久看着它，它极其缓慢地划过天空，而它依然还是飞走了，消失在远空。

飞机，总会让人陷入遐想。

服务站用一座大桥跨越在高架路两边，两边桥墩下散落着一些小吃铺、报摊、小型超市，还有各类商店。桥另一端，是回巴黎的方向。阿历克斯回到车上，小心翼翼地关上车门，为了不吵醒鲍比。但她的回来打断了他的睡意，不过几秒之后，她又听到了他沉重的呼吸，每一声都以嘶嘶声结尾。

她靠近她的背包，穿上她的夹克，确保她没有遗漏任何东西，没有东西从她口袋里掉出来，没有，一切都井然有序，一切都很顺利。

她跪在座位上，轻轻拉上窗帘。

"鲍比……"她在他耳边轻声叫道。

她不想把他惊醒。但他睡意昏沉。她转身，打开手套箱，什么都没有，她又关上箱子。她又在他座位下摸索，什么都没有。在司机的座位下面，一个塑料袋，她把它拉了出来。

"鲍比？"她说，又凑近他。

这一次，她取得了更多成功。

"什么？"

他没有完全醒来，只是本能地提出这个问题，他还在潜意识游走。不管了。阿历克斯拿着螺丝刀就像拿着匕首，然后，一下，刺入他的右眼。手法精准。自然，一个护士……她使出了吃奶的劲儿，螺丝刀一下就扎进了他的脑颅，可以说是深深扎进了大脑。显然，不是这样，但还是扎得很深，以至于鲍比想要起身的反应都迟钝了，他的双脚朝各个方向胡乱拍打着。他大声吼叫。阿历克斯又用螺丝刀朝他的喉咙扎了第二下。依然很准，然而并没有什么好骄傲的，她有足够的时间瞄准，就在他的喉结下面。叫声就变成了一种糊里糊涂的咕哝声。阿历克斯皱着眉歪了歪脑袋，完全不知道这家伙说了什么，这个家伙。她竭力避免鲍比胡乱的手臂动作，他那架势就像野兽，好像能一下摞倒一头牛。他开始严重窒息。尽管情况混乱，阿历克斯还是遵循自己的想法。她用蛮力拔出他右眼的螺丝刀，自我防御着把它扎入了他喉咙，从旁边，已经有鲜血喷涌而出。她于是不紧不慢地转向她的背包。不管怎么说，一根螺丝刀穿过喉咙，这个鲍比，还能去哪里？当她又凑近他的时候，他半截身子已经入了土，甚至不用费事把他绑起来。他还有呼吸，但极度微弱，他的肌肉似乎都僵硬了，他已经发出垂死的喘息。最艰难的，是打开他的嘴，这太困难了，如果不用榔头，几乎可以搞一整天。

所以，榔头。这个塑料袋里几乎什么需要的都有，这些工具真是太棒了。阿历克斯敲碎了他的上下牙齿，正好可以把硫酸瓶子的瓶颈塞进鲍比的嘴里。很难猜想这家伙的感受，他已经这样了，还怎么知道这对他有什么影响呢，酸从他嘴里流出来，从他的喉咙里。没有人能猜想到是什么感觉，不过，也不重要了。正如别人说的，最重要的是意图。

阿历克斯拿了她所有的东西，准备离开。最后看了一眼鲍比，感谢主和他所有的仁慈。这是片圣地。一个男人完全舒展着身子平躺着，眼睛里深深插着一个螺丝刀，只露出了刀柄，就像一个倒地的独眼巨人。喉咙的切割让他的血几分钟内就流失了一半，他已经苍白得像条床单，至少脸的上半部分是惨白的，因为下半部分，已经变成一片糊糊，没有别的词可以形容了。整个床铺浸淫在猩红的血液里。等血液凝固后，一定非常壮观。

不可能用这种方式杀死一个男人，而不把自己弄脏。喉咙静脉喷射出不少鲜血。阿历克斯在背包里摸索了一阵，换了件T恤。她用剩下的矿泉水，很快洗了手，洗了前臂和她之前扔在椅子下的毛巾。然后，背着背包，阿历克斯穿过那座桥，跑到高速公路另一边的服务站，这边所有的车道都朝向巴黎。

她选了一辆快车，因为她不想拖延。这辆车是上塞纳地区注册的。她不认识牌子，但她怀疑这辆车到底快不快。驾驶员是一个年轻女人，三十岁，优雅、苗条，褐色头发，一身铜臭味，令人作呕。她说：是的。毫不犹豫，满脸堆笑。车子很平稳。阿历克斯把包往后座一扔，坐了下来。年轻女子已经准备开动。

"动身吧？"

阿历克斯笑着伸出手："我叫阿历克斯。"

45

　　一取回她的车，阿历克斯就赶往戴高乐机场。她看了很久航班信息牌，南美洲对她的预算来说太贵了，而北美又是一个警察的国度，还剩哪里？欧洲。而欧洲对她来说还剩下哪里？瑞士。所有的目的地里，这是最好的。国际平台，交通枢纽，还没有人认识她，她便可以安静地自己生活。战犯和毒品买卖的黑钱都可以在那里被漂白，所以对杀人犯来说也是极好的一个去处。阿历克斯买了张到苏黎世的票，明天出发，八点四十分，然后她顺便可以逛逛机场商店，买一个好看的行李箱。毕竟，她从来没敢给自己买过什么真正的奢侈品。这是头一次，没有更好的机会了。她放弃了一个行李箱的念头，而选择了一个漂亮的旅行袋，天然植物皮质的，上面有压花的花体字。运气真好。她很高兴。她还在免税商店拿了瓶波摩威士忌。她用她的银行卡付了所有的钱。她在心里暗暗算了账，定了定神，已经是极限了，但也还能承受。

　　之后，她选择了去维勒班特，那是个无休无止的工业区域，充满着工业酒店和它们的工业停车场。除了一些沙漠，地球上估计没有比这更隐匿、更荒僻的地方了。沃吕比丽斯酒店，一个没什么个性的连锁酒店，以"舒适和家的感觉"著称。所谓舒适，也就是上百个停车位，所谓家的感觉，就是上百个一模一样的房间，需要提前支付，合同并没有任何信任感可言。阿历克斯又刷了银行卡。去戴高乐机场要多久？阿历克斯问道，接待员习惯性地回答，二十五分钟。阿历克斯大致算了一下，然后定了明天早上八点的出租车。

显然她累坏了，她看着电梯里的镜子，差点儿认不出自己。

三楼。地上铺着的地毯，连它也开始显露疲惫的神色。房间没有办法用语言描述。这里往来的旅客多得数不过来，同样数不过来的，还有那些孤独的夜晚，和那些或躁动或深沉的夜。多少不合法的伴侣来过这里，炽热而疯狂地在这床上滚过，然后带着一种浪费生命的感觉离开这里。阿历克斯把包放在门口，看着这令人作呕的装饰，有点儿无从入手。

八点整，不需要看手表，只需要听听隔壁新闻的片头声就知道了。待会儿再洗澡，她脱下她的金色假发，从行李里拿出洗漱用品，摘下她的群青色隐形眼镜，扔到厕所的抽水马桶里。她换了装扮，一条松松垮垮的牛仔裤，一件贴身套头衫。她把所有家当都倒到床上，然后背着空背包就出门了，穿过走廊，来到楼梯口。她在最高的几级楼梯上等了几秒，等到接待员离开了柜台，她溜到停车场，取了车。她感觉到猛烈的寒意突如其来。夜已经深了。一阵鸡皮疙瘩。停车场上方，可以听见飞机的轰鸣声穿过厚厚的云层，云层像是着了魔的人，在天空肆意奔跑。

　　她买了一卷垃圾袋。打开了车子的后备厢。泪水模糊了她的双眼。她打开那两个贴着"私人物品"的小纸箱，忍住回忆，抓住什么是什么，看都不看，忍住呜咽，她把它们全都塞进了垃圾袋，学校的练习簿、信件、日记、墨西哥钱币。她时不时用袖口擦擦眼睛，吸吸鼻子，但她不愿停下，她也不能停下，这是不可能的，必须一口气到底，把一切都处理掉。那些花里胡哨的珠宝、照片，全扔了，不要计算，不要回忆；那些小说的书页，全部扔掉。黑色木头小人的脑袋、红色橡皮筋系着的一缕金发、一个印着"达尼埃尔"的爱心钥匙圈，字迹已经磨损得差不多了，这是她小学时的初恋送的。终于，阿历克斯用白色橡皮筋扎紧了第三个垃圾袋，但对她来说，这一切太刺激、太强烈、太生猛了。于是她转过身，一屁股坐了下来，靠着打开的后备厢几近崩溃，把脸埋在两个掌心里。她现在只想大声吼叫，嘶吼。如果她可以的话，如果她还有力气的话。一辆汽车缓缓开进停车场，阿历克斯腾地站起来，假装在后备厢找东西，车子从她身边经过，开走，靠向接待处，少走一些路总是好的。

　　三个垃圾袋在地上躺着。阿历克斯锁上后备厢，抓起垃圾袋，坚定地大跨步离开了停车场。入口处的滑门年久失修，它在厚厚的白漆下默默地生锈。工业区的街道，没什么人，一些游走的车辆，寻找着什么酒店，还有一辆小摩的，没有行人。毕竟如果不是像阿历克斯这样的人，为什么要在这样的地方游走呢？何况从这样一条通往另一条一模一样的街道上出发，你还能去到哪里呢？面对着那些店铺的滑动门，有十几个垃圾桶在人行道上排成一列。阿历克斯徘徊了几分钟，然后突然就决定了。就这个了。她打开垃圾桶，把袋子扔进去，她又取下背包，也一起扔了进去，她狠狠压下垃圾桶盖，往宾馆方向走去。这里埋葬着阿历克斯的生命，一个不快乐的女孩，经常杀人，心思缜密，身体柔弱，诱惑迷人，内心迷茫，警察找不到她。这一夜，阿历克斯是个大姑娘了，阿历克斯擦干眼泪，随着坚定的步伐呼吸沉稳，她回到宾馆房间。这次她毫不避讳地从沉浸在电视里的接待面前走过，上了楼，进到房间，脱下衣服，给自己冲了个热水澡，太热了，她对着水龙头张开嘴。

46

　　人做决定，有时候是神秘莫测的。比如这个，卡米尔无法解释为什么他会做出这样的决定。

　　傍晚的时候，他想着这个事，想着他们抓到这个女孩前她可能还会犯的罪。但他也想了很久这个女孩本身，想着他画了千遍的她的脸庞，想着她所唤起的他生命中的记忆。这天夜里，他知道了他错在哪里。这个女孩和伊琳娜没有一点儿关系，他完全混淆了人物和场景。这次绑架，当然，使她和伊琳娜一下有了联系，然后卡米尔不停把她们相关联，因为如此接近现实，他心头的那些相似的情绪、相似的恐惧又回来了，使他产生一种如此相似的罪恶感。这就是那些主张警察不该负责情感上太容易引起共鸣的案子的人所担忧的事情。但卡米尔很清楚，他并不是掉入了陷阱，他是自己挖了个坑。他的朋友勒冈只是给了他机会，让他面对现实。卡米尔本可以把案子转手，但他没有。他接到这个案子，其实他内心是充满渴望的。他需要它。

卡米尔穿上鞋子，披上外套，拿了车钥匙，一小时之后，他慢悠悠地晃悠在了通往克拉马尔森林边缘的寂静的路上。

一条路往右，一条路往左，右边的路通往两边都是大树的森林深处。上一次他来这里，他带着他的警用武器。

五十米开外出现了一栋房子。车头灯映照在脏兮兮的玻璃窗上。这是些小小的垂直的窗子，一扇一扇紧紧排列着，像是有些工厂倾斜的屋顶上的那些。卡米尔停了车，熄了火，车头灯依然开着。

这天，他有一点儿怀疑。会不会是他搞错了？

他关了车头灯，下了车。这里的夜比巴黎的凉快，或者只是他有点儿冷。他让车门开着，走向房子。当直升机越过树顶飞来时，他觉得差不多应该就是在这里。卡米尔差点儿被这喧嚣和气流掀翻，他狂奔起来。他不记得他是不是手上还拿着武器了。或许吧，太遥远了，有点儿记不清细节了。

工作室是一幢一层建筑，原本是一栋现在已经拆除的房子的门卫亭。远远看上去，它像一座俄罗斯农民的枞木屋。一条有着天窗的长廊，上面应该配一把扶手椅。这条路正是卡米尔走了几百次的路，童年，少年，他就是走这条路去见他的母亲，看她工作，或和她一起工作。他小时候不喜欢森林，走了几步路，他就说喜欢待在屋子里。这是个内向孤独的孩子。需求带来美德，没有小朋友愿意和他一起玩，因为他的身高。他不想永远做一个被人嘲弄的对象。他宁愿一个人待着。事实上，他害怕森林。如今依然是这样，那些高耸的树木……卡米尔五十岁了，或者快五十岁了。所以，他已经过了听柜木王的故事的年纪。但他还是只有差不多十三岁的身高，今晚，他尤其抗拒这片森林，这孤独的屋子，这让他心绪不宁。不得不说，他母亲曾经就是在这里工作，伊琳娜也就是在这里死去的。

47

　　屋子里。阿历克斯双臂环抱着胸。打电话给她哥哥。他要是听到她的声音，应该会说："啊，是你？你又想干吗？"他可能会生气，从第一秒开始，但不管了。她拿起房间的电话，按照贴纸上的指示操作，拨零，呼叫外线。她发现了一个地方，可以和他见面，就在工业区边上，她在纸上记下了地址。她翻找着，找到了这张纸，深呼吸，拨了电话。答录机。意料之外，他从不关机，甚至是在夜里，他说工作是神圣的。他可能是在隧道里或者把手机忘在了门口的独脚小圆桌上，谁知道呢，总之，也没什么不好。她留了一条信息："是阿历克斯。我要见你。很急。在欧奈，如福耐尔大街137号，晚上十一点半。如果我迟到了，等我一下。"

　　她刚想挂断电话，又拿起来加了一句："但是不要让我等你。"

　　现在，她又重新陷入了这间房间的氛围。平躺在床上，她胡思乱想了好一会儿，时间过得很慢，思绪自行串联着，自如地穿梭着。她听见隔壁电视的声音，那些人不知道自己开得那么大声，不知道自己有多烦人。她可以让他们安静下来，如果她想的话。她会走出房间，按响隔壁的门铃，男人开了门，一脸惊讶，这是个普普通通的男人，和她杀的那些差不多，几个？五个？六个？更多？她熟稔地笑笑，很友善，她说："我住在你隔壁，我一个人，能进来吗？"男人更加震惊，有点儿茫然，她紧接着说："你想看我不穿衣服的样子吗？"这语气就像在说："你想拉上窗帘吗？"男人惊讶地张大嘴。他有点儿肚子，显然，超过三十了。他们都这样，所有她杀死的男人都有些肚腩，甚至是帕斯卡尔·特拉里厄，这该死的家伙，愿魔鬼用它无限的残忍好好蹂躏他。她不假思索地解开她的浴袍，问他："你觉得我怎么样？"她一直幻想着可以这么做，一次，就一次。解开浴袍，全裸着，明知故问："你觉得我怎么样？"确定对方会张开双臂，然后她就躲到他怀里。而现实是，她会说："首先，你不想关掉你的电视吗？"男人会一边支支吾吾道着歉一边冲过去，笨拙地摸索着按钮，因为这场神奇的际遇而神魂颠倒。好了，他背对着她，身子微微前倾，她就两只手抓起铝制的床头灯，向他狠狠砸去，就在右耳后面，再简单不过了，一旦他陷入晕眩，那就跟玩游戏一样容易，她知道应该砸哪里，可以让他几秒钟里就晕菜，然后有足够的时间完成下面的动作，用床单把他捆起来，半升浓硫酸倒进喉咙，一切轻松搞定，然后电视也不响了，客人也不可能再调高电视音量，这样就安安静静度过一夜。

这就是阿历克斯做的白日梦，她平躺在床上，两手放在脑后。她沉浸在自己的世界里。回忆又涌了上来。没有任何悔恨，真的。所有那些她杀死的人，从某种意义上来说，她必须这么做，她需要这么做。她需要看他们受苦，看他们死，是的，没有任何悔恨。她甚至可以做得更多，多得多。命中注定就是这样。

　　是时候该喝点儿酒了。她想着用塑料漱口杯喝上满满一杯波摩，但她改变了主意，直接对着瓶子喝了起来。阿历克斯后悔了，她应该买些烟的。因为这是个庆祝。她已经差不多有十五年没抽烟了。她不知道今晚她为什么想买些烟，因为内心深处，她从不喜欢吸烟。她想做大家都会做的事，做那些所有年轻女孩都想做的事，总之和大家一样。她对威士忌非常敏感，只需要一点点她就晕了。她哼着些她也记不得歌词的曲调，然后边哼歌边重新整理她的东西，把衣服仔仔细细地一件一件叠好，然后悉心打点她的旅行袋。她喜欢所有东西都干净整洁，她的房间，不得不说，所有她留下的房间总是无可指摘。在浴室，在那摇摇晃晃的塑料小架子上，沾着烟头烫伤膏的痕迹，她把洗漱用品排列整齐。从她的梳妆包里，她拿出她装满快乐分子的试管。一根头发丝压在了塞子下，她打开试管，抓住那根头发，把手举到最高，让发丝像枯叶一般坠落。如果有一把头发就好了，她可以让它们像雨丝一般，像雪花一样散落，在她以前的一个朋友家里，她们一直这样玩耍，在草坪上，用喷水管人工降雨。是威士忌。即使是在收拾东西，她还是在啜饮着她的酒，但是喝得很慢，以免醉倒。她整理完东西，已经有点儿晃荡。她很久都没吃什么东西了，喝太多酒了，脑袋昏昏沉沉。没想到。这让她发笑，一种神经质的、紧张的笑，焦虑的笑，她总是这样，焦虑是她的第二天性，加上残忍。小时候，她绝不会相信自己会变得如此残忍，她一边在壁橱里整理着她漂亮的旅行袋，一边自言自语。她反思着这个问题。她小时候是那么温和，人们甚至总对她说："阿历克斯真是小，一点点长大，太惹人怜爱了。"不得不说，她小时候真是又小又丑，人家便只能转而表扬她的性格。

就这样，夜晚过去了。几小时。

阿历克斯小口小口地喝着酒，最后开始大声哭泣。她都没有想到自己还能有那么多眼泪。

因为这个夜晚，是一场巨大的孤独。

48

就像是深夜里的一声枪声。他踏在树枝上的断裂声。卡米尔差点儿摔跤，又重新站稳，他的右脚被断裂的木板夹住。剧痛。他想竭力挣脱，于是不得不坐下。突然，就是这样背对着工作室，面对着前灯大开的车，他看到救援队朝他跑来。他已经不是他自己了，他们把惊魂未定的他从地上扶起来，差不多就在他今天的位置。或者他当时更像是在那边靠近栏杆的地方。

卡米尔站起来，小心翼翼地踏着吱吱呀呀似乎随时要一根根崩塌的木板在长廊上前行。他想不起来他到底在哪里。

这样试图回忆，有什么用呢？为了争取时间。

所以卡米尔转向大门。这门被粗略地钉了起来，但这也没什么用，因为墙上两扇窗户已经被敲碎，没有玻璃。他跨过窗子，落到另一边，老旧的红色石砖一直在脚下晃动，他的眼睛开始慢慢适应。

他的心脏快速而剧烈地跳动着，他的双腿在努力向前挪动。他往前走了几步。

重新刷过的墙壁，覆盖着各种字迹。这块地方被人擅闯过，有人放了一个床垫，现在这个床垫已经被开膛剖腹了。地上还有两个碟子、烧到尽头的蜡烛，空的瓶瓶罐罐四处散乱着。风在屋子里咆哮。屋顶掉了一片下来，落在工作室的角落，现在可以看见森林了。

这一切都太令人痛苦，因为他的忧愁再也无所依傍。这种忧愁不太一样。有什么东西突然猛烈地浮现出来，毫无预兆。

伊琳娜的身体，还有孩子。

卡米尔跪倒在地，哭成了泪人。

49

　　房间里，阿历克斯慢慢地转着圈儿，赤裸着身子，安安静静，闭着眼睛，她把她的T恤衫缠在手臂顶端，像是一根舞带，或是一根体操带，她又让这些画面浮现，她一一看到他们，那些死者，以一种奇怪的、偶然的顺序排列着。当她的T恤、她的舞带，旋转着划过房间的墙壁时，她的脑海里浮现出兰斯的咖啡馆老板那张肿胀的脸和他瞪大的双眼，她已经忘记他的名字。别的记忆又涌上来，阿历克斯继续跳着舞，转圈，转圈，她的舞带变成了她的武器，她又想起了长途司机惊讶的苦笑。鲍比，她记得他的名字。她的T恤在她手中卷成了一团，打在房间的门上，慢慢地划过，像是在把螺丝刀钻进一个想象中的右眼，她用力按，用力旋转，为了让工具进入得更深，门把手像是在这种压力下惨叫，奋力抵抗着，阿历克斯猛转了一下袖子，武器狠狠扎入，消失。阿历克斯很开心，她转着，飞着，跳着，笑着。这样，很久，她的武器在她拳头上转成一个球，阿历克斯杀了又杀，活了又活。舞终于渐渐到了尾声，舞者也是。

那些男人是真的渴望得到她吗？她坐在床上，两个膝盖夹着那瓶威士忌，阿历克斯想象那些男人的欲望，就像菲利克斯，她又看到他炽热的眼神。他，他的欲望太强盛了。如果他此刻在她面前，她会直勾勾地看进他的眼睛，嘴唇微微张开，她会把她的T恤拿在手里，然后慢慢地、熟稔地抚摩着两腿之间的威士忌瓶子，像在抚摩一个巨大的阴茎，这个菲利克斯，他就会炸，何况他当时就炸了，开着车就按捺不住了。子弹就从床的另一边飞来，离开了枪膛。

阿历克斯把T恤扔到空中，她想象它带着猩红的血渍，T恤缓缓落地，像是一只海鸟，落在破败的扶手椅上，靠近门口。

又过了一会儿，黑夜完全降临了，邻居关了电视，睡下了，浑然不知这个奇迹：住在阿历克斯隔壁而逃过一死。

阿历克斯站在盥洗盆前，尽可能远。为了看清全身，她赤裸着身子，神情严肃，甚至有一些肃穆，她看着自己，什么都不做，只是这样，看着自己。

所以，就是这样，这就是阿历克斯。只是这样。

根本没有办法忍住眼泪，当你就这样赤裸裸地面对着你自己。

她感到体内的裂痕越来越扩大，她感觉自己即将崩溃，感觉自己被什么东西抓住了。

镜子里她自己的形象，尤其强烈。

于是她突然转过身，背对着镜子，跪在地上，毫不犹豫地狠狠把脑袋砸在盥洗盆的彩陶上，一下、两下、三下、四下、五下，重重地，愈来愈重，对准头颅的同一个地方。撞击发出极大的声响，像是在敲鼓，因为阿历克斯使上了浑身力气。最后一下，她狠命一撞，晕头转向，泪如泉涌。有东西在她的脑颅里破损，碎裂，但不是今天，其实早就碎裂了。她蹒跚着站起来，走到床边，坍塌不起。她的脑袋让她痛不欲生，痛苦像浪潮一般阵阵涌来，她闭上眼睛，想着是不是耳朵在流血。她用左手，尽可能瞄准，抓起那瓶巴比妥酸剂，放在肚子上，小心翼翼地把试剂里的东西全都倒在手上（她的脑袋里是怎样的一种折磨），然后一下全吞了下去。她笨拙地用手肘支起身子，转身朝向床头柜，摇摇晃晃地抓过威士忌瓶子，尽可能地紧紧抓住，然后对着瓶嘴，一口气，喝，喝，喝，几秒钟就喝了大半瓶，手一松，她听到瓶子滚到了地毯上。

阿历克斯在床上瘫成了一大坨。

恶心像海浪一般向她一阵阵袭来，难以言喻地痛苦。

她已经泪流满面，但她浑然不知。

她的身体在这里，但她的灵魂已经离开。

它自行游走。它缠绕着她的一生，自我反省。

她的大脑突然被恐惧抓住，纯粹的神经反应。

现在一切都只关乎她的躯体了；倒计时，那些无可挽回的时刻，阿历克斯的灵魂飞到了别处。

如果有一个别处的话。

50

房子周边一片混乱。入口处被封住了，停车场被包围起来。旋闪灯、警车、制服。对于客人来说，像是在拍电视剧，只是不在夜里。在电视里，这些事情，一般是在夜里。现在是早晨七点，退房的高峰时刻，混乱到了极点。一个小时以来，老板都在不停给客人赔不是，连连道歉，各种做保证，让人禁不住猜想他能保证什么。

卡米尔和路易抵达的时候，酒店老板正挡在门口。等他了解了形势，路易便赶在他老大之前跟宾馆老板说上了话，他有这个习惯，在这种情况下，他宁愿先开口，如果让卡米尔来的话，那半小时后可能就会发生内战。

因此，路易非常和善而通融地做了个手势，让酒店老板让一下，走道清空了。卡米尔跟着当地的一名警员，他是第一个到的。

"我立马就认出了这个被通缉的姑娘。"

他等着被表扬，但什么都没有，这个矮个子警官什么都好，就是不近人情，他快速走着，可以说是完全沉浸在自己的内心世界，像是自我封闭。他拒绝坐电梯，于是他们就踏着没有人的混凝土楼梯步行上楼，回声像在大教堂。

警员还是说了一句："您不在的时候，我没有让任何人进来。"

事情的发展很蹊跷。因为房间已经被禁止进入，等待着身份鉴证科的技术人员到来，路易待在底楼拦住老板，而卡米尔一个人进了这间房间，像是亲属一样。他来到床边凑近过去，旁人出于尊重他们的亲近关系，礼貌地让他在遗体边上待了几秒钟。

在这样一些并不起眼的地方，死者通常都是无足轻重的。这个年轻女孩也没有逃过这样的命运。她裹在被单里，后来的痉挛让她紧紧缠在里面，像是一具马上要被拿去做木乃伊的埃及女人的尸体。她的手颓丧地垂在床外面，如此充满人性，如此女性化。她的脸，让人难忘。凝固的眼神消失在天花板上。她的嘴角有呕吐物的痕迹，但是大部分的呕吐可以猜到应该被嘴唇挡了回去。这一切都暗含着巨大的痛苦。

就像在所有死者面前，人们会觉得房间里有一种神秘的氛围。卡米尔待在房间门口。他其实习惯了尸体，他已经看过很多，你们自己想想吧，二十五年的职业生涯，他真该找一天数一数，总有一个村子的人数那么多。有些尸体让他有些反应，而有些，他毫无感觉。这是个无意识的选择。但是这具，让他觉得不适，让他觉得痛苦。他也不知道为什么。

他显然先是想到，他总是晚到一步。伊琳娜就是因为这样才死的，他没有正常的反应，他冥顽不灵，他总是迟到，于是她死了。

哦不，现在，他在场。他知道这是两回事，他知道历史不会愚蠢地重演，任何死者都不可能取代伊琳娜的地位。首先伊琳娜是无辜的，而这里，完全不是这么一回事。

但他还是焦虑。自己都无法解释。

他感觉，他知道有些事情他没有理解。可以说从开始就不理解。但这个女孩身上一定藏着什么秘密。卡米尔想要靠近她，近距离观察她，俯身端详她，理解她。

她活着的时候，他一路追踪她，他看着她死去，而他始终对她一无所知。她几岁？她从哪里来？

还有，她究竟叫什么名字？

在他边上的椅子上，有个手提包。他从口袋里拿出橡胶手套戴上。他拿起袋子，打开，一个女孩的手袋，里面什么都有，简直难以置信，他找到了她的身份证，打开。

三十岁。死者看起来从来都不像生前的照片。他看看证件照，再看看床上年轻女人的尸体。两张脸没有一张像他前几个星期照着嫌疑犯素描照片画的无数张素描。突然之间，这个年轻女人的脸变得不可捕捉。哪张更接近真实？这张年代久远的证件照？她那时可能二十岁，发型是过时的，她绷着脸，毫无表情地看着前面。或者是那一系列的嫌疑犯素描，冰冷、僵化、沉重、威胁，并且复制成上千份？或是这里这张平躺的年轻女尸的脸，一张丢失了灵魂的脸，像是已经脱离了她，而被数以万计的痛苦所占据的脸？

卡米尔发现她的脸出奇地像画家费尔南·伯雷笔下的"女受害

者"，死亡降临时所产生的惊恐效果。

他被这张脸迷住，卡米尔忘了他还不知道她叫什么。他俯身看向身份证。

阿历克斯·布雷沃斯特。

卡米尔重复着这个名字。

阿历克斯。

所以不再有劳拉，不再有娜塔莉，不再有蕾娅，也不再有艾玛。

是阿历克斯。

好吧，是……曾经是。

第三部分

51

　　法官维达尔十分满意。这次自杀证明了他的分析是符合逻辑的，证明他是机智又坚定的。那些爱慕虚荣的人总是这样，总爱把运气和环境的功劳归到自己的天才上。和卡米尔的悲伤截然相反，他欣喜若狂，但不失冷静。他越是假装节制，越让人感觉他内心因胜利而得意至极。卡米尔在他嘴唇上看到这种得意，在他肩膀上，在他集中精力穿上保护衣的方式中，都看到这种得意。维达尔，他戴着一顶外科医生的手术帽，穿着一双蓝色拖鞋，看上去滑稽可笑。

　　他本可以从走廊上看，因为技术人员已经在工作了，但，不，一个三十岁的连环杀手，尤其是死了的，这就像一幅狩猎图，需要凑近观察。他很满意。他走进房间，就像一位罗马皇帝。他凑近床边，探头观察了一下，嘴唇轻轻动了一下，姿态优雅，非常优雅，然后当他走出房间的时候，他做出一副事情了结了的神情。他向卡米尔指了指那些身份鉴证科的技术员："我必须尽快得到结论，你知道……"

这是在说，他想邀功，尽快。卡米尔同意，尽快。

"但还是得把事情弄个水落石出，不是吗？"法官加了一句。

"当然，"卡米尔说，"水落石出。"

法官准备离开。卡米尔听到炮火装进加农炮的声音。

"你想说，对我来说？"

"说真的，是的。"

这么说着，他脱下他的保护衣。帽子和拖鞋，不符合他的庄严身份。

"在这件事中，"他终于又开口说道，"你恰恰是缺了一种理智，范霍文警官。你追着这些事件，跑了很久。你甚至清楚地知道了受害者的身份，但最后还是多亏了她。你是在紧要关头得救了，但你离破案还很远，要不是这个……令人欣慰的'意外事件'，"他指指房间里，"我不确定你能够搞定这个案子。我觉得你不……"

"不够格？"卡米尔替他补上，"是啊，是啊，法官先生，说出来吧，你话已经到嘴边了。"

法官恼羞成怒，在走廊上走了几步。

"这还真是你的风格，"卡米尔说，"没勇气说出你真正的想法，也没有足够的真诚按你所说的去想。"

"那我就告诉你我真正的想法……"

"我好害怕。"

"我恐怕你不适合负责重案。"

他停顿了一下，以强调他经过深思熟虑，作为一个睿智的、知道自己的重要性的人，他从不说无足轻重的话。

"你的复职还不那么确定，警官。你或许还是应该保持一点儿距离。"

52

所有物品首先都被送往了化验室。接着，被送往了卡米尔的办公室。第一眼没觉得什么，但事实上，物件众多。他们弄来两个大桌子，阿尔芒给它们垫上桌布，推开办公桌、衣帽架、椅子、扶手椅，把所有东西都铺开。很难想象面前那么多幼稚的东西属于一个三十岁的女人。感觉她好像没有长大。为什么要保留那么久一个劣质的玫瑰色发夹，陈旧到都脱了丝，或者一张电影票？

四天前他们在宾馆里收集了所有这些东西。

从年轻女人死去的房间出来，卡米尔下了楼，阿尔芒正在给接待员录口供，他是一个年轻男人，头发用发胶贴在两边，像是刚刚被人打了一巴掌。为了看起来极其实用，阿尔芒坐在餐厅，客人们来来往往拿着早餐。他说："你不介意吧？"

没等对方回答，他就给自己泡了壶咖啡，拿了四个羊角面包、一杯橙汁、一盘谷物、一个煮鸡蛋、两片火腿和几份湿奶酪。边吃着，他边提了几个问题，然后专心致志地听着回答，因为即便嘴巴塞满了东西，他依然能够纠正："你刚刚跟我说晚上十点半。"

"是的。"接待说，他被这样一个身材瘦削的警察的食量惊呆了，但在五分钟内，你永远不可能知道……

阿尔芒示意他知道了。调查结束时，他说："你有没有盒子之类的东西？"

但不等他回答，他已经铺开三张餐巾纸，往里面倒了一整块糕点，小心翼翼地包上四个角，打了个漂亮的结，像是一个礼品盒。他对接待说："今天的午餐……缠上这种事，我们没时间吃饭。"

早晨七点半。

卡米尔走进会议室，路易正在询问发现阿历克斯的女服务员，一个五十多岁的女人，被工作折磨得形容憔悴，脸色苍白。她通常负责晚饭后的卫生工作，然后回家，但有时候，缺乏人手的情况下，她早晨还会回来，负责六点的第一班清扫工作。她体形笨重，背有点儿弯。

一般情况下，她只在上午晚些时候才进房间，并且只有在长时间敲门、侧听之后，因为她怕看到一些场景……她本可以描述这些场景，但这个小警察出现了，四处观察，有些不敢说话。他什么都没说，只是待在那里，双手插在大衣口袋里，他进屋后一直没有脱掉大衣，或许是病了，或者冻着了，这个男人。这天早上，她搞错了。人家给她的纸上写的是"317"，客人应该已经离开了酒店，表示打扫房间的绿灯亮着。

"写得不清楚。我看成了'314'。"她解释说。

她情绪相当激动，从头到尾不想表明任何自己的过失。和她一点儿关系都没有。

"如果他们写清楚了房间号，我就不会牵涉进来了。"

为了使她平静，为了让她放心，路易把他漂亮的指甲和剪得干干净净的手搭在她的前臂，然后闭上眼睛，他有时候真的有种红衣主教的气场。她刚踏进这个314房间，就发现除了走错房间这个愚蠢的误会之外，更重要的是，她反复确认，眼前有个三十岁的女人，自杀了。

"我立马看出来她死了。"

她闭上嘴，说不出话，她不是没有见过尸体。每次都是意外，但还是……还是会让人崩溃。

"这简直让我崩溃！"

她把手捂在嘴上，沉浸在这回忆里。路易静静地安抚着她，卡米尔什么都不说，他看着，他等着。

"一个这么漂亮的姑娘。看上去那么有生命力……"

"你觉得她看上去很有生命力？"

卡米尔问。

"好吧，在这间屋子里，当然不是……我想说的不是这个……"

这两个男人没有回话，于是她继续说下去，她想好好表现，不论怎样，她想帮上忙。因为搞错房间号，她总觉得最后她会免不了被责备。她想自卫。

"我那天前夜看到她的时候，她还生气勃勃的！我想说的是这个！她看上去步伐坚定，总之我……我也不知道怎么跟你们描述！"

她有点儿焦躁。路易又开始安慰："前夜，你看到她走在哪里？"

"好吧，就在前面那条街上！她拿着她的垃圾袋出门。"

还不等她把话说完，两个男人就已经消失了。她看着他们跑向门口。

卡米尔在走廊上逮住阿尔芒和三个警察，一起往出口跑去。街的左右两边，五十几米开外，一辆垃圾车吞噬着定时清理的垃圾箱里的垃圾，警察们大叫着，但远远的没有人听懂他们想干什么。卡米尔和阿尔芒边做着手势边沿着街飞奔，路易往反方向走去，他们挥舞着警牌，使上全身力气对着他们吹口哨，那些清洁工人似乎呆住了，每个人都停下了手中的活。警察终于跑到了，上气不接下气。那些警察夺过垃圾袋，对于清洁工来说，他们从没遇见过这样的情况。

那个清洁女工很惊讶地被领到了现场，像名人登场一样被记者和崇拜者簇拥。她指了指她前夜遇到那个年轻女人的地方。

"我从那边骑着电动车过来。我在这里看她。差不多，嗯！我记不太确切了。"

他们于是就在宾馆停车场上翻了二十多个垃圾箱，老板一下就惊慌失措了。

"你们不能……"他开始阻挠。

卡米尔阻止他:"不能什么?"

老板放弃了,真是脏乱不堪的一天,垃圾桶开肠破腹地躺在停车场上,好像一起自杀还不够一样。

是阿尔芒发现了这三个袋子。

他就是有这洞察力,还有经验。

53

星期天早晨，卡米尔给嘟嘟湿打开窗子，让它可以看窗外的集市，它喜欢这样。他吃完早饭才八点不到，他睡得不太好，他又进入了一种长久的犹疑阶段，就像他经常会有的那样，似乎所有的答案都在摇摆，好像做与不做也没什么区别。这种犹豫中最可怕的，是探索自己内心深处，究竟什么会占上风。假装自我拷问也不过就是一种方法，用一种貌似理性的方式，来掩盖一个有争议的决定。

今天是他母亲作品拍卖的日子。他说过他不去。现在，他确定他不去。

好像拍卖会已经结束了一样，卡米尔想着之后的事情。现在他想的是拍卖会带来的收益。还有不留一分钱，把它全部捐掉的想法。至今他都不想知道他到底能拿到多少钱。他不想去数这些钱，而他的大脑里却是一串数字，这由不得他。他永远不会像路易那么有钱，但还是有钱的。他估计，有十五万欧。或者更多，二十万欧。他为自己算这笔账感到不齿，但他还是这么做了。伊琳娜去世的时候，保险公司支付了他们买下、他又立即卖出的房产。用这笔钱，他又买了这套房，贷了一点儿款，他母亲的作品拍卖正好可以还这笔钱。这类想法就是明智的决定里应该避免的最大的错误。他会对自己说，我可以至少付清贷款，然后捐了剩下的钱。然后他会说，付了贷款，换辆车，然后捐了剩下的。无休无止。直到他一分钱不剩。他可能最后只剩两百欧捐给癌症研究。

"好啦，"卡米尔抖了抖身，"集中精力关注重点吧。"

差不多十点的时候，他离开了嘟嘟湿，穿过集市，空气清冷，天气晴好，他想步行去警局，但这需要一点儿时间。卡米尔尽可能快地走着，但他的腿并不长。所以他放弃了他的固执和浪漫的想法，选择了坐地铁。

星期天，但路易说他下午一点会去警局和他碰头。

他到了局里，便一直和大桌子上排成一列的物件对着话。像是一个小女孩蹲在大清仓的柜台前。

发现尸体的那天晚上，阿历克斯的哥哥来法医研究所确认尸体后，他们向普雷沃斯特夫人，也就是她的母亲提出要求请她指认遗物。

这个女人相当娇小，充满活力，棱角清晰的脸庞和她的白发与旧衣服形成鲜明对比。她身上的一切，包括她的车子，都在传递同一个信息：我们是低调的中产阶级。她不愿脱掉大衣，也不愿放下手袋，看上去非常急着离开。

"一下子要消化的信息有点儿多，"第一个见到她的阿尔芒说，"您的女儿在杀了至少六个人之后，于昨晚自杀，有点儿像畏罪自杀，我们可以理解。"

卡米尔跟她在走廊上说了很久认领遗物的事情，她将面对一大堆她女儿的私人物品，小时候的，长大一点儿后的，青少年时期的，没什么太大价值，但在孩子死去时会让人觉得无比煎熬。普雷沃斯特夫人表示她不会哭的，她可以理解，但当她真的站在那一桌子的纪念物前面时，她崩溃了。他们给她拿了一把椅子。这种时候，作为观众是很痛苦的，内心焦躁，但必须保持耐心和冷静。普雷沃斯特夫人没有放下她的包，像是来做客一样，她坐在椅子上，指着那些物件，很多她都不认识，或者不记得。她总是茫然不确定的样子，像是站在一幅她女儿的白描画像面前一般，她认不出来。对她来说，这就像是一些凌乱的物件。把她去世的女儿变成眼前这一团乱七八糟的东西像是一种不公，情绪让位给了羞辱感，她拼命摇着头："她为什么会留着这些鬼东西？你们怎么知道这是她的？"

卡米尔张开双臂。他把这样的反应归类为人们在面对这种极端的情况时的自我防卫，他常常遇到这样的情形，在那些受到惊吓的人身上，反应非常强烈。

"啊，"她又说，"啊是的，这，这真的是她的。"

她指着黑色木头做的黑色小人头。她像是要讲故事了，但她忍住了。然后还有那些小说书页。

"她很爱读书。一直都是。"

路易终于到的时候，差不多已经下午两点。他先是查看那些书页。《明天在战场上想着我》《安娜·卡列尼娜》，有些段落都用紫色墨水画了出来。《米德尔马契》《日瓦戈医生》《奥勒良》《布登波洛克一家》，路易都读过，还有他们说过的全套杜拉斯，但在这批东西里边，只有一两页，选自《痛苦》。路易没有把这些书进行比较，里面有不少浪漫主义作品，很容易猜到，那些年轻的多愁善感的女孩和那些杀人犯，都是一些内心脆弱的存在。

　　他们去吃午饭。吃饭的时候，卡米尔接到他母亲的朋友打来的电话，是他负责今天早晨的拍卖。没什么太多可说的，卡米尔又一次感谢了他，他有点儿不知所措，小心地提了钱的问题。可以猜想电话那端，那位朋友说钱的问题之后再谈，毕竟，他做这些都是为了莫德。卡米尔不说话了，他们约定不久后见面，彼此心里都知道他们不会见面。卡米尔挂了电话。二十二万四千欧元。这场拍卖完全超出了期望。那幅小自画像，小型作品，光这一幅，就卖了一万八千欧元。

　　路易并不惊讶。他知道这市价、这行情，他有经验。

　　二十二万四千欧。卡米尔还没有回过神来。

　　他想算笔账，这是多少工资？总之很多。这让他不自在，感觉口袋很沉，实际上是肩膀很沉。他有点儿直不起身板。

　　"我是不是很傻，全都卖了？"

　　"也不完全是。"路易谨慎地说。

　　卡米尔还在扪心自问。

54

　　精心修剪的胡须，倔强的三角脸，炯炯有神的眼睛，一张生动肉感的嘴，美食家的嘴。他坐得笔直，要不是他的棕色波浪状头发往后梳着的话，从侧面看他简直像个军官。带着银环的皮带更加突出了肚子的体积，也显示出了他的社会地位，贪婪，或是结婚，或是压力，或者三者加起来的结果。他看起来超过四十岁，其实只有三十七岁。身高超过一米八，肩膀宽阔。路易不壮，但很高，然而在他边上，还是显得像个高中生。

　　卡米尔已经在法医研究所见过他，当时他是来确认尸体的。他那张紧绷的、痛苦的脸凑近铝制的桌子。他一言不发，只是点点头表示，是的，是她。于是他们便把床单裹了起来。

　　这天，在法医研究所，他们没有说话。当死者同时又是一个毁了六个家庭生活的连环杀人犯的时候，旁人是很难表达吊唁的。庆幸的是，这不是警察的职责。

　　回去的走廊上，卡米尔一直不说话。路易说："我记得他还挺爱开玩笑的……"

的确，卡米尔想起来，第一次是路易先遇到他的，当时他们在调查特拉里厄儿子的死。

周一下午五点。警局刑事科。

路易穿着布莱奥尼西装、拉夫劳伦衬衫和福喜利鞋子，在他的办公室里。阿尔芒在他身边，袜子在鞋子上拧巴着。

卡米尔坐在一张远一点儿的椅子上，靠着墙，两只脚荡在半空中，他俯身盯着一个本子，好像这里发生的事情和他无关一样。此刻，他凭着记忆，随手画着似乎是他曾经在一张墨西哥纸币上看到的瓜达卢佩·维多利亚的肖像。

"尸体什么时候会运送过来？"

"很快，"路易回答，"非常快。"

"已经四天了……"

"是的，我知道，是有点儿久。"

客观来说，这对话中，路易简直完美。他早早学到了那种不可复制的同理心表达，这是种家族遗传，也是一种社会等级的遗传。今天早上，卡米尔要把他画成圣马可教堂的威尼斯总督。

路易抓起他的笔记本、档案，像是想快些结束这些痛苦的程序。

"所以，托马斯·瓦瑟尔，1969年12月16日出生。"

"我想这档案上都有。"

不算挑衅，但相当强势，相当不悦。

"啊，是，是！"路易无比真诚地确认道，"我们只是要确认一切没有差错。好尽快结案，没别的。你的妹妹，就我们所知，杀了六个人，其中五个男人，一个女人。她的离世让我们没有办法重塑这些事件。总有些话要向家属交代，您一定能够理解的。更何况还有法官。"

呵呵，卡米尔想，法官，的确，他都想邀功想疯了。他迫不及待想坐到他的位置，每个人都想邀功想疯了。但这没什么光彩的，一个连环杀手自杀了，还不如一次拘捕。但从公共安全、市民放心、城市安宁和所有扯淡的角度看来，这总还是有好处的。凶手已经死了。这就像中世纪的时候大家宣布狼死了一样，大家知道这并不会改变世界，但还是让人松一口气，让人感觉有一个更高的正义保护着大家。所以现在这个更高的正义被夸大了。维达尔像是不情不愿地被推到记者面前。听他的口气，这个凶手完全被警方制伏了，她没有别的办法，只有自杀。卡米尔和路易在小酒馆的电视里看到这一幕。路易忍着不吭声，卡米尔心里暗笑。自从这一刻的荣耀之后，法官便平静了下来。他在麦克风前夸夸其谈，说现在任务还是要交由警方去结束。

所以，现在需要通知受害者家属。托马斯·瓦瑟尔理解，他点点头，但他看上去依然很焦躁。

路易看了一会儿他的档案，然后抬起头来，用左手捋了一下头发：

"所以，生日是1969年12月16日？"

"是的。"

"您是一家游戏租赁公司的销售部主任？"

"是的，赌场游戏、啤酒吧、夜总会，我们出租器械。法国到处都有。"

"您结婚了，有三个孩子。"

"是的，您什么都知道。"

路易小心谨慎地记着笔记。然后他抬头："所以您……比阿历克斯大七岁。"

这次，托马斯·瓦瑟尔只是点头表示同意。

"阿历克斯不认识她父亲。"路易说。

"不。我的父亲很早就去世了。我母亲很晚才有了阿历克斯，但她不想和那男人重新开始生活。他消失了。"

"所以，她只有你，作为父亲的角色。"

"我一直照顾她，的确。她需要我。"

路易让他说。他们沉默了一会儿。瓦瑟尔又说："阿历克斯以前就……我不得不说，阿历克斯十分喜怒无常。"

"是的，"路易说，"喜怒无常，这也是我们在您母亲身上发现的。"

他皱了皱眉。

"我们没有发现任何精神治疗的记录，她看起来没有住院治疗或者接受过观察。"

"阿历克斯没有疯！她只是喜怒无常！"

"没有父亲……"

"主要是性格上的影响。她很小的时候就不太懂得和人相处，她自闭、孤独，没什么朋友，也不大说话。还有，思想没有什么连贯性。"

路易表示他理解。对方不吭声，他又说："需要被保护起来……"

听不出这是个问题，还是一个陈述，或是一个评论。托马斯·瓦瑟尔选择听到一个问题。

"绝对的。"他回答。

"您的母亲做得还不够。"

"这没法取代一个父亲的角色。"

"阿历克斯提过她的父亲吗？我想说，她有问过些问题吗？她要求见他吗？"

"没有。她在家里一切都挺好。"

"您和您的母亲。"

"我母亲和我。"

"爱和权威。"

"如果您想这么说也可以。"

局长勒冈负责搞定法官维达尔。他是卡米尔和维达尔之间的屏障，他有所需要的一切品质、身材、沉稳和耐性。我们可以想象这个法官是什么模样，他或许不让人愉悦，但卡米尔，他是真的让人厌烦。几天以来，自从那女孩自杀以来，流言四起。范霍文警官像是变了个人，他不再胜任他的工作，也没有办法处理这样的调查。

大家都在议论这个两年内杀了六个人的姑娘，更别提她的杀人方式，显然，这抓住了所有人的注意力，并且卡米尔真的让人觉得他总是迟一步。一直都是。

勒冈又读了一遍卡米尔最新报告里的结论。他们一小时前见面了。他问："你确定吗，卡米尔？"

"是的。"

勒冈点了点头："如果你想……"

"如果你希望，我可以……"

"不不不不，"勒冈打断他，"我来处理！我会亲自见这个法官，我跟他解释，你等我消息。"

卡米尔抬起准备签辞呈的手。

"但还是……卡米尔，你对法官们到底什么意见？总是闹矛盾，一见面就是，永远都是！好像中了邪一样。"

"这你应该问那些法官！"

在局长的问题背后，依然还是有一个令人尴尬的潜台词：是不是卡米尔的身高让他总爱挑战权威？

"所以，帕斯卡尔·特拉里厄，您在初中时就认识他。"

托马斯·瓦瑟尔一脸不耐烦，抬头吹了口气，像是在吹灭天花板上的蜡烛。他显得像在忍辱负重，然后发出了一个坚定浑厚的"是"，以一种一般情况让人不敢再问下一个问题的语气。

这次，路易没有躲在档案后面。他有这个优势，一个月前正是他给瓦瑟尔做的笔录。

"当时您对我说，我记得您说：'帕斯卡尔快因为他的女朋友娜塔莉把我们烦死了！看啊，终于有一次，他也有个女朋友了！'"

"所以呢？"

"所以我们今天知道，这个娜塔莉事实上就是您的妹妹阿历克斯。"

"您今天是知道了，但我，在那个时候，谁会知道……"

看见路易不说话，瓦瑟尔觉得有必要再说几句："您知道，帕斯卡尔，这是个不太复杂的男孩。那些姑娘，他从来没怎么得手过。我甚至怀疑他是在吹牛。他一直在说，他的娜塔莉，但他从来不把她介绍给任何人。事实上，这就更让我们觉得好笑。我，不管怎么说，我没怎么当真。"

"但还是您给您的朋友帕斯卡尔介绍的阿历克斯吧。"

"不。还有，首先，他不是我朋友！"

"啊是吗，那是什么？"

"听着，我不想说谎。帕斯卡尔就是个弱智，他的智商大概和海胆差不多。所以，这就是个初中同学，童年的小伙伴，如果您一定要这样说的话，我总是到哪里都遇到他，但也就只是这样而已。这不是'朋友'。"

说着他开始大笑，为了强调这个假设多么荒谬。

"您到哪里都能遇到他……"

"时不时地，我经常和他在咖啡店遇到，会和他打个招呼。我也认识那里不少人。我出生在克里希，他也出生在克里希，我们也一起念的小学。"

"在克里希。"

"是的。我们就像人家说的克里希的小伙伴。您知道吗？"

"很好！非常好。"

路易又埋头到他的档案里，忙碌而谨慎。

"帕斯卡尔和阿历克斯也是'克里希的小伙伴'？"

"不，他们不是'克里希的小伙伴'！您能不提克里希了吗！我已经开始厌烦了！如果您……"

"冷静一下。"

说话的是卡米尔。他没有提高嗓音。就像个被人安排坐在办公室角落画画来让他有点儿事做的小男孩，他们把他给忘了。

"我们问您问题，"他说，"您回答问题。"

托马斯转向他，但卡米尔没有抬头，他继续画着，只是加了一句："这里，就是这样的。"

他终于抬起眼睛，手臂举直把他的素描拿远了仔细审视，身子轻轻倾斜，目光越过纸页，指向托马斯，他说："如果您继续这样，我会给你一个违抗公共权力代理人的罪名。"

卡米尔终于把素描放在了桌上，就在他重新俯身埋头之前，他加了一句："我不知道我有没有表达清楚。"

路易等了一秒。

瓦瑟尔被逮了个措手不及。他一会儿看看卡米尔，一会儿看看路易，嘴巴微微张开。气氛让人想起夏天，日头将尽的时候，暴风雨突然袭来，没有人预感到它的到来。于是突然之间大家意识到自己出门时完全没有做任何准备，天空已经黑压压一片，而回家的路还长得很。可以说瓦瑟尔只能拎一拎衣领。

"所以呢？"路易问道。

"所以，什么？"瓦瑟尔回答，一脸迷茫。

"阿历克斯和帕斯卡尔·特拉里厄，他们也是'克里希的小伙伴'吗？"

路易讲话的时候喜欢把连音全都发出来，即便是在最紧张的情形下。比如现在，他就清晰地发出："他们儿。"卡米尔沉浸在他的素描里，摇头晃脑，一脸欣赏，这家伙真是令人难以置信。

"不，阿历克斯没怎么在克里希生活过，"瓦瑟尔说，"我们搬家了，她当时，我不记得了，才四五岁的样子。"

"那她是怎么认识帕斯卡尔·特拉里厄的？"

"我不知道。"

沉默。

"所以，你的妹妹和你的'小伙伴'帕斯卡尔·特拉里厄相遇完全是出于伟大的偶然……"

"不得不这么说。"

"然后她称自己为娜塔莉。她在马恩河畔尚皮尼用十字镐把他杀死。然而这一切和您完全没有关系。"

"您到底想怎么样？是阿历克斯杀的人，不是我！"

他暴躁起来，声音变得尖锐，然后他突然停下，就像他突然爆发一样。他用极其冰冷的语气，一字一句说得极慢："首先，您为什么来调查我？您对我是有什么意见吗？"

"不！"路易急忙澄清，"但您必须理解。在帕斯卡尔失踪后，他的父亲，让-皮埃尔·特拉里厄，开始搜寻您的妹妹。我们知道他找到了她，他在她家附近把她绑架了，他把她监禁了起来，他折磨她，他可能还想杀了她。她奇迹般地逃了出来，后面的事情我们都知道了。我们感兴趣的，正是这个。她用假名和他儿子约会已经很令人震惊了。她到底想隐藏什么？但更令人惊讶的是，让-皮埃尔·特拉里厄是如何找到她的？"

"我不知道。"

"好吧，我们……我们有一个假设。"

这样的一句话，卡米尔说起来有很强的效果。这听起来就会像一个威胁，一种指控，充满着言下之意。在路易说来，却听起来只是一个简简单单的信息。他们选择了一种策略。这是路易的好处，他英国军人的一面，一旦决定的事，他就去做。没有什么能使他分心，也没有什么能阻止他。

"你们有一个假设，"瓦瑟尔重复道，"是什么？"

"特拉里厄先生拜访了所有他能找到的他儿子认识的人。他给他们看了一张质量拙劣的照片，照片上帕斯卡尔身边有娜塔莉陪着，也就是，阿历克斯。但他所有询问的人里面，只有您认识这个女孩。所以我们认为事情就是这样的。您给了他阿历克斯的地址。"

没有反应。

"或者说，"路易继续说，"鉴于特拉里厄先生的激动程度，和他公然的暴力态度，他冷不防地迫使您这么做了，至少。"

这个信息在房间里安静地转了一圈。

"为什么我要这么做？"瓦瑟尔问，一脸困惑。

"的确，我们也想知道，瓦瑟尔先生。他的儿子，帕斯卡尔，在您说来，智商低得跟海胆一样。他父亲也没好到哪里去，所以不用观察他太久就能轻而易举地发现他的意图。我想说，就好像是您判了您妹妹一顿痛打。而事实上，很容易就能看出，他甚至想要杀了她。这就是您想要的对吗，瓦瑟尔先生？您要他杀死您的妹妹？要他杀死阿历克斯？"

"您有证据吗？"

"哈！"

这，又是卡米尔。他的叫声像是一种喜悦的惊叹，并以一个赞叹的笑声收尾。

"哈哈哈，这，我欣赏！"

瓦瑟尔转过身去。

"当一个证人问有没有证据，"卡米尔说道，"这就说明他已经不再否定这些结论了。他只是想找一个庇护。"

"好吧。"

托马斯·瓦瑟尔刚刚做了一个决定。他非常平静地做了这个决定，双手平放在面前的写字台上。他双手一直放在那里，眼睛盯着双手，说道："能不能请您告诉我，我现在到底在这里做什么？"

声音铿锵有力，这句话说出来就像一个命令。卡米尔站起来，放下素描，不再拐弯抹角，也没有证据，他往前走了几步，站到托马斯·瓦瑟尔面前："您从几岁开始强奸阿历克斯？"

托马斯抬起头。

"啊，您是想说这个？"

他微笑。

"您不早说。"

阿历克斯，还是个孩子，她断断续续记过日记。这里写几行，那里写几行，然后又很久不写。她甚至不写在一个本子上。哪里都能找到，垃圾桶里找到的所有东西上，一本只写了六页的草稿本上，一本硬封面笔记本上，封面上是一匹在落日中奔跑的马。

小孩子的笔迹。

卡米尔只念了这一句："托马斯来我房间，几乎每晚，妈妈知道。"

托马斯站了起来。

"好了。现在，先生们，如果你们允许……"

他走了几步。

"我不认为事情会这样。"卡米尔说。

托马斯转身："啊是吗？那会怎么样，在您看来？"

"在我看来，您会重新坐下，回答我们的问题。"

"关于什么？"

"您和您妹妹的性关系。"

瓦瑟尔看看路易，又看看卡米尔，假装惊恐地说：

"为什么，她起诉我了吗？"

现在，他的确很幽默。

"您，您真的是很滑稽。我没有办法相信您，您没有这个荣幸。"

他双臂交叉，脑袋微微倾向一边，像个正在寻找灵感的艺术家。他用一种温柔的声音说："说真的，我很爱她，真的很爱，非常爱。她那时候是个非常迷人的女孩子，您根本想象不了。有点儿消瘦，一张没心没肺的脸，但绝对娇艳欲滴，还很甜美。当然，喜怒无常。她需要人管束，您懂的，还需要很多爱。小女孩大多是这样。"

他转向路易，张开双手，掌心朝向天空，微笑着说："就像您所说，我有点儿像她的父亲！"

然后他又交叉双臂，很满意："所以，先生们，阿历克斯提出强奸的申诉了吗？我能看看吗？"

55

根据卡米尔的计算，根据他所做的核实，当托马斯"去到她房间里"时，阿历克斯应该还不到十一岁。他，十七岁。为了得到这个结论，他必须做很多假设，以及很多推断：同母异父的兄妹，保护者。这就是这件事情中残忍的部分，卡米尔自言自语。他们还指责我残忍……

他又回到阿历克斯。他有几张这个时期她的照片，但没有日期，不得不参照那些装饰物（车子、衣服）来确定时间。还有看阿历克斯的体形。一张张照片上，她一点点长大。

卡米尔想了又想这个家庭故事。这个母亲，卡洛尔·普雷沃斯特，助理护士，在1969年，嫁给了弗朗斯瓦·瓦瑟尔，印刷工人。她那时候二十岁。同年生下了托马斯。1974年，她丈夫去世。托马斯五岁，可能完全不记得他父亲。1976年，阿历克斯出生了。

她不知道父亲是谁。"他不配。"瓦瑟尔夫人用一种决断的声音说，没有意识到她这句话的分量。

她没有太多幽默感。同时，她又是一个杀了六个人的女孩的母亲，这让人开不出玩笑来。卡米尔不想让她看到阿历克斯的东西里找到的那几张照片，他把它们拿下桌。相反他问她要别的照片。他要来好多。他和路易一起，把照片分类，标注地点、年份，还有瓦瑟尔夫人只给他们看的人物。托马斯，他没有给出任何照片，他说他没有。

　　从阿历克斯小时候的照片看来，她以前是个极其瘦弱的小女孩，脸都瘦没了。颧骨高高突出，眼神黯淡，嘴唇很薄，紧紧绷着。她激不起任何欲望。照片是在海滩上照的，边上有气球、遮阳伞，还有迎面而来的阳光。"是在莱拉旺杜。"瓦瑟尔夫人说，"两个孩子。阿历克斯十岁，托马斯十七岁。他压着她的脑袋和双肩。她穿着两件套的泳衣，她本可以逃脱，但她没有，这是种嬉闹。"她的胳膊是那么细，她的双腿也细。两只脚有点儿内八。病态，瘦弱，这还不算什么，但她的样子的确不好看。除了她的肩膀，不得不说。当你看到她的肩膀，这是颠覆性的。

　　就是从那个时期开始，托马斯开始进入她的房间的。早一点儿或者迟一点儿，这并没有太大区别。因为接下来的时期拍的照片并不是非常鼓舞人心。比如这是阿历克斯，差不多十三岁的样子。集体照，家庭照。阿历克斯在右边，她母亲在中间，托马斯在左边。一个郊区房子的露台。一个生日。"在我去世的哥哥家。"瓦瑟尔夫人说。说着，她画了个十字。一个简单的手势有时候会打开全新的神奇视野。在普雷沃斯特的家里，他们信上帝，或者说他们曾经信过，不论如何，他们画十字。在卡米尔看来，这对于小阿历克斯来说，不是件好事。阿历克斯长大了一点儿，不是很多，但她长高了，还是那么瘦，笨手笨脚的，她给人感觉有点儿笨拙，身体平衡感不好。她让你不可避免地产生一种保护欲。在这张照片上，她有点儿比别人靠后站。照片背后，很久以后，阿历克斯用成人的笔迹写着："母上大人。"瓦瑟尔夫人并不是太有王室风范，最多是着装有点儿讲究，她转头，对她的儿子微笑。

"罗伯特·普拉德利。"

阿尔芒来接班。他用一支新原子笔在一本新笔记本上记着那些回答。刑事科的节日。

"不认识。怎么，这也是阿历克斯的受害者？"

"是的，"阿尔芒回答，"他是长途司机。他的尸体在东线高速公路的一块空地上被发现，在他的卡车里。阿历克斯往他眼睛里扎了一把螺丝刀，还有一把螺丝刀扎在了他的喉咙里，然后往他嘴里倒了半升硫酸。"

托马斯思考了一下。

"她可能和他有什么仇吧……"

阿尔芒没有笑。这是他的本事，他像是没有听懂，或者根本漠不关心，事实上，他只是完全集中精力。

"是的，毫无疑问。"他说。阿历克斯有点儿易怒，在他看来。

"那些姑娘……"

言下之意，你们也知道她们就是这样。瓦瑟尔是那种说话时眼神猥琐的人，并且一直试图找寻别人眼里的默契。人们觉得这种眼神通常可以在那些老色鬼、那些性无能者、那些性变态身上找到，事实上，这种眼神在男人身上很普遍。

"所以，罗伯特·普拉德利，"阿尔芒又说，"这个名字对你来说没什么特别的吗？"

"完全没有。应该有吗？"

阿尔芒没有回答，在他的档案里搜寻。

"那，贾德诺，贝尔纳？"

"您是要一个一个问我吗？"

"一共才六个，很快的。"

"我，这到底和我有什么关系？"

"好吧，和您的关系就是，贝尔纳·贾德诺，他认识您。"

"什么？！"

"啊是的，您回忆一下！贾德诺，埃唐普的修车工，您在……"他查看着他的档案，"在1988年的时候卖给他过一辆摩托车。"

瓦瑟尔回忆了一下，让步说："或许吧。这太久远了。1988年，我才十九岁，您说我要是记得的话……"

"但是……"

阿尔芒一张一张翻查着他散乱的档案。

"这里。我们有一份贾德诺先生的朋友的证词，他说对您印象很深。你们当时都是摩托车发烧友，在那个时候，你们还经常一同出游……"

"什么时候？"

"1988年，1989年……"

"您还记得所有您在1988年时认识的人？"

"不，但这个问题不是问我的，而是问你的。"

托马斯·瓦瑟尔露出疲惫的神色。

"好吧，就算我承认，游车河，二十年前。那又怎么样呢？"

"那么，这就有点儿像一条线索。您不记得普拉德利先生，但是您记得贾德诺先生，而他，他认识普拉德利先生……"

"谁和谁还绝对没有一点儿联系呢？"

阿尔芒表现出了一丝他平日没有的细腻。他转向路易。

"是的，"路易回答，"我们知道这个理论，它很诱人。但我觉得它有点儿不符合我们的主题。"

图比娅娜小姐六十岁，眼明脚快。她坚持别人叫她"小姐"，她这样声明。她前天接待了卡米尔。她从市游泳池出来，他们在一间咖啡馆聊了一会儿。坐在她对面，在她湿漉漉的头发里，可以看见不少白发。她是那种欣然变老的女人，因为这增加了生命的张力。随着时间流逝，难免会搞错一些学生。她笑了。每次她遇到一些和她谈论自己孩子的家长，她只能假装感兴趣。不仅仅是因为她不记得，更是因为，她不在乎。"我应该觉得羞愧。"但是阿历克斯，她记得比别的孩子清楚，是的，她在那些照片上都认出了她，这个瘦小的女孩。"这孩子太黏人，总是在我办公室附近转悠，她总在课间来看我，是的，我们两个人相处很好。"阿历克斯很少说话。但她还是有些朋友，她很爱玩，但让人惊讶的是，她会突然一下子变得很严肃，"毫无预兆，就这样，严肃得像个教皇"，不一会儿她再重新说话，"像是突如其来的一种缺席，像是她突然掉进一个洞里，太奇怪了"。当她遇到麻烦，她会有些结巴。图比娅娜小姐说她有点儿"大舌头"。

"我当时没有立马意识到。这很少见。对于这些事，我通常都是很留心的。"

"或许是长时间逐渐形成的。"

图比娅娜小姐也这样觉得。她晃晃脑袋，卡米尔跟她说她这样会着凉的，头发湿着。她说不论如何，她每年秋天都会生病，"这是一种疫苗，这让我一年别的时间都精神矍铄"。

"一年内别的时间能发生什么呢？"

她不知道，她摇摇头，眼睛像是盯着一个谜，她无话可说，也没什么想说，她不知道，什么都不想，刚才那个离她还很近的小女孩，此刻又远去了。

"您没有跟她母亲说过她口吃的事吗？建议找个矫正医生？"

"我以为这会过去的。"

卡米尔紧紧盯着这个日渐衰老的女人。很有个性，不是那种对这样一个问题会毫无想法的女人。他感觉到哪里不对，但又说不出是哪里不对。还有她哥哥，托马斯。他常常来找她，的确，非常频繁。这也是瓦瑟尔女士说的："她的哥哥非常照顾她。"一个大男孩，"一个漂亮的男孩"，对于这个，这位小姐，她倒是记得非常清楚，卡米尔没有笑。托马斯上的是技校。

"他这样来找她，她开心吗？"

"不，当然不，您想想吧，一个小女孩总是想长大，她总想一个人来上学，一个人回去，或者和她的女伴们。她的哥哥，这是个大人，您不难理解……"

卡米尔说："阿历克斯一直被她哥哥强奸，就在她在您班上读书那段时间。"

他眼看着这些话渐渐沉没，没有引起任何骚动。图比娅娜小姐看着别处，朝着柜台，朝着露台，朝着街上，像是在等什么人。

"阿历克斯有没有试着和您讲过这事？"

面对这个问题，图比娅娜小姐烦躁地摆摆手背。

"说过一点儿吧，但小孩子的话怎么能当真！而且这还是家务事，我不管这些。"

"所以特拉里厄、贾德诺、普拉德利……"

阿尔芒看上去很满意。

"好的……"

他转过这些文件。

"啊，史蒂芬·马基雅克。您也不认识他吧……"

托马斯什么都没说。他显然是在等着看事情会有什么发展。

"兰斯的咖啡馆老板……"阿尔芒说。

"从没去过兰斯。"

"之前，他在奥尔日河畔埃皮奈有一家咖啡馆。根据迪斯特里法尔，您的老板的记录，他在1987年到1990年之间您旅行的时候认识了您，他还有两台电动弹子机存放在您那里。"

"可能吧。"

"是确定，瓦瑟尔先生，绝对确定。"

托马斯·瓦瑟尔改变了他的策略。他看看自己的手表，快速算了一下，便窝到了自己的扶手椅里，双手放在皮带上，准备好几个小时耐下心来，如果需要几个小时的话。

"如果您告诉我您知道什么，或许我能帮到您。"

1989年。在照片上，诺曼底的一户人家，在埃特尔塔和圣瓦莱里之间，砖石房屋，屋顶铺着石板，在屋子前面的绿色草坪上，有一张吊椅、一些果树，一家人聚在一起，勒鲁瓦一家。这家男主人："总之，勒鲁瓦。"好像别人不知道一样。他的品位有些浮夸。做五金材料发了家，他就买下了一个四分五裂的家庭仍在继承诉讼中的一处房产，从此觉得自己是别墅领主。他经常在自己的花园里烧烤，然后给他的手下们发邀请函，像是在发召集令。他对市政厅有着野心，渴望名片上有政治头衔。

他的女儿，莱奈特（小女王）。是的，作为名字来说，这有点儿傻，这个男人真是无所不能。

莱奈特倒是说起她父亲来非常严肃。是她对卡米尔说的这个故事，卡米尔其实什么都没问。

她在照片上指出了阿历克斯，两个女孩相拥着大笑。照片是她父亲在一个阳光明媚的周末拍下的。天气很热。在她们身后，一个喷水器旋转着巨大的喷头在给花园洒水，水花里勾勒出了阳光里的五彩色谱。取景是很愚蠢的。勒鲁瓦，他不擅长摄影。他，除了商务……

蒙田大道附近。他们在RL媒体制作的办公室里。今天，她想别人叫她"莱娜"（女王），而不是"莱奈特"（小女王），没有意识到这比她父亲还过分。她制作电视剧。她父亲去世之后，她用他在诺曼底房子的钱，建立了这家制作公司。她在一间用来开会的大房间接待了卡米尔，可以看见那些年轻人来来往往，一脸被他们觉得极其重要的工作占据的神情。

只是看到了扶手椅的深度，卡米尔就不想坐下了。他站着。他只是拿出了照片。照片背后，阿历克斯写着："我亲爱的莱奈特，我心中的女王。"小孩子的笔迹，粗粗细细。紫罗兰色的墨水。他确认了一下，他打开干涸了的墨水笔，里面还有一根空了的紫罗兰色笔芯，一支非常廉价的墨水笔，紫罗兰色，当时不是很流行，就是一种阿历克斯想要体现自己独特性的象征，就像他们发现的她的很多其他东西一样。

她们都在四班。莱奈特晚一年读书，但因为出生日期的关系，她们被分在同一个班里，尽管莱奈特比阿历克斯长了两岁，差不多十五岁了。在照片上，她像是个乌克兰女孩子，细细紧紧的辫子扎了一头。如今，她看着照片，叹了口气："我们当时看上去多傻气呀……"

好朋友，莱奈特和阿历克斯。就像所有人十三岁时那样。

不离不弃。白天每天在一起，晚上可以通好几个小时电话，直到被父母夺过电话。

"是的，托马斯？"

卡米尔对于这个故事实在是筋疲力尽。越是继续越是……疲惫无力。

"他在1986年开始强奸他妹妹。"他说。

她点起了烟。

"您那时候已经认识她了，她有跟你说过这个事情吗？"

"是的。"

这是个坚定的回答。像是在说，我知道你想说什么，我们不要绕圈子。

"是的……然后呢？"卡米尔问。

"是的，然后，没然后了。您想说什么呢，我代替她起诉他？在十五岁的时候？"

卡米尔不说话了。他本该有很多话要说，要不是他筋疲力尽的话，但他需要信息。

"她和你说什么了？"

"说他弄痛她了。每次，他都弄痛她。"

"你们很亲密……有多亲密？"

她笑了。

"您想知道我们有没有睡过？十三岁？"

"阿历克斯十三岁。您，十五岁。"

"的确。那好吧，是的。我教她的，您说得没错。"

"你们的关系持续了多久？"

"我不记得了，不是很久。你知道，阿历克斯不是非常……有动力，您理解吗？"

"不，我不理解。"

"她这么做……只是为了消遣。"

"一个消遣？"

"我想说……她不是非常感兴趣，对于一段关系。"

"但您还是知道如何说服她。"

她不太高兴，因为这句话，莱娜·勒鲁瓦。

"阿历克斯想怎么做就怎么做！她是自由的！"

"十三岁？加上这样一个哥哥？"

"自然，"路易说，"我想事实上您可以帮到我们。瓦瑟尔先生。"

他看起来还是忧心忡忡。

"首先，是一点儿细节。您说您不记得马基雅克先生了，奥尔日河畔埃皮奈的咖啡馆老板。然而，根据迪斯特里法尔的记录，四年之间，您至少拜访了他七次。"

"我的确会拜访一些人，都是些客人……"

莱娜·勒鲁瓦掐灭了她的香烟。

"我不知道到底发生了什么。一天，阿历克斯突然消失了，消失了几天。当她再回来时，我们就结束了。她甚至不和我说话。接着，我父母就搬家了，我们就离开了，我再也没见过她。"

"是什么时候？"

"我说不上来，太久远了，这一切。大概是年底，1989年吧，然后……我就不知道说什么了。"

56

　　在办公室角落，卡米尔继续听着。他还在画画。按照回忆，总是这样。阿历克斯的脸，差不多十三岁，在诺曼底房子前的草坪上，她和她的女伴一起，她们身体紧紧相依，她手上拿着个塑料瓶子。卡米尔试图重新找到照片上的那个微笑。尤其是，照片上的目光。这是他最想念的。在酒店房间里，她的目光是熄灭的。目光，他思念那种目光。

　　"啊，"路易说，"现在，杰奎琳纳·扎奈迪。她，您应该了解多了吧？"

　　没有回答，也无处可逃。路易看起来像是那种人们想象中的外省公证员，认真、周到、细致、有序。让人厌烦。

　　"告诉我，瓦瑟尔先生，您为迪斯特里法尔先生工作多久了？"

　　"1987年开始的，您应该很清楚。我先提醒你们，如果你们看到我老板……"

"什么？"卡米尔从后排打断他。

瓦瑟尔转头看他，非常激动。

"如果我们看到了他，您继续说下去，"卡米尔重复，"我似乎觉察到您的语气里有一丝威胁。那就说吧，继续，我很感兴趣。"

瓦瑟尔还没来得及回答。

"您是几岁开始为迪斯特里法尔工作的？"路易问。

"十八岁。"

卡米尔又一次打断他："告诉我……"

瓦瑟尔不断一会儿转向路易和阿尔芒，一会儿又转向卡米尔，于是他起身，愤怒地把椅子一斜，好同时面对他们所有人，而不用转来转去。

"什么？"

"这时候，你和阿历克斯很好？"卡米尔问。

托马斯笑了。

"我和阿历克斯的关系一向很好，警官。"

"长官。"卡米尔纠正他。

"长官，警官，警长，我不在乎。"

"然后您去接受培训了，"路易又说，"你们公司组织的培训，那是1988年，然后……"

"好吧，好吧，OK，扎奈迪，我认识她。我上过她一次，这没什么大不了的吧！"

"您一周去图卢兹培训三次。"

托马斯撇了撇嘴：

"我不知道，您怎么会觉得我还记得这些……"

"不，不，"路易鼓励他，"我向您保证，我们已经确认过了，一周三次：从十七日到……"

"行了行了，三次，行了！"

"冷静……"

是卡米尔，又是他。

"你们这把戏，有点儿老套吧。"托马斯说，"新人来翻查档案，流浪汉来盘问，小矮子在后排……"

卡米尔的血液一下涌了上来。他从椅子上跳了起来，冲向托马斯。路易站起来，用手拦住他老板的胸口然后闭上眼睛像是在极力克制，他向来都是这样和卡米尔相处的，他模仿着那些他学来的动作，希望他的长官也能受他影响和他同步，但这次，一点儿都不起作用。

"那你呢，你个蠢货，你的把戏：'是的，她十岁我就上了她，真是太爽了。'你觉得你能逃得掉？"

"但是……我从来没有这么说过！"托马斯感觉被冒犯了。

"这都是您说的，真的……"

他非常冷静，但看起来真的很生气。

"我从来没说这么可怕的话。不，我说的是……"

即便坐着，他也比卡米尔高，这太搞笑了。他不紧不慢，一字一句地说着。

"我说的是，我很爱我的妹妹。非常爱。我希望这听起来没有什么恶意，至少不会被法律惩罚吧？"

神情惹人厌烦。他又说，一脸惊愕："兄妹之情是违反法律的吗？"

恐怖和变态。他像是在说。但他的微笑却暗含了别的东西。

生日。这一次，有了确切的日子。在照片背面，瓦瑟尔夫人写道："托马斯，1989年12月16日。"他的二十岁。照片是在家门口拍的。

"一辆SEATMalaga四门车，"瓦瑟尔夫人骄傲地说，"二手的，嗯，我没那么多钱。"

托马斯用手支在打开的车门上，为了让人看到里面的丝光棉座位，大概吧。阿历克斯在他边上。在照片上，他一条胳膊搂着他妹妹的肩膀，一副保护者的样子。但一旦深入了解之后，事情就完全变了样。因为照片很小，卡米尔只能通过显微镜看阿历克斯的脸。这天晚上，他没睡，他凭着记忆画着她，他费了好大力想要回忆。她在照片上没有笑。这是在冬天，她穿着一件很厚的大衣，即便如此，还是让人觉得过于瘦弱，她十三岁。

"托马斯和他妹妹之间怎么样？"卡米尔问。

"哦，非常好，"普雷沃斯特夫人说，"他总是很照顾他妹妹。"

"托马斯来我房间，几乎每晚，妈妈知道。"

托马斯不耐烦地看他的手表。

"您有三个孩子……"卡米尔说。

托马斯看到话锋转了。他有点儿犹豫。

"是的，三个。"

"有女儿吗？两个，是吗？"

他弯腰看路易面前的资料。

"果然是。卡米尔，看啊，和我一样！还有艾洛蒂……这些小家伙，她们现在几岁了？"

托马斯咬紧牙关，默不作声。路易决定打破沉默，他觉得有必要换一个话题："所以扎奈迪夫人……"他说道，但没时间说完。

"九岁和十一岁！"卡米尔打断他。

他用食指指指档案，一脸得意。突然他又收起了笑脸。他俯身凑向托马斯。

"您的女儿们，瓦瑟尔先生，您是怎么爱她们的呢？我向您保证，父爱不会被法律惩罚的。"

托马斯咬着牙，下巴紧紧绷着。

"她们是不是也喜怒无常？她们需要权威吗？不管怎么说，偶尔，总是需要权威的，小女孩总是这样，这往往是需要爱的表现。所有爸爸都知道……"

瓦瑟尔盯着卡米尔看了很久，那种紧张似乎一下消逝了，他对着天花板微笑，然后长长地舒了一口气。

"您口味真的很重，长官……对于一个您这样体形的人来说，这真是太令人惊讶了。您觉得我会向您的挑衅屈服吗？觉得我会一拳揍到你脸上然后给你机会……"

他扩大了范围："你们不仅很差劲，先生们，你们甚至平庸至极。"

说着，他起身。

"您只要踏出这个办公室一步……"卡米尔说。

这时候，没有人知道下一秒会怎么样。气氛越来越紧张，大家都站着，连路易都是，这是个僵局。

路易寻找着出路。

"扎奈迪夫人，在您下榻酒店的那段时间，有个男朋友叫菲利克斯·马尼埃尔。马尼埃尔先生非常年轻，比扎奈迪夫人年轻差不多一轮。您呢，您大概，十九二十岁吧。"

"我不想拐弯抹角。那个扎奈迪，是个老婊子！她这辈子唯一感兴趣且乐此不疲的事情，就是和年轻男人上床。她应该榨干了她一半的客人吧，至于我，门还没开全，她就已经扑了上来。"

"所以，"路易总结说，"扎奈迪夫人认识菲利克斯·马尼埃尔先生。这好像都是一个系统的，贾德诺，您认识他，而他认识您不认识的普拉德利；您认识扎奈迪夫人，而她认识您不认识的马尼埃尔先生。"

路易于是转向卡米尔，有点儿担心："我不确定我是不是表达清楚了。"

"不，不是很清楚。"卡米尔确认说，他也有点儿担心。

"我也有点儿怀疑，我再说清楚一点儿。"

他转向瓦瑟尔。

"您直接或间接认识所有您妹妹杀死的人。这样说可以吗？"他边说着边转向他老大。

不是很满意，卡米尔："听着，路易，我不想冒犯你，但你的表达还是有点儿不清楚。"

"你觉得？"

"是的，我觉得。"

瓦瑟尔从右到左转动着脑袋，果然是一群蠢货……

"你允许吗？"

路易用手势做了个大大的"请"。卡米尔："事实上，瓦瑟尔先生，您的妹妹，阿历克斯……"

"嗯？"

"您卖了她多少次？"

沉默。

"我想说：贾德诺、普拉德利、马尼埃尔……我不确定这是全部，您懂的。所以我们需要您的帮助，因为您，作为组织者，您当然知道，有多少人被邀请来享受您的妹妹，小阿历克斯。"

瓦瑟尔震怒了。

"您把我的妹妹当作妓女看待？您真是对死者一点儿尊敬都没

有！"

一个微笑接着在他脸上浮现："告诉我，先生们，你们打算怎么证明这一切？你们要请阿历克斯做证吗？"

他让警察们欣赏他的幽默。

"你们要传唤那些客人吗？这好像不太容易。他们并不是那么新鲜呢，就我所知，那些所谓的客人，嗯？"

不论是草稿簿还是笔记本，阿历克斯从来不写日期。字迹是模糊的，她怕文字，即便是她一个人的时候，在她的小本子面前，她也不敢。甚至让人怀疑她是不是识字，那些字。她写道：

> 周四，托马斯和他的伙伴帕斯卡尔一起过来。他们是小学同学。他看上去真的很蠢。托马斯让我站着，在他面前，他盯着我看。他的伙伴开着玩笑。之后，在房间里，他还在开玩笑，他一直在开玩笑，托马斯说，你和我朋友一起要乖乖的。然后，在房间里，他的朋友，他在我身上，还在笑，甚至是我很痛的时候，他好像无法停止他的玩笑。我不想在他面前哭。

卡米尔可以很真切地想象出来，那个白痴，狠狠干着那个小女孩，还在痴笑。他相信似乎什么都可以，比如她喜欢这样，甚至非常喜欢。毕竟，不管怎么说，比起帕斯卡尔·特拉里厄，这对瓦瑟尔更意味深长。

"完全不是这样，"托马斯·瓦瑟尔拍打着他的大腿说，但他过了很久才说，"你们问完了吗，先生们？"

"还有一两点，请配合一下。"

托马斯毫不掩饰地看看他的手表，犹豫了很久，接受了路易的请求。

"好吧，可以，但快一点儿，家里人会担心的。"

他交叉着双臂："我听着。"

"我建议您就我们的假设说一下您的观点。"路易说。

"太棒了，我也喜欢事情清清楚楚的。最重要的是，清清白白的。尤其是关于你们的假设。"

他看起来真的很满意。

"您和您妹妹上床的时候，阿历克斯十岁，您十七岁。"

瓦瑟尔，一脸担忧，寻找着卡米尔的目光，然后又看向路易。

"我们说好的，先生们，我们只是谈论一下你们的推测！"

"完全正确，瓦瑟尔先生！"路易立马说，"这里我们的确在说我们的假设，我们只是请您告诉我们是否这种假设中存在什么内部矛盾……存在什么不可能性……这类情况。"

可能有人会说路易有点儿添油加醋了，但完全没有，他平常基本上就这风格。

"完美。"瓦瑟尔说，"所以，你们的假设是……"

"第一，您曾经性侵过您的妹妹，在她只有十几岁的时候。刑法第222条判这种行为二十年有期徒刑。"

托马斯·瓦瑟尔食指朝天，装作非常了解的样子："如果有起诉的话，如果事实可以证明的话，如果……"

"当然，"路易面无表情地打断他，"这只是一个猜测。"

瓦瑟尔很满意，他是那种坚持事情要按规矩来办的人。

"我们的第二个假设是，在您侵犯了她之后，您把她借给，甚至可以说是租给别人。刑法225条涉及了严重的拉皮条行为，并判十年有期徒刑。"

"等等，等等！您说'借给'。先生，刚才，"他指向房间另一头的卡米尔，"他说'卖'……"

"我说的是'租'。"路易说。

"卖！开玩笑！好吧，我们说'租'。"

"所以，租给别人。先是特拉里厄先生，一个中学同学；然后是贾德诺先生，您认识的一个修车工人；马基雅克先生，一个客人（同时有两重含义，因为他也租您的游戏机放在咖啡馆里）。贾德诺先生可能还很热情地把您出色的服务推荐给了他的朋友，普拉德利先生。至于扎奈迪夫人，您认识的关系亲密的酒店女老板，她也毫不犹豫地把这优质服务介绍给了她的小男朋友，菲利克斯·马尼埃尔先生，大概想讨他欢心，甚至是为了绑住他。"

"这已经不是一个假设了，这是一堆！"

"完全不符合现实吗？"

"就我所知，完全不符合。但不能说您没有逻辑，甚至还很有想象力。阿历克斯她自己一定也会称赞您。"

"称赞我什么？"

"称赞您对一名死者出口不逊……"

他轮流看着这两位警察："……对她来说，如今一切都已经无所谓了。"

"对您的母亲来说也无所谓吗？对您的妻子来说呢？您的孩子呢？"

"啊，没有！"

他看看路易，又看看卡米尔，直勾勾地看进他们的眼睛。

"啊，先生们，这样一通毫无证据也没有证人的指控，这可以是一种纯粹简单的污蔑。这违法吗，你们知道吗？"

托马斯跟我说他会让我开心的，因为他有一个和猫一样的名字。是他的妈妈让他做的这次旅行。但他的表情一点儿都不像一只猫。所有时间里，他一直看着我，死死地盯着我看，他什么都不说。只是，他笑起来很奇怪，感觉像要吃掉我的脑袋。之后，很久，我一直不能忘记他的脸和眼睛。

那本笔记本上关于菲利克斯的就那么多，但之后，他们在草稿簿上又看到关于他的，非常简短：

猫又来了。又看了我很久，笑得和上一次一样。然后，他说，用另一种方式弄我。他把我弄得太痛了。托马斯和他，他们对我大哭非常不满。

阿历克斯十二岁。菲利克斯二十六岁。

这种不自在的氛围持续了很久。

"在这一堆假设中，"路易终于又说，"我们只剩一件事情需要明确了。"

"说吧。"

"阿历克斯是如何找到所有这些人的？因为毕竟，这些事情发生在差不多二十年前。"

"您想说这个假设发生在二十年前？"

"是的，抱歉。我们做了假设，这些事情发生在二十多年前。阿历克斯改变了许多，我们知道她用了不同的名字，她不着急，她很有战略。她精心策划了和他们中每个人的相遇。她在他们每个人身边都扮演了一个相当可信的角色。对于帕斯卡尔·特拉里厄，她是一个有点儿肥胖而不太起眼的姑娘；对于菲利克斯·马尼埃尔，她是一个相当正点的女人……但是问题在于：阿历克斯是如何找到这些人的呢？"

托马斯转向卡米尔，然后又转向路易，重新又转向卡米尔，好像不知道到底把脑袋搁在哪里一样。

"不要告诉我……"他一脸惊恐，"不要告诉我你们没有假设？"

卡米尔转过身来。这真是个需要人耗费大量精力的活儿。

"啊，不，我们当然有一个假设。"路易用一种谦卑的口吻说。

"啊……快告诉我。"

"就像我们假设是您给了特拉里厄先生您妹妹的身份和地址一样，我们也认为是您帮助您妹妹找到了所有这些人。"

"但我怎么会知道她会杀掉他们所有人……假设我认识他们的话，"他摇摇食指，"我又如何知道他们二十年后在哪里？"

"首先，有些人二十年也没有搬家。其次，我认为您只需要告诉她他们的名字和他们曾经的住址，接下来，阿历克斯自己会做调查。"

托马斯轻轻拍拍手表示赞赏，但他立马问道："我为什么要这么做？"

57

普雷沃斯特夫人非常清楚地表示她不怕逆境。她出身平民，从来没有大富大贵，她一个人拉扯大了两个孩子，不欠任何人的，等等，所有她这些格言都能从她坐得笔笔直的样子里看出来。她打定主意绝不上当。

周一下午一点。

她儿子在下午五点被传唤。

卡米尔协调了所有的传召，为了不让她遇到她儿子，不和她儿子说话。

第一次在停尸间的认尸，她被邀请了。这一次，她被传唤了，这是两回事，但也没改变什么，这个女人活得像一座城堡，她希望自己是无懈可击的。她所保护的，是她内心的东西。这不是个容易的事。她的女儿，她没有去停尸间认尸，她希望卡米尔理解，这对她来说太艰难了。今天看到她，这样在他面前，卡米尔有点儿不能相信她会这样脆弱。然而，尽管她神情紧绷，目光毫不妥协，用沉默作抵抗，还有她身上所有难对付的女人都有的举止，警察局还是让她有些被震慑住了，还有这个身材迷你的警察，他坐在她旁边，双腿离地还有二十厘米，一直盯着她看，并问道："您到底知不知道托马斯和阿历克斯究竟是什么关系？"

一脸震惊。"兄妹之间'究竟'有什么我应该知道的？"这样说完，她飞快眨着眼睛。卡米尔沉默了一会儿，但这几乎是一场博弈。他知道。而她知道他知道。这很折磨人。卡米尔没耐性了。

"您的儿子，他到底几岁开始强奸阿历克斯？"

她惊声尖叫："你开什么玩笑！"

"普雷沃斯特夫人，"卡米尔微笑着说，"不要以为我是傻子。我甚至会建议您主动地配合我，因为如果不是这样，您的儿子，我会让他下半辈子都在牢房度过。"

关于他儿子的威胁起到了作用。对她来说，别人做什么都可以，就是不准碰她儿子。她还是坚持着自己的立场。

"托马斯很爱他的妹妹，他不可能动她一根头发。"

"我没在说她的头发。"

普雷沃斯特夫人完全不被卡米尔的幽默感染。她只是摇摇头表示否定，猜不透她这是在说她不知道还是她不想说。

"如果您知道而纵容他这么做，您就是严重强奸案的同谋。"

"托马斯从来没有碰过他的妹妹！"

"您了解什么？"

"我了解我儿子。"

这是在绕圈圈。难以解决。没有起诉，没有证人，没有犯罪，没有受害者，没有刽子手。

卡米尔叹了口气，点点头表示同意。

"托马斯来我房间，几乎每晚，妈妈知道。"

"您的女儿，您了解吗？"

"和一个母亲应该了解的一样了解。"

"有意思。"

"什么？"

"不，没什么。"

卡米尔拿出一份薄薄的档案。

"验尸报告。既然您了解您的女儿，您应该知道里面记录了什么，我猜。"

卡米尔戴上眼镜。含义：我已经筋疲力尽，但我还能撑。

"这技术性太强，我来翻译一下。"

普雷沃斯特夫人连睫毛都不动一下，自始至终，硬邦邦的。背脊僵直，肌肉紧绷，整个人都进入一种抗拒状态。

"您的女儿，她可以说是一团糟，嗯？"

她眼睛盯着对面的墙壁，看上去像是暂停了呼吸。

"法医表示说，"他边翻资料边说，"您女儿的生殖器曾经被酸烫伤过。我是说，硫酸。总之，我们也叫它矾……伤口非常深。阴蒂被完全摧毁了——这看起来似乎是以前的一种割礼，酸侵蚀了大阴唇和小阴唇，并且抵达了阴道，很深……必须倒入足够多的酸才会搞成这样。黏膜很大程度上已经分解了，肉体很大程度上已经溶化，生殖器已经像岩浆一般一片模糊。"

卡米尔抬起眼睛，盯着她："这是法医用的词——'人肉岩浆'。这一切都要追溯到很远，阿历克斯很小的时候。您有什么印象吗？"

普雷沃斯特夫人看着卡米尔，脸色苍白，像个机器人一样摇摇头。

"您的女儿从没有和您说过这个？"

"从来没有！"

这个词掷地有声，就像一面家庭的大旗在突如其来的狂风中噼啪作响。

"我知道了。您的女儿不想用这些小事情来使您烦心。应该是有一天，有人往她的阴道里灌了半升的酸，然后她回到家里，像是什么都没有发生一样。

"严守秘密的典范。"

"我不知道。"

看不出任何变化，脸色和举止都一如既往，但声音很严肃。

"法医指出了一件令人非常惊奇的事，"卡米尔继续说道，"整个性器官区域都被严重损坏了，神经末梢被击垮，器官不可逆地变形，肌理组织被摧毁，被溶化，这剥夺了您女儿任何正常性交的可能性。我甚至不觉得她有任何希望。是的，所以，有件事我很好奇……"

卡米尔停顿了一下，放下报告，摘下眼镜，放在自己面前，双手交叠，直直地看着阿历克斯的母亲。

"就是，尿道可以说是被'重置'过了。因为这是个有生命危险的举动。如果尿道被溶化，几小时内绝对就会没命。我们的专家表明这是一种相当初级的技术，几乎是原始的，一根细管子从尿道口深深插入，用来保护尿道。

沉默。

"在他看来，结果是一个奇迹，也非常血淋淋。在报告里，他没有这么说，但整体给人就是这样的印象。"

普雷沃斯特夫人咽了咽口水，但她的喉咙非常干涩，卡米尔猜测她可能会喘不过气，或者咳嗽什么的，但她没有，什么都没有。

"所以，他，您知道，是一名医生。而我，我是个警察。他负责验证。我尝试解释。而我的假设是，有人匆忙之下对阿历克斯做了这样的事。为了避免去医院。不然就要解释，就要说出这个加害于她的男人的名字——我认为做出这种行为的人是名男性，请不要怪罪我——因为这样深度的伤害不可能是个意外，肯定是蓄意的。阿历克斯不想把事情搞大，这个勇敢的小女孩，那不是她的风格，您了解的，她非常谨慎……"

普雷沃斯特夫人终于咽下了她的口水。

"告诉我，普雷沃斯特夫人……您当助理护士多久了？"

托马斯·瓦瑟尔低下头，集中精神。他保持绝对的安静听完了那些验尸报告的结论。他现在看着已经对他做了报告和评论的路易。因为太久没有回应，路易问道："您的反应是？"

瓦瑟尔摊开双手。

"这太让人心痛了。"

"您那时候就知道。"

"阿历克斯，"瓦瑟尔微笑着说，"她对她的哥哥从来都没有隐瞒。"

"那您应该可以告诉我们到底发生了什么咯？"

"很不幸，我不能。阿历克斯告诉了我，但也就是这样而已。你们可以理解的吧，这样的事情还是太隐私了……她非常含糊其辞。"

"所以您就没什么可说的了？"

"抱歉……"

"一点儿信息都没有……"

"一点儿都没有。"

"一点儿细节都没有……"

"没有更多。"

"没有假设……"

托马斯·瓦瑟尔叹息。

"我们可不可以说，我假设说……有人有点儿紧张，甚至非常愤怒。"

"有人……您不知道是谁吗？"

瓦瑟尔微笑。

"不知道。"

"所以'有人'非常愤怒，您说的。那是为什么呢？"

"我不知道。我只是这么觉得。"

一直这样，持续到现在，他一直在试着水温，最后他终于找到了合适的方式。警察们不是那么激进，他们对他也没什么东西可以指控，没有证据，这就是他脸上显露出来的，他的态度。

不管怎么样，这种挑衅，是在他的气质里的。

"您知道……阿历克斯有时候非常令人头痛。"

"为什么呢？"

"好吧，她有她的小性子。很容易就让人生气了，您理解吗？"

没有人回答，瓦瑟尔不确定他们是不是理解了。

"我想说，这样的姑娘，难免让你多多少少就生气了。可能是因为缺乏父爱，但，事实上，她就是这样……非常叛逆。从骨子里，我觉得她不喜欢权威。所以时不时地，像这样，只能怪她自己，她跟你说'不'，然后就再也不说一个字。"

给人感觉瓦瑟尔看到了一个场景，比他描述的来得多。他的声音上扬了一个语调："她就是这样的，阿历克斯。突然之间，别人都不知道为什么，她已经急刹车了。我向您保证，她真的非常容易激怒别人。"

"所以事情就是这样发生的吗？"路易用一种微弱的声音问道，几乎有点儿听不清。

"我不知道，"瓦瑟尔认真地说，"我当时不在场。"

他对警察笑笑。

"我只是说，阿历克斯真的是那种可以让人暴怒到做出这种事情的姑娘。她倔得跟头驴一样，非常顽固。然后别人就会失去耐心，您可以理解的……"

阿尔芒，一个多小时都没有说话，站在那边像座雕塑。

路易脸色白得像根蜡烛，他有点儿按捺不住了。对他来说，应该保持相当文明的姿势。

"但是……我们不是在说一次稀松平常的打屁股，瓦瑟尔先生！我们在说……一种虐待行为，一种野蛮行为，而对象是一个不到十五岁的小孩，并且她还被卖淫给那些成年男子！"

他这些话说得铿锵有力，每个音节都发得毫不含糊。卡米尔知道路易已经完全被激怒了。但是，完全沉浸在自己世界的瓦瑟尔，又一次，让路易气不打一处来，并且他显然很有决心要继续这样："如果您关于妓女的假设是对的，我只能说这是一种职业风险……"

这次，路易完全不知道说什么了。他看向卡米尔。而卡米尔呢，他只是微笑。他似乎从某种程度上来说改变了立场。他点点头，他似乎理解了，似乎也同意瓦瑟尔的结论。

"您的母亲知道吗？"他问。

"知道什么？啊不！阿历克斯不愿意用这些女孩子的小事情去烦她。何况我们的母亲已经有她自己的一大堆烦恼了……不，我们的母亲什么都不知道。"

"很遗憾，"卡米尔说，"她本可以给出很好的建议的。作为助理护士，我想说，她本可以采取急救的，比如说……"

瓦瑟尔只是点点头，假装很悲痛。

"您还想怎么样呢，"他说，"宿命。毕竟过去的事情我们没法改变。"

"现在既然您知道了阿历克斯身上发生的一切，您不想提出诉讼吗？"

瓦瑟尔看着卡米尔，非常惊讶："但是……被告是谁呢？"

卡米尔听到："为什么呢？"

58

晚上七点。光线投射下来，气氛诡秘。没有人意识到他们已经在这种明暗飘忽的状态下谈了好一会儿，这场审讯似乎被罩了一层不太真切的纱笼。

托马斯·瓦瑟尔很累。他身子沉沉地站了起来，像是玩了一夜牌的人，把双手放在腰上，挺了挺胸，然后发出一声痛苦的叹息，轮流抬起麻木的双腿。警察们依然坐着。阿尔芒埋头看着他的档案，装模作样。路易小心翼翼地用手背清理着他的办公桌。卡米尔呢，他站了起来，径直走到门口，然后转身走回来一半，神情疲惫："您的同母异父的妹妹，阿历克斯，勒索了你。我们从这里开始说，如果您愿意的话。"

"不，抱歉。"瓦瑟尔打着呵欠说。

他的脸上流露出一种遗憾，他喜欢让别人感觉高兴，这点很容易看出，但要他好好配合，这不可能。他卷起衬衫袖子。

"我真的必须回去了。"

"您只需要打个电话……"

他的手势，像是在拒绝再喝最后一杯酒。

"真的……"

"只有两个方案，瓦瑟尔先生。您坐下，您回答我们的最后几个问题，这就是一两个小时的事情……"

瓦瑟尔把手平放在桌子上："或者呢……？"

现在，他抬头看着路易，用一种仰视的角度，像是电影里的主角马上要拔剑的样子，但这里，他完全倒下了。

"或者，我把你监禁起来，按我的权力，把你关个二十四小时应该不成问题，甚至可以延长到四十八小时。法官热爱那些受害者，他应该不会介意把您监禁得更久一些。"

瓦瑟尔瞪大了眼睛。

"但是……监禁……以什么名义呢？"

"任何名义。情节严重的强奸、蹂躏、拉皮条、谋杀，野蛮行为，我不在乎，您说什么就是什么，如果您有什么偏好的话……"

"但你没有证据！什么都没有！"

他终于爆发了，他已经忍耐很久，太过忍耐，但现在，一切都结束了，那些警察太拿着鸡毛当令箭了。

"你们真是太让我厌烦了。我，现在，要走了。"

说完，事情一下有了急剧的进展。

托马斯·瓦瑟尔像个弹簧一般起身，他说了些没人听得懂的话，还没等任何人做出反应，他已经站在门边，打开门，一只脚踏了出去。两个穿着制服的警察在走廊上站岗，于是立刻阻止了他，瓦瑟尔停了下来，转过身来。

卡米尔说："在我看来，好像更好的选择是把你拉去监禁。我们就说因为谋杀罪吧。你觉得可以吗？"

"您没有证据指控我。你们只是纯粹想要整我，嗯，是不是？"

他闭上眼睛，重新平静下来，不情不愿地坐回到桌边。一场疲惫的战役。

"不，我要见律师。"

59

　　勒冈通知了法官安排监禁，阿尔芒负责办理手续。这总是有点儿和时间赛跑的感觉，监禁的时间只有二十四小时。

　　瓦瑟尔没有反抗，任凭处置。他不得不和他的妻子解释，他把这一切都归咎于那些蠢货。他松了鞋带，撤了皮带，接受指纹录入，DNA提取，所有他们要求的一切。对他来说重要的是，这一切快点结束，他在律师到来之前什么都不会说，他会回答行政问题，但其余的，他什么都不会说，他只是等。

　　然后他打电话给他妻子："工作。没什么严重的，但我不能马上回来。不用担心。我被扣留了。"在这种背景下，这个词让他很不悦，他试图弥补，但他什么都没有准备，不太习惯自圆其说。突然，出于词穷，他声音变得盛气凌人，好像在说：现在别用你的问题来烦我。他们之间有空白，另一方面来说，有着一种不理解。

　　"我不能，我告诉你了！好了，你必须自己去！"他大叫，情绪失控。卡米尔不禁想问他是不是会打他妻子。"我明天到。"他没说时间。"好啦，我必须挂了。嗯，我也是。嗯，我再打给你。"

现在晚上八点十五分，律师晚上十一点来。这是个年轻男人，步履匆忙而坚定，大家还没有见过他，但听过他的事情。

他有三十分钟时间来指导他的客户，向他解释怎么应付，建议他谨慎行事，最重要的是谨慎，并且祝他好运，因为三十分钟内，不可能接近档案，差不多也只能做到这儿了。

卡米尔决定回去，洗个澡，换身衣服。出租车几分钟后把他放在他家楼下。他坐上电梯，他真的是筋疲力尽了才会放弃走楼梯。

一个包裹在门口等他，用牛皮纸包着，用细绳子系着。卡米尔立刻就明白了，他抓了包裹就回去了。嘟嘟湿只得到一个心不在焉的爱抚。

他觉得很奇怪，是莫德·范霍文的自画像。

一万八千欧元。

是路易，很显然。星期天早晨消失，下午两点才到。对他来说，一幅一万八千欧元的画，这不是什么大事。但还是让卡米尔觉得不踏实。在这种情况下，你不知道怎么回报对方，不知道他隐隐期待着什么，不知道该怎么办。接受，拒绝，说些什么，做些什么。礼物总是意味着一种回报，不管是什么形式。路易在这样一份礼物中等待的是什么呢？他脱了衣服去洗澡，卡米尔情不自禁地又想起了他拍卖的结果。这样把钱全部捐给人道主义工作是一个可怕的举动，就像在告诉他的母亲：我什么都不想要你的。

他已经过了那个阶段，但是我们永远也不会真正和父母有个了断，这种关系会陪伴你一生，看看阿历克斯就知道了。他擦干了身子，更加坚定了自己的决心。

这应该很平静，和这笔钱分离，这不是一种否定。

只是一种结清。

我真的要这么做吗，全都捐掉吗？

自画像，相反，他会保留起来，总有一天看着它，他会习惯的，他把它放在长沙发上，正对着他，他很开心拥有它。这幅作品真的很美。他并没有真的生他母亲的气，他渴望保存它，这已经充分证明了这一点。他年轻时所有人都不断告诉他，他很像他父亲，而如今，第一次，他在这幅画中看到了自己和他母亲莫德的相似。这对他来说是好的。他正在清洗他的生命。他不知道这会通往哪里。

就在他离开前，卡米尔想起了嘟嘟湿，然后给它开了一个罐头。

卡米尔回到警局，遇到了刚刚结束谈话的律师，是阿尔芒给他敲响了结束谈话的钟。托马斯·瓦瑟尔又回到办公室，阿尔芒正好利用这个时间给房间通通气，现在这里甚至有些冷。

路易来了，卡米尔意味深长地给他打一个招呼，路易用目光反问，卡米尔示意他，我们之后再谈。

托马斯·瓦瑟尔已经僵硬，他的胡须看上去好像是加速了生长，像是在做肥料广告，但他脸上依然挂着一点儿微笑。"你们想搞垮我，但你们什么都没有，你们也什么都不会有。持久战，我已经准备好了，你们真的以为我是白痴了。"律师建议他等待，看看会发生什么，这是个好计策，去权衡答案，不要冲动。这是反向地和时间赛跑，重点是要坚持，熬过一整天。应该不是两天。律师说，如果要延长一天监禁，他们必须重新通知法官，而他们什么都没有，完全没有。卡米尔从他一切行为中都能看出这一点，他张开嘴，又合上，鼓起胸膛，深呼吸。

有人说一场相遇的最初几分钟已经概括了这场关系的大致，卡米尔回忆起他初见瓦瑟尔的时候他就对他产生了厌恶感。他很大一部分的举动都是想把这次事件阻拦在这里。维达尔法官知道这一点。

卡米尔和法官也不是那么不同，说到底。想到这里，卡米尔觉得有点儿沮丧。

勒冈确认了法官维达尔赞同了卡米尔的策略。一切都清楚了。这一刻，卡米尔内心五味杂陈。这下，法官终于也加入了队伍。如此坚定地站到了他这边，他要求卡米尔纠正他的抗议。听到这样的话还是让人很恼火。

阿尔芒宣布了日期和时间，像是古希腊悲剧的解说员，总是报告人物的名字和头衔。

卡米尔接着说："首先，您不要再用您那些假设来让我恼火了。"

改变了风格。卡米尔说着，整理了思绪，看看手表。

"所以，阿历克斯勒索你。"

他用一种紧绷着的声音说，像是心里想着别的事情。

"请您给我解释一下。"瓦瑟尔回答。

托马斯·瓦瑟尔很专注，决定血战到底。

卡米尔转向阿尔芒，猝不及防地，阿尔芒匆忙翻看他的资料，好一会儿，感觉可以看到那些连着的笔记，散乱的纸页，让人不禁想问国家真的信对人了吗。但他找到了。阿尔芒总是能找到。

"向您的老板迪斯特里法尔借钱，两万欧元，2005年2月15日。您因为您的房子已经一身债务，不能再向银行借钱，于是您转向您的老板。您每个月会还一些，用您的工资。"

"我不觉得和勒索有什么关系，真的！"

"我们发现，"卡米尔又说，"在阿历克斯的房间里，有一笔钱，一万两千欧元。非常整齐的一沓，刚刚从银行取出，还有那个塑料小圈。"

瓦瑟尔疑惑地撇撇嘴。

"所以呢？"

卡米尔指指阿尔芒，忠诚先生的样子，阿尔芒埋头他的工作："您的银行向我们确认一张两万欧的支票的兑现，2005年2月15日，来自您的老板，还有2005年2月18日，有一笔同样数目的现金支出。"

卡米尔静静地鼓掌，闭着眼睛，又睁开："所以，为什么您需要两万欧元呢，瓦瑟尔先生？"

犹疑不决。预计都是无用的，最坏的事情会不停变着法地出现。这是瓦瑟尔的眼神里所透露的结论。他们去找过他的雇主了。

监禁开始五小时不到，还需要坚持十九小时。瓦瑟尔一辈子都在做销售，对于承受冲击，没有比这更好的训练了。他承受着。

"赌债。"

"您和您的妹妹赌博，然后您输了，是这样吗？"

"不，不是和阿历克斯，而是……别人。"

"谁？"

瓦瑟尔呼吸局促。

"我们省点时间。"卡米尔说，"这两万欧元就是给阿历克斯的。我们在她房间里找到还剩下的不到一万两千欧。好几个塑料环上都有您的指纹。"

他们已经查到这里了。查到哪里呢，确切来说？他们到底知道什么？他们想怎样？

卡米尔在瓦瑟尔脑门上的皱纹里读到了这些问题，在他的瞳孔里，在他的手心里。这里没什么专业成分，他也不会对任何人说，但是卡米尔恨这个瓦瑟尔。他恨他。他想杀了他。他会杀了他的。几个星期之前，他对维达尔法官也有这样的想法。"你在这里不是偶然，"他对自己说，"你内心也是个强悍的杀手。"

"好吧，"瓦瑟尔选择，"我借钱给我妹妹了。这是禁止的吗？"

卡米尔放松下来，像是刚刚在墙上用粉笔画了个十字一样。他笑了，但这不是个善意的微笑。

"您清楚地知道，这不是禁止的，那为什么要撒谎？"

"这跟您没关系。"

这句话他没说出声。

"就您现在的情形来看，有什么是和警察无关的呢，瓦瑟尔先生？"

勒冈打来电话。卡米尔走出办公室。局长想要知道他们进行得如何了。很难说。卡米尔选择尽可能地给他信心：

"不错，步入正轨了……"

勒冈没有回应。

"你那边呢？"卡米尔问。

"拖延是很正常的，但我终将抵达。"

"那我们就集中精力吧。"

"您的妹妹不是……"

"同母异父的妹妹！"瓦瑟尔更正。

"同母异父的妹妹，有什么区别吗？"

"是的，这不一样，您应该严谨一些。"

卡米尔看看路易，然后看看阿尔芒，像是在说："你们看到了？他还挺会自卫的吧？"

"好吧，这样说，阿历克斯……事实上，我们不完全肯定阿历克斯有自杀意图。"

"然而她还是这么做了。"

"诚然。但是您，您比谁都了解她，您或许可以给我们解释。她如果想自杀，为什么她还要准备出逃国外呢？"

瓦瑟尔抬起他的眉毛，没有太理解这个问题。

卡米尔这次只是朝路易做了个小手势。

"您的妹妹……对不起，阿历克斯用她的名字在她死亡的前夜，买了一张去苏黎世的机票，第二天飞，十月五日早晨八点四十分。我们甚至在她的房间里还发现了她在机场顺便买了旅行袋，非常仔细地整理好了，准备出发。"

"这我完全不知道……她或许改变了主意。我告诉过您，她真的喜怒无常。"

"她选择了一家离机场非常近的酒店，她甚至还订了一辆明天早晨的出租车，尽管她有她自己的车在那里。可能是不想麻烦，还要找地方停车，生怕错过了航班。她想轻装上阵。她还清理了一堆属于她的东西，她不想留下任何东西，包括那些装着酸的瓶子。我们的技术员还分析了这些酸，和那些案件中所用的一样，浓硫酸，差不多80%的浓度。她想离开，她想离开法国，她想逃跑。"

"你们想让我对你们说什么呢？我不能替她回答。另外，也没人能替她回答。"

瓦瑟尔于是转向阿尔芒，转向路易，寻求认同，但心思不在上面。

"好吧，如果您不能替阿历克斯回答，"卡米尔说，"您至少可以替您自己回答。"

"如果我可以的话……"

"您当然可以。您十月四日在干吗，阿历克斯死的那天晚上，大概，八点到午夜之间？"

托马斯犹豫了，卡米尔不屈不挠："我们来帮您一下吧……阿尔芒？"

有意思的是，或许是为了强调一下场景的戏剧氛围，阿尔芒站了起来，像是在小学里被老师点名背书一样。他专心致志地念了笔记。

"您在八点三十四分时，接到一通电话，您当时在您的住所。您的妻子告诉我们：'托马斯收到一条工作短信，一个急事。'看起来，这么晚，您从来没收到过什么工作电话……'他太恼火了'，她还进一步告诉我们。根据您夫人所言，您大约是晚上十点出门的，您直到十二点后才回家，她也不是非常确定，她睡了，没有太注意时间。但绝对不在十二点之前，她是那时候才睡的。"

托马斯·瓦瑟尔有很多因素要整合。他的妻子被审讯了。他首先想到这一点。还有什么？

"然而，"阿尔芒继续，"这一切，我们知道这都不是真的。"

"你为什么这样说，阿尔芒？"卡米尔问。

"因为在八点三十四分，瓦瑟尔先生接到的，是阿历克斯的电话。有来电记录，她是用她宾馆的电话打的。我们甚至还找瓦瑟尔先生公司的电话接线员核实了，但他的雇主非常确定地表示，那天晚上没有什么紧急情况发生。他甚至还加了一句：'干我们这一行的，很少在晚上有什么紧急情况。我们又不是医疗急救队。'"

"非常细致的思考。"卡米尔说。

他转向瓦瑟尔，但他还没来得及利用他的优势，瓦瑟尔就打断了他："阿历克斯给我留了一个信息，她想见我，她约我见面。在八点半的时候。"

"啊，您又来了！"

"在欧奈树林。"

"欧奈，欧奈，等等……但，这就在维勒班特附近，离她死的地方非常近。所以，晚上八点半，您可爱的小妹妹给您打了电话，那您怎么做了呢？"

"我去了。"

"你们之间经常这样吗，这样的约会？"

"不是。"

"她想干吗？"

"她要我过去，给了我一个地址，一个时间，就这样。"

托马斯继续权衡着所有的回答，但是，在这样一个激烈的时刻，感觉他想自我解放，那些回答很快从他嘴里蹦出来，他必须不停自我克制，才能坚持他决定坚持的策略。

"那根据您的判断，她想干吗呢？"

"我完全不知道。"

"好好好好，您完全不知道！"

"不管怎么样，她什么都没对我说。"

"我们简单回顾一下。去年，她从你这边讹走了两万欧元。在我们看来，为了得到这笔钱，她威胁说，要告诉您的太太您在她十岁时强奸她，让她卖淫，来摧毁您的家庭……"

"你们没有任何证据！"

托马斯·瓦瑟尔站了起来，大声叫嚷。卡米尔笑了。瓦瑟尔失去了理智，显然对他们来说有好处。

"请您坐下。"他说，非常冷静，"我说了'在我们看来'，这是一种假设，我知道您喜欢假设。"

他沉默了几秒。

"另外，既然说到证据，阿历克斯有好些证据，可以证明她的青春期过得并不是特别愉快，只需要拿这些给您太太看一下。女人之间，总是可以说说这些事情的，甚至可以给她看看。如果阿历克斯向您的太太展出几秒她的私部，我们可以猜想瓦瑟尔家庭中会有一场不小的风波吧？所以，总结来说，'在我们看来'，既然她已经计划了第二天离开，既然她账户上又没有太多钱了，并且手头也只有一万两千欧现金……她给您打电话应该是为了再问您要钱吧。"

"她的信息完全没说这个。另外，大晚上的，我去哪里找钱？"

"我们认为阿历克斯是通知您，要您尽快为她找些钱来，等她在国外安顿下来要用。而您自己也需要钱安排自己的生活，因为她的需求实在太大了……一次跑路是需要很多钱的。但是我们回头再来说这个，我很确定。现在，您大晚上从家里出去……然后您做了什么？”

“我去了她给我的地址。”

“什么地址？”

“如福耐尔大街137号。”

“那边有什么呢，如福耐尔大街137号？”

“没有，什么都没有。”

“怎么会呢，没有？”

“好吧，就是没有。”

路易甚至不用卡米尔回头看他，他已经趴在他的键盘上，打开一个地图和路线的网页输入了地址，等了几秒，终于向卡米尔做了一个手势，卡米尔凑近。

“好吧，没有，您说得没错，的确没什么……135号，是办公楼，139号，一家洗衣店，当中，137号，一家要出售的店铺，关着。您觉得她想买一家店铺？”

路易动了动鼠标，想要看看周边环境，街的另一边。从他的表情看来，他要一无所获了。

“很显然不是，”瓦瑟尔说，“但是我不知道她想要什么，因为她没有来。”

“您没有试着联系她？”

“她的电话已经注销了。”

"的确，我们已经确认过了。阿历克斯三天前就关闭了她的电话。可能是因为计划要离开了吧。您在那个要出售的店门口等了多久呢？"

"直到午夜。"

"您很有耐心，这很好。当我们爱着的时候，我们总是很有耐心，大家都知道。有人看到您吗？"

"我不知道。"

"这就麻烦了。"

"这尤其是对您来说麻烦了，因为是您要证明些什么，不是我。"

"这既不是对您来说麻烦了也不是对我来说麻烦了，这就是麻烦了，这就造成了一些暧昧不明的区域，造成了怀疑，造成了一些'捏造故事'的可能性。但不重要了。我猜事情就这样结束了，然后您就回家了。"

托马斯没有回答。一个扫描仪显示出他的神经元正在快速努力寻找一个合适的形态。

"所以呢？"卡米尔不依不饶，"您回家了吗？"

托马斯的大脑怎么努力搜寻都没用，他找不到令人满意的答案。

"不，我去了酒店。"

他跳入了火坑。

"啊哈，"卡米尔惊讶地说，"您倒是知道她住哪家酒店？"

"不，阿历克斯给我打了电话，我只是回拨了那个号码。"

"机智！然后呢……"

"没有人接。我只是听到一条录制好的消息。"

"哦，真可惜啊！所以，您回去了。"

大脑的两半球体，这次，终于差不多相连了。托马斯视而不见。他预感这种活跃不是件好事，但他不知道怎么办。

"不，"他终于说，"我去了酒店。酒店关着门，没有接待。"

"路易？"卡米尔问。

"接待处开到晚上十点三十分。之后，需要密码才能进入。客人入住时会收到这个密码。"

"所以，"卡米尔又替瓦瑟尔说道，"您就回去了。"

"是的。"

卡米尔转身看向他的部下。

"好一场探险！阿尔芒……我感觉你有什么疑惑。"

这次，阿尔芒没有起立："勒布朗日先生和法丽达夫人的证词。"

"你确定吗？"

阿尔芒一头扎进他的笔记里。

"不，你说得对。法丽达，是她的名字。法丽达·萨尔道伊夫人。"

"抱歉，瓦瑟尔先生，我的同事他总是搞不清外国人的名字。"

所以，这些人……？"

"宾馆的客人，"阿尔芒说，"大概十二点十五分回的酒店。"

"好吧，可以，可以！"瓦瑟尔情绪失控，"很好！"

60

电话铃一响勒冈就接了起来。

"我们今晚结束了。"

"你怎么样？"勒冈问。

"你在哪里？"卡米尔问。

勒冈犹豫了一下。这就是说：在一个女人家里。这就是说勒冈恋爱了——没有爱情他不睡觉，这不是他的风格——这就是说……

"让，我上次就告诉你，我不能做你的证婚人，你知道的！不论如何。"

"我知道，卡米尔，不用担心，我能撑住。"

"我能信你吗？"

"当然。"

"哇哦，你这样真的让我害怕了。"

"你，你那边呢？"

卡米尔看看时间。

"他借钱给他妹妹，他妹妹给他打过电话，他去过他妹妹的宾馆。"

"好吧。能撑住吗？"

"没事。现在，就是个耐心问题。我希望法官……"

"好吧。所以，目前来说，最好的是睡觉。"

现在是深夜。

凌晨三点。这不是他自己能控制的，然而就这一次，他成功了。并且，五次，而不是一次。

邻居挺喜欢卡米尔，但是在凌晨三点拿出榔头，在墙上敲，总还是……第一下，惊住了；第二下，醒来了；第三下，开始查看；第四下，引起愤怒；第五下，决定用拳头敲墙……但没有第六下，一切就安静下来，卡米尔把莫德的自画像挂在了他的客厅里，钉子挂得很牢。

他想在警局门口逮着路易，但路易已经走了，溜走了。他明天会见到他。他要怎么跟他说？卡米尔相信他的直觉，在这种情况下，他会保留这幅画，他要感谢路易的这个善举，并且回报他。或者不。二十二万四千欧元的事情又回到他脑子里。

自从他一个人住以来，他总是拉开着窗帘睡觉，他喜欢白天的亮光唤醒他。嘟嘟湿过来蹭他。睡不着。他在沙发上熬到了天亮，面对着那幅画。

瓦瑟尔的审讯是个折磨，当然，但这不是唯一的折磨。

他那晚在蒙福特工作室，心中想的，还有那天在酒店房间面对着阿历克斯·普雷沃斯特的尸体。思绪此刻又回来了，就在他面前。

这件事，可以说驱散了伊琳娜的死带给他内心的阴霾，也结清了他和他母亲的恩怨。

阿历克斯的模样，那个没心没肺的小女孩，向他袭来，逼得他痛哭流涕。

她日记本上笨拙的字迹，那些不值一提的物件，这个故事，这一切都让他心碎。

他感觉从内心深处来讲，他和别人一样。

对他来说，阿历克斯也曾是一个工具。

他享用了她。

接下来的十七个小时，瓦瑟尔被三次从监禁室传唤出来，领到警局办公室。阿尔芒接待了他两次，然后是路易。他们核实了细节。阿尔芒跟他确认了他在图卢兹的具体逗留时间。

"二十年之后，有什么重要吗？"瓦瑟尔情绪激动。

阿尔芒用眼神回答他："您知道，我，我只是做上头交代的事情。"

瓦瑟尔签了所有他们要他签的东西，确认了所有他们想要他确认的事情。

"您没有东西可以指控我，什么都没有。"

"这样的情况下，"路易回答，是他负责审讯，"您就没什么好害怕的，瓦瑟尔先生。"

时间延绵着，几小时过去了，瓦瑟尔预感不错。最后一次他们把他叫出来，为了让他交代具体在旅行中遇到史蒂芬·马基雅克的时间。

"我不在乎。"瓦瑟尔边签字边嘟囔。

他看看墙上的钟。没有人可以责备他什么。

他没有剃胡子。他跑去厕所，很快洗漱了一下。

他刚刚又被传唤了。这次是卡米尔说话。刚进门，他就飞快看了一下墙上的钟。晚上八点。冗长的一天。

瓦瑟尔胜利在望，得意扬扬。

"所以，长官？"他微笑着说，"我们马上要分开了，没有什么遗憾吗？"

"为什么马上？"

不该把瓦瑟尔当作一种初级生物，他有一种变态的敏感性，非常敏锐，像有触角一般。他能立刻把握风向。证据，他什么都没有说，他脸色苍白，双腿神经质地交叠着。他等着。卡米尔看了他很久，一言不发。这就像一种考验，坚持不住的人就输了。电话响了。阿尔芒站起来，走了几步，接起电话，说"你好"，听着，说"谢谢"，挂了电话。卡米尔一直盯着瓦瑟尔，只是简简单单地说："法官刚刚同意我们的请求，把监禁延长了二十四小时，瓦瑟尔先生。"

"我要见这个法官！"

"哎呀，瓦瑟尔先生，太不幸了！维达尔法官忙于工作，很抱歉不能接待您。我们还是要待在一起一段时间，是不是有点儿遗憾呢？"

瓦瑟尔转动着脑袋，他想表现他的情绪。他忍住一个笑，他想说，他是为他们感到遗憾。

"然后，你们要做什么呢？"他问，"我不知道你们对法官说了什么来延长这次拘留，不知道你们捏造了什么谎言，但不管是现在还是二十四小时后，你们都得放我走。你们实在是……"

他在找一个适当的词。

"太悲哀了。"

他们又把他押送回去，几乎不再审问他。他们想要使他自己慢慢疲惫，卡米尔觉得这是目前最好的方式。尽可能无作为，这可能是最有效的。什么都不做，或者几乎什么都不做，然而这并不容易。每个人都聚精会神思考着自己能做什么。大家想象着事情会如何收场，想象瓦瑟尔穿起外套，打上领结，想象他对大家微笑，想象他会说什么，他现在应该已经在想说什么了吧。

阿尔芒又发现了两个新来的实习生，一个在二楼，一个在四楼。他又要去收割香烟和原子笔了，这需要一点儿时间。他得忙碌一下。

上午过了一半，一场奇怪的来往开始了。卡米尔试图把路易拉到一边，因为这个油画的事情，但事情并没有像预想中那样。路易被叫出去了几次，卡米尔感到他们之间的尴尬在上升。当他边打着报告边盯着挂钟时，他理解了，路易的积极性会在相当程度上把他们的关系复杂化。卡米尔想说谢谢，但为什么？他想回报他，然后呢？在路易的举止中，他感觉到一丝家长制作风。时间越是过去，他越是觉得路易是给他上了一课，用这幅油画。

差不多下午三点，他们终于有机会在办公室独处了。卡米尔没有思考，他说，谢谢。这是他想到的第一个词。

"谢谢，路易。"

他应该再加些什么，不能就这样没头没脑地说。

"这……"

但他说不下去。在路易疑惑的神情中，他知道自己的错误有多大。油画的事情，和路易完全无关。

"为什么谢我？"

卡米尔随口说："为了一切，路易。为了你的帮助……在这件事情中。"

路易表示"好吧"，一脸惊讶，他们没有这习惯，说这样的话。

卡米尔想说些正确的话，他刚刚做了，自己都惊讶于这个他没想到的招供。

"这有点儿像我的回归，这件事。而我不是个很好相处的人，所以……"

路易的存在，这个神秘的、他无比熟悉又完全陌生的男孩的存在，瞬间撼动了他，比那幅油画的再次出现还要震撼。

他们又唤来瓦瑟尔，核实细节。

卡米尔去到勒冈家，他急促地敲了一下门，他进门。局长像是在等一个坏消息，他的表情说明了一切，卡米尔立马高高举起双手让他放心。他们说到这件事。每个人都尽力了。现在只有等待。卡米尔说到他母亲作品的拍卖。

"多少？"勒冈极为惊讶地问。

卡米尔重复了一下那个他越来越觉得抽象的数字。勒冈羡慕地撇撇嘴。

卡米尔没有说肖像画的事情。他有时间思考，他知道。他会打电话给组织这次拍卖的他母亲的朋友。他应该从中也谋了一点儿利，他可能是用这幅画感谢卡米尔。这是人之常情。卡米尔松了一口气。

他打了电话，留了个信息，回到办公室。

几个小时过去了。

卡米尔决定了。应该是在晚上七点。

时间到了。现在是晚上七点。

瓦瑟尔进到办公室，坐下，眼睛故意盯着墙上的钟。

他太累了，他在这四十八小时里几乎没有睡过，现在，倦容清楚地写在他脸上。

61

"您看，"卡米尔说，"我们关于您妹妹的死有一种不确定性。对不起，同母异父的妹妹。"

瓦瑟尔没有反应。他试图理解这是什么意思。疲惫显然使他有些迟钝。他反复揣摩这个问题，以及随之而来一系列可能的问题。他不作声。在阿历克斯的死上，他没什么可以自责的。他的神色已经完全替他回答了。他深呼吸，放松了一下，交叉着手臂，一言不发，只是看着钟，然后，终于，他变了脸色，问道："八点，监禁就结束了，是吗？"

"我发现阿历克斯的死并不让你困扰。"

瓦瑟尔抬头看天花板，就像在找灵感一样，或者像在晚餐时，有人让他从两个甜点里选一个。他看起来真的很心烦，抿紧了嘴唇。

"这让我痛苦，是的，"他终于说，"甚至可以说，非常痛苦。你们知道，这是一种亲情，这是一种太强烈的联系。但你们还想怎么样……这是抑郁症的问题。"

"我跟你说的，不是她的死，而是她的死法的问题。"

他理解了，他也同意。

"巴比妥酸剂，是的，这太可怕了。她说她有睡眠问题，她说没有这些药，她闭不上眼。"

他听到自己说话时的语气，即便已经累得不行，他还是拒绝用一种轻浮容易的语气说这件事。他最终选择了一种担忧到夸张的语气，说："药物的事情，应该有更好的管理，你们不觉得吗？看啊，她以前是护士，她想要什么药就有什么药。"

瓦瑟尔突然陷入了沉思。

"我不知道这药具体是导致怎样的死法，这个巴比妥酸剂，应该是很……致命吧，不是吗？"

"如果主体没有及时到通风的地方，"卡米尔说，"他会进入深度昏迷，从而丧失呼吸系统保护性反射。他会往肺里吐气，他会窒息，最后死亡。"

瓦瑟尔做了一个厌恶的表情。唉，在他看来，这是一件有失尊严的事情。

卡米尔表示他理解。看着他，如果不是他的手指轻轻颤抖，甚至会让人觉得他同意托马斯·瓦瑟尔的观点。他低头看资料，调整呼吸。

"我们回到您进入宾馆的时候，如果您不介意，已经过了午夜，是这样吗？"

"您有证人，您问他们好了。"

"我们已经问了。"

"所以呢？"

"十二点二十分。"

"那就十二点二十分，我不反对。"

瓦瑟尔安坐在他的扶手椅上。他的目光不断投向墙上的挂钟就是清楚的信息。

"所以，"卡米尔说，"您在他们后面进了酒店，他们觉得这很正常。是个偶然……另一位客人也在同一时间回来。证人说您等了电梯。之后，他们就不知道了。他们的房间在底楼，然后您就离开了他们的视线。所以，您坐了电梯。"

"不。"

"啊，这样？但是……"

"不，你们觉得我能去哪里呢？"

"这正是我们要问的问题，瓦瑟尔先生。这时候您去了哪里呢？"

瓦瑟尔皱紧了眉头。

"听着，阿历克斯打电话给我，叫我过去，她没告诉我为什么，然后她又没有出现！我去了她酒店，但没有人接待，你们要我怎么办？我应该一间间房间敲门敲两百多个，然后一路说'抱歉，我找我妹妹'吗？"

"您的同母异父的妹妹！"

他咬紧下巴，呼吸，假装他没有听到。

"好吧，我在我的车里等了一小时，她住的宾馆离我两百米，谁都会这么做吧。我去她宾馆因为我想我可能可以在接待处的什么表格上找到她的信息，我不知道！但当我到了那里，接待什么的都没有。全都是关着的。我就知道我什么都做不了，所以我就回家了。就这样。"

"总之，您没多想。"

"是的，我没多想。没想那么多。"

卡米尔有点儿尴尬，他摇摇头。

"好吧，这有什么区别呢？"瓦瑟尔万分激动地问。

他转向路易，又转向阿尔芒，向他们求证。

"嗯，这有什么区别？"

警察们一动不动，非常平静地盯着他。

他的目光又转向吊钟。时间在流逝。他平静下来。他微笑。

"我们都知道，"他说，非常自信，"这什么都不会改变。除了……"

"除了？"

"除了，如果我找到了她，这一切都不会发生。"

"怎么说？"

他十指交叉，像一个迫切想要行善的人。

"我觉得我本可以救她的。"

"但是，唉，事情已经发生了。她死了。"

瓦瑟尔分开双手，宿命。他微笑。

卡米尔集中精力："瓦瑟尔先生，"他慢慢宣布，"向您说实话吧，我们的专家对阿历克斯是否自杀这个问题有所怀疑。"

"有所怀疑？"

"是的。"

卡米尔让信息自己说话。

"我们更相信您的妹妹是被谋杀然后被伪装成自杀的。还伪装得相当拙劣，如果您想听我的意见的话。"

"这怎么说，这是什么蠢话？"

他整个人都震惊了。

"首先，"卡米尔说，"阿历克斯没有一种要自杀的态度。"

"态度……"瓦瑟尔重复道，眉头紧皱。

感觉像他不认识这两个字一样。

"她买了去苏黎世的飞机票，准备好行李，订了一辆出租车，这一切如果还不算什么的话，我们还是有别的理由怀疑。比如，她的脑袋被抓住撞在厕所的盥洗盆上，撞了好多下。在验尸报告里，她的头颅有因为严重击打而产生的病灶。在我们看来，当时应该还有其他人在场，并且殴打了她……非常剧烈地。"

"但是……谁呢？"

"好吧，瓦瑟尔先生，诚实地说，我们觉得是您。"

"什么？"

瓦瑟尔站了起来。他大叫。

"我们建议您重新坐下。"

他停了好久才重新坐下，只沾了一点点椅子边，随时准备再跳起来。

"这涉及您的妹妹，瓦瑟尔先生，我理解这一切对您来说是多么痛苦。但是如果我不怕伤害到您敏感的情绪，说得技术一点儿的话，我想说，那些自杀的人会选择他们的方式。他们跳出窗外或者他们割脉。有时候他们自残，有时候他们吞药。但他们很少两者都干。"

"那我怎么知道呢？"

他的声音急促，像是在说：这是阿历克斯的问题。他的态度从不信任转变到了愤怒。

"为什么呢？"卡米尔问。

"这和我有什么关系呢？"

卡米尔看看路易和阿尔芒，一脸不指望被理解的无奈，然后他又重新转向瓦瑟尔。

"但是，这和您有关，因为有指纹。"

"指纹，什么指纹！啊，什么……"

他被电话铃打断了，但这并不能阻止他。在卡米尔接电话的时候，他转向阿尔芒和路易："嗯？什么指纹？"

作为回应，路易做了个表情表示他也不知道，他也想知道。阿尔芒呢，他心思不在这里。他抽出三个烟蒂的烟芯放在一张平铺的纸头上，想要重新组成一支烟，全神贯注，甚至根本没有看他。

瓦瑟尔于是就转向卡米尔，而卡米尔一直在打电话，眼神迷失在窗外，专心致志地听着电话。瓦瑟尔感受着卡米尔的安静，这一刻像是永远不会结束。卡米尔终于挂了电话，抬起眼睛看着瓦瑟尔："我们刚刚说到哪儿了？"

"什么指纹？"瓦瑟尔还在问。

"啊对……阿历克斯的指纹，首先。"卡米尔说。

瓦萨尔愣住了。

"呃，什么，阿历克斯的指纹？"

的确，卡米尔的信息不是一直那么容易听懂的。

"在她的房间里，"瓦瑟尔说，"有她的指纹，这不是太正常了吗？"

他笑了，大声地笑。卡米尔拍着手，完全正确的评论。

"只是，"他停下鼓掌，"它们都不见了。"

瓦瑟尔感觉事有蹊跷，但又说不出哪里有问题。

卡米尔的声音充满了善意，他来帮他解决疑惑：

"我们发现房间里阿历克斯的指纹太少了，您理解吗？在我们看来，有人试图擦掉他自己的痕迹，然后一起也擦了不少阿历克斯的。并没有完全擦掉，但还是……有些非常重要的被擦掉了。门把手，比如：那个去见阿历克斯的人一定会用到门把手的……"

瓦瑟尔听着，他不知道该看向哪里。

"总之，瓦瑟尔先生，自杀的人不会自己擦掉指纹，这没有意义！"

那些画面和这些话纠结在一起，瓦瑟尔咽了咽口水。

"这就是为什么，"卡米尔确认说，"我们觉得阿历克斯死的时候有另一个人在阿历克斯的房间里。"

卡米尔给瓦瑟尔时间消化这些信息，但从他的脸色看来，他没能消化。

卡米尔很有方法。

"指纹的问题，那瓶威士忌也让我们产生很多疑问。阿历克斯喝了差不多半升。酒精很大程度上激发了那些巴比妥酸剂的药性，这几乎让她的死亡变得无可挽回。然而，那酒瓶也被仔细地擦拭过了（我们提取了一把扶手椅上发现的一件T恤上的纤维）。更奇怪的是，上面的阿历克斯的指纹严重破损，像是有人强行拿着她的手按在了瓶子上。可能是死后按的。为了让我们相信她是自己拿着瓶子的，自己一个人。您怎么看？"

"但是……我不怎么看，你们为什么觉得我会知道呢？"

"啊，不！"卡米尔用一种被冒犯的口吻说，"您应该知道，瓦瑟尔先生，因为您在场！"

"根本没有！我不在她房间！我跟您解释过了，我回家了！"

卡米尔沉默了一小会儿。尽管身材矮小，他还是尽可能地屈伸靠向瓦瑟尔。

"如果您不在那里，"他用极其冷静的口吻问道，"怎么解释我们在阿历克斯的房间里又找到了您的指纹呢，瓦瑟尔先生？"

瓦瑟尔沉默。卡米尔退回他的椅子。

"因为有人在事发的房间里找到了您的指纹，我们认为，是您杀了阿历克斯。"

　　瓦瑟尔感觉有个声音卡在喉咙里说不出来，像是一个浮点数。

　　"这不可能！我没有进她房间，我的指纹，你说在哪儿？"

　　"在巴比妥酸剂的试管上，正是它杀了您的妹妹。您可能忘了擦掉您的指纹。出于情绪，或许吧。"

　　他的脑袋前前后后地动，像只公鸡，那些话挤作一团。突然，他大喊："我知道了！我看到那管试剂了！玫瑰色药剂！我碰了它！和阿历克斯一起！"

　　信息相当混乱。卡米尔皱了皱眉。瓦瑟尔吞了吞口水，他想要冷静地表达，但出于压力、恐惧，他做不到。他闭上眼睛，握紧了拳头，长长地吸了一口气，尽可能地集中精力。

　　卡米尔用表情鼓励着他，像是要帮他自我表达。

　　"当我看到阿历克斯……"

　　"是的。"

　　"……最后一次……"

　　"是什么时候？"

　　"我不记得了，三个星期前，大概一个月吧。"

　　"很好。"

　　"她拿出这管试剂。"

　　"啊，在哪里？"

　　"一个咖啡馆，靠近我工作的地方，乐莫代尔纳咖啡馆。"

"很好，跟我们说说这个事，瓦瑟尔先生。"

他叹了一口气。终于一扇窗打开了！现在好多了。他会开始解释，这很简单，不得不承认。这药的事情，太愚蠢。他们不能凭这个就指控他。他试图坦然地说出来，但他的喉咙收紧了。他一个一个字地往外蹦："一个月前，差不多。阿历克斯说要见我。"

"她想要钱？"

"不。"

"她想要什么？"

瓦瑟尔不知道。事实上，她没对他说为什么，而且很快约会就结束了。阿历克斯喝了一杯咖啡，他喝了半杯。就是这时候她拿出了她的药剂。瓦瑟尔问她这是什么，是的，他知道自己当时有点儿恼火。

"看到她吃这样的东西……"

"你的妹妹的健康，看来，您很担心啊……"

瓦瑟尔假装没听出他的暗讽，他全神贯注，他想快点脱身。

"我拿了这管药剂，我把它拿在手里！所以上面才有我的指纹！"

令人震惊的是，那些警察似乎不相信他的表情。他们等着，盯着他的嘴唇，好像他应该还有什么要说的，好像他没有说完整。

"是什么药，瓦瑟尔先生？"

"我没有看名字！我打开药剂，我看到一些玫瑰色的药片，我问她这是什么，就这样。"

三个警察突然放松了。顷刻间，案情似乎有了新的曙光。

"好吧，"卡米尔说，"现在我知道了。这不是同一管药剂。阿历克斯吞的是蓝色药片。没什么关联。"

"这有什么区别？"

"这说明这不是同一个药管。"

瓦瑟尔突然又变得特别激动。他表现得难以置信，食指指着天花板，急急忙忙说："这不可能，你们的鬼话，不可能！"

卡米尔站了起来。

"那请您说说。"

他低头不说话。

"您有一辆很不错的车。阿历克斯向您勒索，她已经问您索要了两万欧元，可能还准备问您要钱逃到国外。您有一个太糟糕的不在场证明，您在接到电话的时候向您的太太撒谎。您声称您去了一个地方，并且没有人看到您。然后您承认您去了阿历克斯的酒店，另外，我们还有两位证人证实了这一点。"

卡米尔让瓦瑟尔尽可能挑他说错了什么。

"你没有证据！"

"已经有了，一辆车，一个不成立的不在场证明，您在现场的出现。如果我们加上阿历克斯头部被剧烈击打导致的病变，那些被擦掉的指纹，还有您的在场……这已经是很多了……"

"不，不，不，这还不够！"

但他再怎么摇动食指都没有用，他这种装模作样的确定从根本上依然让人觉得有问题。或许就是因为这样卡米尔把话说完了："我们同样在现场找到了您的DNA，瓦瑟尔先生。"

他彻底震惊了。

"在阿历克斯的床边，我们发现地上有一根头发。您的确试图擦去了您的指纹，但你没有做好清理工作。"

卡米尔站起来，站到他面前："现在，瓦瑟尔先生，加上您的DNA，您觉得证据充分了吗？"

直到这时，托马斯·瓦瑟尔反应相当激烈。这样看来，范霍文长官的指控应该让他气得跳起来。然而，完全没有。警察们看着他，不确定要怎么办，因为瓦瑟尔已经完全陷入沉思，他已经离开这场审讯了，他不在场。他双肘支着膝盖，双手大大地张开，然后合并在一起，出于一种痉挛一般的动作，像是他在用手指根鼓掌。他的目光在地面游走，飞快。他神经质地抖着脚。他们甚至为他的精神状况担忧，但这时候他突然站起来，盯着卡米尔，停止了所有的动作。

"她故意这么做的……"

感觉他是在对自己说话。但他的确是对着警察们说的：

"她策划了一切为了算计我……嗯，是这样的吧？"

他又恢复了正常。他的声音因为激动而颤抖着。一般情况下，警察们会因为这个假设觉得震惊，但没有。路易仔细地整理着他的文档，阿尔芒用半个回形针认真修理着他的指甲。只有卡米尔依然还在对话中，但他并不想接他的话，只是交叉着双手平放在办公桌上，等着。

"我打过阿历克斯耳光……"瓦瑟尔说。

这是一个没有音色的声音，他看着卡米尔但是依然像是在对自己说话。

"在咖啡馆。当我看到她的这些药时，我非常生气。她想让我冷静，她用手穿过我的头发，但她的戒指缠住了我的头发……当她收回手的时候，我被她弄痛了。她扯到我的头发了。这是种本能反应，我打了她一耳光。我的头发……"

瓦瑟尔从他的麻木中惊醒过来。

"从开始，她就已经策划好了，是这样吧？"

他用目光寻求着援助。但他一个都没有找到。阿尔芒，路易，卡米尔，他们只是呆呆地看着他。

"你们知道这是个局，嗯？这是个简简单单的栽赃，你们知道！到苏黎世的飞机票，新买的行李包，预订的出租车……这都是为了让你们相信她想逃跑。相信她不可能想要自杀！她约到没有人会看到我的地方见面，她对着盥洗盆敲击自己的头部，她擦掉她自己的指纹，她让我在药剂瓶上留下指纹，她留一根我的头发在地上……"

"这很难证明，我恐怕。对我们来说，您当时就在现场，您想摆脱阿历克斯，您打了她，您强迫她灌下酒精，然后吞下巴比妥酸剂，您的指纹和您的DNA也证实了我们的论点。"

卡米尔站了起来。

"我有一个好消息和一个坏消息。好消息是，您的监禁解除了。坏消息是，您因为谋杀罪名被拘捕了。"

卡米尔微笑。瓦瑟尔瘫倒在他的椅子上，还是抬起了头。

"不是我！你们知道是她自己，嗯？你们知道！"

这一次，他是对着卡米尔发问的，就他一个人："您非常清楚，不是我！"

卡米尔继续微笑。

"您的表现让我们知道您不是黑色幽默的宿敌，瓦瑟尔先生，所以我会允许自己有这样一个念头。我不得不说这一次，是阿历克斯把你给干了。"

办公室另一端，阿尔芒刚刚把他的手工卷烟夹在耳朵上，终于站了起来，他朝门口走去，两个穿着制服的警察进来了。卡米尔简单地总结，真诚地为难，说："抱歉把您监禁了这么久，瓦瑟尔先生。两天，我知道，这很漫长。但测试和DNA的比对……实验室有点儿无能为力。两天，在这时候，几乎是最短时间了。"

62

　　是阿尔芒的香烟，带来了顿悟，谁知道为什么，这几乎无法解释。可能是因为一支用烟蒂做成的手工卷烟给人带来的贫穷感吧。卡米尔停下脚步，这个发现把他彻底颠覆了。他任何时候都没有怀疑过，这也是无法解释的，就是这样。

　　路易在走廊上走着，身后，阿尔芒总是驼着背，拖沓着脚步，穿着鞋跟都磨坏的鞋，总是同一双，干净而破旧。

　　卡米尔急着赶回办公室，写了一张一万八千欧元的支票。双手颤抖。

　　然后，他整理好他的文件，飞快地跑去走廊。他太感动了，他来不及思考这样的情感意味着什么。

　　他立马就出现在了他同事的办公室门口。他把支票递给他。

　　"你太好了，阿尔芒，我真的很高兴。"

　　阿尔芒张大了嘴，嘴里叼着的木牙签掉了下来，他看着支票。

　　"啊，不，卡米尔，"他说，甚至有些被冒犯，"一个礼物，这是一个礼物。"

卡米尔笑了。他同意，高兴得不知道脚往哪里放。

他在包里摸了一阵，拿出这张自画像的底片，递给他。阿尔芒接了过去。

"哦，这真是太好了，卡米尔。真是太好了！"

他发自内心地满足。

勒冈站着，在卡米尔下面两级台阶上。天又冷了，很晚了，像是提前降临的冬夜。

"好了，先生们……"法官说着向局长伸出手。

然后他跨了一级台阶，向卡米尔伸出手。

"长官……"

卡米尔握住他的手。

"瓦瑟尔先生会说这是个阴谋，法官先生。他说他会'查明真相'。"

"是的，我想我可以理解。"法官说。

他像是在这个想法中沉溺了一会儿，然后他动了动身子："好吧，真相，真相……谁能说清什么是真相什么不是呢，长官！对我们来说，重要的，不是真相，而是正义，不是吗？"

卡米尔笑着点点头。

致 谢

感谢萨缪埃尔和他不知疲倦的耐心，感谢杰拉尔德和他精心的校对，感谢乔艾尔和她药物知识方面的贡献，还要感谢凯西，我亲爱的赞助者。感谢阿尔班·米歇尔团队。

最后，当然，感谢帕斯卡琳娜。

像以往一样，多亏了许多作家。

以字母顺序排列：路易·阿拉贡、马塞尔·艾美、罗兰·巴特、皮埃尔·博斯特、费多尔·陀思妥耶夫斯基、辛西娅·弗洛里、约翰·阿尔维、安东尼奥·穆尼奥兹·莫丽娜、鲍里斯·帕斯特瑞那科、莫里斯·彭，马塞尔·普鲁斯特和另一些作家都可以在这里找到我对他们的感激以及微薄的致敬。

激发个人成长

多年以来，千千万万有经验的读者，都会定期查看熊猫君家的最新书目，挑选满足自己成长需求的新书。

读客图书以"激发个人成长"为使命，在以下三个方面为您精选优质图书：

1、精神成长

熊猫君家的精彩绝伦的小说文库和人文类图书，帮助你成为永远充满梦想、勇气和爱的人！

每个人的生命中，
都有最艰难的那一年，
将人生变得美好而辽阔。

《无声告白》

《恋情的终结》

《教父》

《沙丘》

2、知识结构成长

熊猫君家的历史社科类、知识小说类图书，帮助你了解从宇宙诞生、文明演变直至今日世界之形成的方方面面。

其实是一本严谨的极简中国史
看半小时漫画，通三千年历史，
脉络无比清晰，看完就能倒背。

《丝绸之路》

《藏地密码》

《清明上河图密码》

《巨人的陨落》

3、工作技能成长

　　熊猫君家的经管类、家教类图书，指引你更好地工作、更有效率地生活，减少人生中的烦恼。

《可口可乐传》

《别独自用餐》

提升领导力，你会拥有想拥有的工作，成为你想成为的人，做任何你想做的事。

《参与感》

《好妈妈胜过好老师2》

每一本读客图书都轻松好读，精彩绝伦，充满无穷阅读乐趣！

认准读客熊猫

　　读客所有图书，在书脊、腰封、封底和前后勒口都有"**读客熊猫**"标志。

两步帮你快速找到读客图书

1、找读客熊猫

2、找黑白格子

马上扫二维码，关注"**熊猫君**"

和千万读者一起成长吧！

图书在版编目（CIP）数据

必须找到阿历克斯 / （法）皮耶尔·勒迈特
(Pierre Lemaitre) 著；金祎译. -- 上海：文汇出版
社，2018.1
　（读客外国小说文库）
　ISBN 978-7-5496-2410-2

　Ⅰ．①必… Ⅱ．①皮… ②金… Ⅲ．①长篇小说—法
国—现代 Ⅳ．①I565.45

　中国版本图书馆CIP数据核字（2017）第313505号

中文版权 © 2018 上海读客图书有限公司
经授权，上海读客图书有限公司拥有本书的中文（简体）版权
著作权合同登记号：09-2017-934

必须找到阿历克斯

作　　者 / [法] 皮耶尔·勒迈特
译　　者 / 金　祎

责任编辑 / 吴　华
特邀编辑 / 叶　子　夏文彦
封面装帧 / 吴艺珍　陈艳丽

出版发行 / **文匯**出版社
　　　　　上海市威海路 755 号
　　　　　（邮政编码 200041）

经　　销 / 全国新华书店
印刷装订 / 三河市吉祥印务有限公司
版　　次 / 2018 年 1 月第 1 版
印　　次 / 2018 年 4 月第 3 次印刷
开　　本 / 890mm×1270mm　1/32
字　　数 / 258 千字
印　　张 / 13

ISBN 978-7-5496-2410-2
定　　价 / 59.00 元

侵权必究
装订质量问题，请致电010-87681002（免费更换，邮寄到付）